JOHN BURNHA

Claire

Vertaling Guus Houtzager

2002
CARGO
AMSTERDAM

Cargo is een imprint van uitgeverij De Bezige Bij, Amsterdam
Oorspronkelijke titel *Claire Marvel*
Oorspronkelijke uitgever Nan. A. Talese/Doubleday, New York
Omslagontwerp Marry van Baar
Omslagillustratie Photonica/Imagestore
Foto auteur Marion Ettlinger
Typografie Adriaan de Jonge, Amsterdam
Druk Wöhrmann, Zutphen
ISBN 90 234 0288 X
NUR 302

Voor mijn broer Matt

Dat is mijn liefdesnest; ben ik ontheemd,
ik keer weerom, als iemand van een reis.

SHAKESPEARE, SONNET 109

(vertaling: H.J. de Roy van Zuidewijn)

DEEL EEN

I

Er was een tijd vóór haar en nu is het de tijd na haar, en dat maakt het verschil in mijn leven.

Ik begin hier omdat er geen ander begin voor dit verhaal kan zijn. Het was half mei 1985. Ik liep op een maandagmiddag door Union Street, op weg naar een hoogleraar, toen het weer plotseling omsloeg. De lucht scheurde open en de regen stroomde omlaag. Ik zette een sprint in op zoek naar een schuilplaats. Mijn boekentas bonkte tegen mijn ribben, en ik bereikte het Fogg Art Museum net op het moment dat de regen een stortbui werd.

Terwijl ik rende weerklonk er een hevig lawaai en zag ik een goudgele flits.

Ik bereikte de lage trap voor het museum. Vanonder een paraplu met de kleur van boterbloemen stond daar een jonge vrouw naar me te kijken.

'Ik breng niet graag slecht nieuws. Maar het Fogg is op maandag gesloten.'

Nog nahijgend van mijn sprint schudde ik mijn hoofd. Regendruppels ter grootte van Tic-Tacs kletterden op me neer; er sijpelde water uit mijn haar en langs de achterkant van mijn nek. Ik wreef met een doorweekte hemdsmouw langs mijn gezicht.

Ze begon te lachen, niet onvriendelijk. Tegen het gebouw van grijze steen en de donkere buienlucht had haar gezicht een schijnsel als van porselein.

'Sorry,' zei ze na een poosje.

'Maakt niet uit.'

'Je bent alleen echt ongelofelijk nat.'

Ze hief de paraplu een paar centimeter hoger en bood mij een plaatsje naast haar aan.

Ik aarzelde. Lichtbruine ogen met een geamuseerde tinteling; een fijne neus boven een veelbelovend volle mond; steil bruin haar dat tot halverwege haar rug viel; een slank en soepel lichaam. Ik bleef naar haar kijken, en vervolgens naar de grond. Ze droeg sandalen, de zomen van haar spijkerbroek waren gerafeld, haar teennagels waren niet gelakt, en een sexy, glanzend laagje opgespatte regen glom op de bleke bovenkanten van haar voeten.

Ik ging onder de paraplu staan.

'Beter zo, hè? Zet je tas er ook maar onder. We willen je grootse denkbeelden niet nat zien worden.'

Haar ironie was lichtvoetig, uitnodigend. Ik tilde de flap van mijn volgepropte boekentas op en liet haar mijn voorraadje zien: *Party Systems and Voter Alignments* (5de druk, 1967); *A Theory of Parties and Electoral Systems* (1981); *Political Parties and the Modern State* (1984). Een beduimelde paperbackuitgave van Bellows *Pluk de dag*. Verder de laatste nummers van *Foreign Affairs* en *The Harvard Gazette*, een blocnote met spiraalband, vijf ballpoints, een fluorescerende markeringspen en een half rolletje LifeSavers. Alles natuurlijk nat van de regen.

Terwijl ze de titels las trok ze een wenkbrauw op, maar ze zei niets.

'Het is in orde,' verzekerde ik haar. 'Dit is niet het eerste gesprek dat wordt gesmoord door mijn interesses.'

'O, ik ben er redelijk zeker van dat Bellow nooit iemand heeft gesmoord,' zei ze, 'afgezien misschien van een paar van zijn exvrouwen.' Ze pakte het boek. Op het omslag stond een zwartwitfoto van de achterkant van een mannenhoofd, zonder gezicht. Er was alleen een hoed te zien, een lichte gleufhoed met een donkere band. De hoed stond schuin omhoog in een hoek die herkenning of misschien zelfs verbazing suggereerde vanwege een wolkenkrabber die op de achtergrond oprees. '*Pluk de dag* is niet slecht,' zei ze, en ze schoof het boek terug in de tas. 'Maar je zou *Herzog* moeten lezen. Die andere – och, die zijn vast en zeker fascinerend.'

Ik begon de tas te sluiten en veranderde toen van gedachte. 'Zin in een LifeSaver?'

Ze boog sceptisch haar hoofd. 'Hangt van de smaak af.'

'Boter-rum,' zei ik.

Haar gezicht klaarde op en ze knikte – een meisjesachtige, levendige hoofdbeweging die me een siddering bezorgde. Ik trok het vochtige folie terug zodat ze er een kon nemen.

'Ik was vergeten hoe lekker ze zijn.' Ze liet het snoepje luidruchtig over haar tong rollen.

Ik keek naar haar. Haar simpele maar intense genoegen had een heel eigen aantrekkingskracht. Wonderlijk opgetogen vertelde ik haar een verhaal over hoe mijn grootvader mij als kind mee naar Central Park nam om te gaan sjoelen. Zijn neiging tot valsspelen had hem ertoe gebracht mij vol te stoppen met LifeSavers met boter-rumsmaak, zodat ik er mijn ouders niet over zou vertellen. Het had gewerkt. Ik ging door met het verhaal tot ik me pijnlijk bewust werd van de monotone dreun van mijn eigen stem. Op dat punt viel ik stil.

'Je moet een vermoeide arm hebben. Laat mij hem voor je vasthouden.'

Terwijl ze me de paraplu aangaf raakte haar hand de mijne aan. Haar vingers waren koel door de nattigheid in de lucht. Mijn blik spoedde zich langs het niet dichtgeknoopte deel van haar shirt (een los gedragen mannenhemd van donkerrood oxford), maar zag toch kans om hopeloos vast te lopen op de rand van haar zwarte beha.

Met een bedrieglijk kalme stem vroeg ik haar wat zij studeerde.

'Wat?' vroeg ze.

De regen viel met donderend geraas. Ik herhaalde de vraag, ditmaal mijn stem bijna tot schreeuwsterkte verheffend.

Kunstgeschiedenis, schreeuwde ze terug, eerstejaars postdoctoraal met speciale interesse voor Burne-Jones en de prerafaëlitische schilders. Toen trok ze zonder waarschuwing drie vingers langs mijn wenkbrauwen en schudde met losse pols haar hand, zodat de waterdruppels die ze van mijn huid had gehaald als vonken van haar vingertoppen spatten.

'Dank je.'
'Geen dank.'
Ze draaide zich om en keek naar een auto die op straat voorbijkwam. De ruitenwissers waren verwoed bezig de regen te verdrijven.

Al te snel was het voorbij. Het was tenslotte niet de grote zondvloed, waarbij paartjes dieren het inderhaast gebouwde schip op werden gestuurd voor de reis van hun leven. Nee, alleen maar een voorjaarsbui die werd ondergaan door twee onbekenden.

Ze stak haar hand buiten de gouden koepel uit, om na te gaan of er nog verraderlijke druppels vielen. De manchet van haar shirt schoof terug en ontblootte sierlijke ringloze vingers en een heel blanke pols.

'Nou,' zei ze luchtig, 'dat was zeker een avontuur.'

Ze glimlachte. Maar het was een afstandelijke lach, alsof de betrekking die we zojuist hadden gehad, hoe voorbeschikt of toevallig ook, nu was beëindigd. Ze pakte de paraplu uit mijn hand en begon hem dicht te vouwen. Ze maakte zich klaar om op te stappen.

'Ik ben op weg naar een hoogleraar,' verkondigde ik simpelweg om haar daar te houden. 'Ik hoop dat hij een handdoek heeft.'

'Hij zal je vasthoudendheid zeker waarderen. "Regen noch ijzel..." Hoe gaat het ook weer?'

'Dat is geloof ik voor postbodes.'

Ze lachte en draaide haar gezicht omhoog naar de lucht. Net op dat moment brak de zon door het wolkendek, zilverachtige stralen deden de plassen in de putdeksels van Union Street en de dikke waterdruppels die als namaakjuwelen op de motorkappen van geparkeerde auto's lagen, glanzen.

'Ik moet gaan,' zei ze.

'Julian Rose,' flapte ik eruit, en ik stak mijn hand uit.

'Je bent heel aardig gezelschap in een regenbui, Julian Rose.'

Ze hield mijn hand een paar seconden vast. Toen, met een glimlach bij haar mondhoeken, liet ze hem los. Ze draaide zich om en liep de vier treden af naar het trottoir, waar ze stilhield terwijl ze me over haar schouder aankeek. Haar uitdrukking was zachter geworden, en een ogenblik dacht ik dat ze terug zou komen.

'Ik ben Claire Marvel,' zei ze nonchalant. 'Ik zit soms in het Café Pamplona. 's Middags. Ik lees daar.'

Met die woorden draaide ze zich om en liep de straat op. Ik keek haar na totdat ik haar niet meer kon zien.

2

Ik was op weg geweest om Carl Davis, de hoogleraar die de Sherbourne-leerstoel in de politicologie bekleedde, tijdens zijn kantooruren te bezoeken. Hoewel ik colleges bij hem volgde over Amerikaanse politieke instituties, had ik de man wiens briljante reputatie voor hem uitsnelde als de boeg van een destroyer, nooit daadwerkelijk ontmoet. Ik koesterde de hoop me die middag te kunnen introduceren en hem te kunnen overhalen me adviezen te geven over mijn dissertatie. Door de situatie, vanwege de bui, kwam ik later in Littaur aan dan ik had gehoopt. De deur van professor Davis' kamer was dicht, en de bank in de gang werd bezet door drie promovendi van mijn instituut.

Mike Lewin, een drieëndertig jaar oude inwoner van Brooklyn die bezeten was van Joseph McCarthy, keek op van een nieuw boek over de zwarte lijst van Hollywood en mompelde: 'Hé, regent het?' Zijn rossige haar was ruig, op zijn kaak ontkiemde een ontembare rode baard. Naast hem zat Parker Bing te veinzen dat hij ons negeerde. Een heterogeen stel, dacht ik. Bing kwam uit Greenwich. Zijn voorstelling van het politieke leven hoorde bij de anachronistische tijd van de traditoneel conservatieve standenverering en de bij deftige clubs aangesloten 'gentlemen' waarvan zijn helden Acheson en Harriman de beste voorbeelden waren. Hij droeg hoeden en vlinderdasjes en soms zelfs bretels, die hij nadrukkelijk 'bretellen' noemde. Via connecties had hij al drie maanden bij het State Department kunnen werken, en hij gaf er de voorkeur aan alleen die collega's te accepteren van wie hij het waarschijnlijk achtte dat hun een soortgelijke vooruitgang wachtte.

De derde student was een slanke vrouw uit New Delhi die Dal heette. Ik had gehoord dat ze een squashkampioene was.

De bank was vol, en dus ging ik op de grond zitten. Mijn drie collega's waren allemaal vlijtig aan het lezen. Ik trok *Political Parties and the Modern State* uit mijn schoudertas en deed een poging me bij hen aan te sluiten. Maar ik kon me niet concentreren. Mijn klamme kakibroek schuurde tegen mijn dijen, en Claires gele paraplu drong steeds weer mijn gedachten binnen. Daaronder had ik met haar gestaan, terwijl de regen het dunne, zonachtige schild boven onze hoofden geselde. Het was al moeilijk om me te herinneren wat er eigenlijk was gebeurd. Wat had ik precies tegen haar gezegd? Was haar opmerking aan het slot een uitnodiging geweest, of alleen een geintje?

'Tot ziens,' mompelde Lewin, terwijl hij langsslofte. Hij had zijn bespreking met Davis al achter zich. Ik keek op en zag Bing de kamer in schrijden en de deur achter zich sluiten. Dals blik ontmoette de mijne en ik trok mijn wenkbrauwen op, maar zij sloeg haastig haar ogen neer op haar boek, een deel met de titel *Grassroots Nation*, zodat ik weer terugviel op mijn gedachten over Claire Marvel.

Ik maakte niet veel kans, vermoedde ik. Mijn ontmoeting met haar was een abnormale gebeurtenis geweest, een vreemde speling van het meteorologisch noodlot. Ik zou mezelf blijven – verstandelijk ingesteld, soms onhandig, soms amusant; bij gelegenheid op momenten die even stralend en voorbijgaand waren als zeepbellen, iets meer dan alleen pienter. Maar vooral veilig. Veiligheid zat hem niet in cijfers, maar in de zekerheid dat op reeds gebaande paden geen verrassingen op de loer liggen. Je mocht de toekomst niet uit het oog verliezen. Dat was ons credo. Onder de harde kern van de postdoc-studenten politicologie werd de romantische liefde beschouwd als een dubieuze bijkomstigheid. Als een moeras dat met uiterste behoedzaamheid moest worden benaderd, want het zou de wateren van de zuivere, megalomane ambitie kunnen bezoedelen.

Bing kwam zelfvoldaan ogend uit Davis' kamer te voorschijn. Hij onthaalde Dal op een nors knikje, alsof hij de permissie mocht verlenen om naar binnen te gaan, en liep vervolgens zonder me een blik waardig te keuren langs mij heen. Dal pakte haar spullen bij elkaar. Ze was aantrekkelijk en bewoog zich met een moeiteloze gratie. Ze liep de kamer in en sloot de deur achter zich.

Er zijn, neem ik aan, mannen die zich knap voelen; misschien, bij gelegenheid, zelfs goddelijk. Ik heb nooit tot die mannen behoord. Niet dat ik noodzakelijkerwijs onaantrekkelijk was – niemand had me ooit onaantrekkelijk genoemd. Maar evenmin had ik me ooit het voorwerp van de verrukte, esthetisch keurende blik van een vrouw gevoeld, van haar onmiskenbare, onbetwistbare begeerte. Ik had in het verleden weinig vriendinnen gehad, met grote tussenpozen, en ze hadden moedwillig onverschillig tegenover mijn fysieke aanwezigheid gestaan. Of ze waren geestelijk afwezig geweest, voortdurend opgeslokt door hun wekelijkse planningen, werkgroepen en schermcursussen. Een toestand die ik met mijn aangeboren behoedzaamheid altijd had aanvaard en beantwoord, misschien zelfs begrepen.

Ik was niet bijzonder atletisch of sterk. Mijn lichaam bracht het tot ongeveer een meter tachtig en tweeënzeventig kilo. Mijn huid had een semitische, licht olijfkleurige tint. Mijn korte, donkerbruine haar had een brave scheiding aan de linkerkant. Mijn ogen waren bruin en stonden aan beide kanten ver van een middelgrote tot grote neus die (gezien oude foto's van bepaalde familieleden aan moederskant) als een soort zegen beschouwd mocht worden. Ik had mooie handen, placht mijn grootmoeder me te verzekeren, met lange pianistenvingers; deze gave was evenwel niet vergezeld gegaan van muzikaal talent.

Nee, dacht ik, ik zou niet naar Café Pamplona gaan. Het was geen uitnodiging. Elke willekeurige dag bood voldoende potentiële teleurstelling zodat er geen noodzaak was om de risico's te vergroten. Schoonheden zoals zij – vrouwen met buitenissige paraplu's – waren onontkoombaar biologisch geprogrammeerd om schoonheid in hun partner te traceren. Dat zou zij ook doen. Ik zou een gok wagen. En de gok zou slecht uitpakken. Dit was geen aanwensel, probeerde ik mezelf te verzekeren, alleen een kwestie van logisch redeneren.

'Julian.'

Ik keek op. Daar stond Dal, sereen en exotisch.

'Moet ik naar binnen?'

'Ik zou snel praten als ik jou was,' zei ze op ongeïnteresseerde toon. 'Hij keek steeds op zijn horloge.'

3

Wat door mijn hoofd flitste toen ik het met zware stem gesproken 'binnen' had gehoord en de ruime werkkamer met het kersenhouten bureau en de mahoniehouten schommelstoel had betreden, waren de oude foto's die ik vaak in tijdschriften afgedrukt had gezien van een jeugdige, potige Ronald Reagan op zijn ranch in Santa Barbara – bezig hout te hakken, afrasteringen te repareren en over zijn terrein te rijden. Professor Davis stond bij het raam. Natuurlijk had ik hem vele malen tijdens colleges gezien, waar hij erom bekendstond dat hij à la Churchill twee uur zonder aantekeningen kon spreken. Maar hier, in de intieme beslotenheid van zijn kamer, leek hij in alle opzichten ontzagwekkender. Hij was nog net geen vijftig en lang – net als zijn held en 'vriend', de acteur annex president, bezat hij brede, vierkante schouders en grote, krachtige handen. Hij prefereerde kostuums boven het gebruikelijke professorale tweed. Zijn peper-en-zout-kleurige haardos was indrukwekkend vol, zijn wenkbrauwen waren twee dikke penseelstreken, gezet door een uiterst trefzeker kunstenaar. Achter een bril met randloos montuur waren zijn ogen doordringend blauw. En hij had de neus van een leider: vlezig maar recht, met een havikachtige forsheid die op een man met een minder uitgesproken karakter een karikatuur had kunnen zijn.

Hij keek op zijn horloge. 'Ben jij de laatste?'

'Ja meneer.'

'Goed. Ik moet een vliegtuig halen. In de tussentijd zullen wij praten. Dat is trouwens een Kennedy-schommelstoel. Maak je geen zorgen, ik zal het je niet aanrekenen.'

Het was een grapje, dacht ik, hoe flauw ook; maar hij glimlachte niet, en ik dus ook niet. Ik ging op de schommelstoel zitten. Voor zichzelf pakte hij een houten leunstoel gedecoreerd met een verbleekt Harvard-insigne.

'Professor Davis...' begon ik.

'Je volgt college bij mij,' interrumpeerde hij, me met scherpe blik keurend.

'Ja. Ik...'

'Zeg het me niet.' Zijn voorhoofd rimpelde zich, met diep geëtste verticale lijnen. 'Rose. Hm-m Rose. Heb ik het goed?'

Ik staarde hem aan, niet zeker wetend of ik me gevleid of gealarmeerd moest voelen. 'Julian.'

'Wat?'

'Julian,' herhaalde ik een beetje harder.

'Inderdaad. Charlie Dixon heeft me je naam genoemd. Ik ben op zoek naar een onderzoeksassistent. Ben je daarom hier?'

'Eigenlijk...'

'Mijn vorige was een ramp. Dacht dat hij een jonge Voltaire was.' Hij keurde me nogmaals, alsof ik net op dat ogenblik de kamer binnen was gekomen. 'Je zit altijd aan de linkerkant. Goed?'

'Ja meneer.'

'Dezelfde stoel. Zeg me niet dat het bijgeloof is – ik geloof niet in hocus-pocus. Wist je dat Dixon je bij mij heeft aanbevolen? Je hebt opmerkelijk onderzoek voor hem gedaan, meen ik.'

Ik knikte. 'Voor zijn boek over Teddy Roosevelt en de verkiezingen van 1912. Alleen het laatste gedeelte, het deel dat gaat over het programma van de Progressive Party – directe senaatsverkiezingen, vrouwenkiesrecht, verlaging van de invoerrechten, de sociale hervormingen. Dat soort dingen. Eigenlijk, professor Davis...'

'Heb je het boek helemaal gelezen? Dixon heeft me afgelopen maand namelijk een exemplaar gestuurd, vers van de pers, en ik heb het doorgekeken. Strikt onder ons: ik vind het soft.'

'Soft?'

'Maak je geen zorgen, ik doel niet op jou. Die ouwe Charlie is gecastreerd door zijn linkse verlangens. Dit is geen serieuze politieke wetenschap. Laat Dixon een grootscheeps regeringsprogramma zien – een bodemloze put voor het geld van de belastingbetaler – en hij fixeert zich op zorgzaamheid en natuurbehoud. Jezus, hij wil alleen maar knuffelen. Roosevelt zou hem er direct stevig van langs hebben gegeven.'

'Roosevelt deed zelf ook aan natuurbehoud.' Ik kon me niet inhouden. 'En niet alleen voor de vorm.'

'Ik maak niet noodzakelijkerwijs bezwaar tegen het behoud, maar tegen het geknuffel,' repliceerde Davis. 'Ik ben helemaal voor behoud – oftewel voor de constitutie. Bedenk: conservatief staat voor conserveren, behouden. Jij bent toch geen knuffelende linkse rakker?' Op zijn gezicht lag een zwak, goedkeurend glimlachje, maar de stem eronder was hard als plaveisel. Hij bekeek me alsof hij me de maat nam voor een kostuum of een doodskist.

'Ik ben Democraat,' antwoordde ik. 'Maar ik knuffel niet.'

'Dus heb je kloten?'

'Ik dacht van wel.'

Davis' glimlach werd iets breder, en voor het eerst sinds ik bij hem was voelde ik dat ik ontspande.

'Wil je de baan?'

'Biedt u me die aan?'

'Ja. Op proef, uiteraard.'

'Uiteraard. Ja, absoluut, ik wil de baan.'

'Goed.'

Er viel een stilte. Ik ademde diep uit en keek om me heen. Achter Davis, tussen twee ramen met een glorierijk en tijdloos uitzicht op de rechtenfaculteit, bevond zich een muur met foto's van hemzelf met diverse groten van het Republikeinse establishment: twee foto's met Reagan, drie met Meese, één met Weinberger en één met Schultz. Verschillende foto's waren genomen op een golfterrein. Ik had horen vertellen dat zijn vriendschap met Meese, die terugging tot Reagans mislukte campagne voor het presidentschap van '76, de sleutel tot Davis' carrière was. Al vroeg tijdens Reagans eerste ambtstermijn had hij zijn connecties met de minister van Justitie gebruikt om zich toegang te verschaffen tot de kleine kring van onofficiële beleidsadviseurs van de president – en daarvan maakte hij, volgens alle berichten, nog steeds deel uit. Hij bracht twee dagen per week in of rond het Witte Huis door. Ik was het hartgrondig oneens met zijn conservatieve politieke opstelling, maar ik kon niet anders dan bewondering hebben voor zijn talent en succes.

'Eigenlijk, professor Davis, hoopte ik dat ik het ook nog met u over mijn dissertatie zou kunnen hebben.'

'Daar zal nog volop tijd voor zijn.' Hij keek weer op zijn horloge en stond uit zijn stoel op. 'Even kijken. Het is zeventien over vier. Om half acht moet ik gekleed zijn voor het diner in het Jefferson Hotel. Hoeveel kans geef je me om het te redden?'

'Bijna geen.'

Hij glimlachte met zichtbare eigendunk en ik zag dat ik net in zijn valletje was gelopen. 'Dat is de narigheid met jullie linkse rakkers,' zei hij. 'Geen visie.'

'Beter blind dan fout,' schoot ik terug.

Hij viel stil; achter zijn bril leken zijn ogen hard als saffieren te worden. Ik wachtte met half ingehouden adem af waar ik door mijn scherpe tong terecht was gekomen.

Ten slotte strekte hij zijn arm en legde een hand op mijn schouder. 'Er staat buiten een auto op me te wachten,' zei hij op vaderlijke toon. 'Rij met me mee naar het vliegveld, dan kunnen we de details bespreken.'

4

Hij wilde me aan het eind van de week weer spreken, na zijn terugkeer uit Washington. Hij was een boek aan het schrijven voor Random House, voorlopig getiteld *Het Congres en de constitutie*, en misschien ook memoires. Hij zou vrijdag lunchen in de Faculty Club, maar zou 's middags een uur vrij hebben. Laten we samen koffie drinken, zei hij. Ik vroeg hem waar, en met iets uitdagends in zijn blik zei hij dat ik de plaats moest kiezen. Mijn eerste toetsing.

Café Pamplona was beslist niet het soort zaak waar je iemand als Davis mee naartoe kon nemen; niet als je indruk wilde maken; niet als je maar een greintje verstand bezat. Het was een trefpunt voor Europeanen en in het zwart geklede would-be Europeanen. Het had een bepaalde links-intellectuele uitstraling en het was niet macht, die er telde. Hij zou er ogenblikkelijk de pest aan hebben.

Ik kwam een uur te vroeg. Een café in Spaanse stijl, onduidelijk Moors qua decoratie, benauwd en met een laag plafond, een paar traptreden omlaag vanaf de straat. De smalle ramen op grondniveau zaten allemaal potdicht en de lucht was doortrokken van sigarettenrook. De ronde tafels met marmeren bladen werden bezet gehouden door donker geklede lijven en bleke gezichten. Dat van Claire bevond zich niet onder hen. Drie dagen had ik onophoudelijk aan haar moeten denken. Nu vond ik een plekje in de hoek, bestelde een cappuccino en zat naar de ingang te kijken, waarbij ik me levendig het moment voorstelde waarop zij de deur door zou komen en mij zou zien, en er een enorme lach op haar gezicht zou doorbreken. Belachelijk, natuurlijk. Dwaas, idioot... evengoed zat ik te kijken.

Er was volop tijd. Tijd om een rare, niervormige plas water te bestuderen die door de vorige klant op mijn tafel was achtergelaten; tijd om na te denken over de kwestie van mijn dissertatie en hoe ik mezelf aan Davis zou presenteren.

Hij arriveerde stipt op tijd. Door zijn binnenkomst werd het café kleiner. Hij bezat het overgeërfde vermogen om de persoonlijke leefruimte van anderen te verkleinen maar hun toch een onuitgesproken gevoel van grotere mogelijkheden in hun bestaan te geven. Vandaag was zijn kostuum marineblauw en zijn das geel. Hij had topman van een bedrijf kunnen zijn, of zelfs de grote baas in eigen persoon. Terwijl hij op mijn tafel toeliep weigerde hij te buigen voor de architectuur, zodat zijn hoofd slechts enkele centimeters onder het door nicotine verkleurde plafond doorging. Hij overhandigde mij een dossiermap van indrukwekkende omvang, verklaarde: 'Mijn manuscript' en liet zichzelf in een stoel zakken.

'Voor de helft klaar. Ik vond dat je wat er nu is maar eens moest lezen voordat we verdergaan.'

De ober kwam steels aangelopen. Davis bestelde een dubbele espresso en verzocht of de tafel kon worden schoongemaakt; met een veeg van een lap verdween de plas.

Hij wierp een blik om zich heen. 'Het is me hier wel een hellekrocht, zeg,' zei hij amicaal.

Ik grijnsde opgelucht.

Hij vertelde me meer over het boek dat hij aan het schrijven was. Zelfs naar historische maatstaven gemeten, zo betoogde hij, ging het door de Democraten beheerste Congres te ver in zijn pogingen om de president te dwarsbomen. Al die overspannen flauwekul over de Iran-Contra-kwestie was alleen maar een smoes, verklaarde hij. Een zekere mate van partijgeest was uitstekend en lag in de lijn der verwachtingen, het was een product van de menselijke natuur; maar er bestond nog een velletje papier dat de constitutie heette. We hadden eindelijk een man in het Witte Huis die de grondwet in ere hield en begreep op welke wijze hij was opgesteld om Amerika sterk te houden. Het huidige Congres was niet zomaar *tegen* Ronald Reagan, het was erop gespitst de letterlijke bewoordingen van de constitutie en de erin geformuleerde institutionele privileges te verdraaien om hem op de knieën te krijgen. Zijn boek, beweerde Davis, bevatte een tijdloze historische analyse van een dergelijke onverantwoordelijke wetgevende tactiek en een krachtige bestrijding ervan.

Hij leunde achterover, met een uitdrukking van zekerheid op zijn gezicht gegrift. Ik dronk mijn cappuccino op en depte mijn mond met een papieren servetje. Ik overzag, veel duidelijker dan bij onze eerste ontmoeting, de enorme waterscheiding tussen onze politieke overtuigingen en wereldbeschouwingen.

Hij leek te wachten tot ik commentaar zou geven, dus gaf ik het.

'Je zou ook kunnen aanvoeren dat de president er met zijn zelfverheerlijkende visie op de uitvoerende macht op uit is om het Congres op de knieën te krijgen,' zei ik.

Davis staarde me aan totdat een dun zweempje twijfel door mijn ingewanden omhoog kroop.

'Luister nu eens,' snauwde hij. 'We hoeven het niet over alle details eens te zijn. Maar we moeten elkaar kunnen vinden in de grondbeginselen. Mijn beginselen, om precies te zijn. Anders, moet je begrijpen, gaat het niet door.'

'Dat begrijp ik.'

'En zijn we het eens over die beginselen, Julian?'

Ik aarzelde. Ik keek naar hem en woog de mogelijkheden af. Ik zag de teleurstelling van mijn vader voor me als hij getuige van dit moment was geweest. Geen teleurstelling over het weggooien van een goede kans op een baan, maar over het onbetamelijke verlangen om mezelf te verkopen. Al zou hij er met zijn karakteristieke zwijgzaamheid vanaf hebben gezien een expliciet oordeel over mij te vellen.

Vervolgens zei ik mijn nieuwe mentor wat hij wilde horen.

'Goed.' Davis verzwolg zijn laatste slok espresso en keek op zijn horloge. 'Vertel me nu dus eens iets over jezelf.'

Ik wendde mijn blik af. Door de gesloten ramen zag ik de lichaamsloze benen van mensen die beide kanten uitliepen. Ik bedacht hoe graag ik had gewild dat Claire getuige zou zijn geweest van mijn collegiale ontmoeting met professor Carl Davis uit Harvard en Washington, en een nevel van schaamte deed het stralende visioen van mijn toekomst betrekken.

'Ik kom uit New York,' zei ik. 'Na mijn studie aan Columbia heb ik twee jaar bij de adviesraad voor buitenlandse betrekkingen gewerkt. Daarna ben ik hierheen gekomen.'

'Goed. Dat heeft Dixon me verteld.' Davis' toon was opgewekt geworden; hij leek opgelucht dat hij de inleidende besprekingen achter de rug had en was er nu gretig op uit om kloven tussen ons te dichten. 'Je moet aan Columbia bij Gordon Klein hebben gestudeerd,' zei hij.

'Hij was mijn scriptiebegeleider. En ik heb zijn colleges over "Vrijheid van wetgeving" gevolgd.'

'Gordon en ik kennen elkaar al dertig jaar. Hij is de peetvader van mijn zoon Peter.' Opeens was Davis' uitdrukking vertrouwelijk geworden. Deze kleine persoonlijke band die we toevallig deelden was belangrijk voor hem. Op een ongedwongener, uitnodigender toon informeerde hij: 'Hoe oud ben je?'

'Zesentwintig.'

'Peter is wat jonger.' Hij zweeg even, en bekeek mij met een welhaast vaderlijke blik. 'Een paar dagen geleden op mijn kamer had je het over je dissertatie.'

Ik knikte.

'Vertel me er eens over.'

Ik schraapte mijn keel. 'Ik ben van plan in te gaan op de diverse belichamingen van de Progressive Party, hun gevolgen en hun betekenis,' begon ik. 'De verkiezingen van 1912, 1924 en 1948. In het bijzonder '48, toen Wallace kandidaat voor het presidentschap was – en die keer de Democraten en niet de Republikeinen aanviel. Hij krijgt steun van de Communisten en de American Labor Party, attaqueert Truman omdat hij niet met de Russen samenwerkt om de Koude Oorlog te beëindigen, bepleit een intrekking van de Taft-Hartley-wet en de hernieuwde instelling van de prijsbeheersing uit de oorlog. Politieke zelfmoord, nietwaar? Toch maakten een miljoen stemmen bij de algemene verkiezing duidelijk dat Truman zonder de progressieven met geen mogelijkheid Dewey had kunnen verslaan. Toen is de hele zaak stukgelopen. De Progressive Party is min of meer opgelost. Waar zijn de kiezers gebleven? Daar wil ik me op richten. Een miljoen mensen zijn geen kleinigheidje. Professor Davis, ik wil schrijven over de blijvende aanwezigheid van een politieke beweging van een legitieme derde partij in Amerika, een onzichtbare, wisselende groep kiezers die al veertig jaar in de coulissen heeft staan wachten, op zoek naar een levensvatbare optie. De ondergrondse bron. Ik wil licht werpen op die kracht en zijn politieke consequenties op de lange termijn.'

Ik leunde hijgend achterover.

'Interessant,' zei Davis. 'Ik denk dat je iets te pakken hebt...'

Zijn toon leek oprecht bemoedigend; een toekomstig protégé had op niets meer kunnen hopen. Maar zijn aandacht was ik kwijtgeraakt, misschien al een poosje geleden. Hij staarde langs me heen, naar de ingang, en werd volkomen in beslag genomen door wat hij zag. Ik draaide me om, om zijn blik te volgen. En zo ontdekte ik dat terwijl ik had zitten praten, Claire Marvel het café had betreden en nu precies in de deuropening stond.

5

'Als dat Julian van de regenbui niet is.'

Ze was net zo gekleed als drie dagen geleden – sandalen, een verschoten spijkerbroek en een los katoenen shirt. Ze was alleen nog mooier dan in mijn herinnering. Ik stond op alsof ik bij mijn kraag was gevat.

Tegen Davis zei ze: 'Uw vriend en ik hadden het genoegen elkaar tijdens een orkaan te ontmoeten. Hij was niets minder dan heroïsch.'

'Ze bedoelt dat ze me onder haar paraplu liet staan.'

'Ik kan me beroerder plekjes voorstellen,' mompelde Davis.

Hij tuurde ingespannen naar haar, terwijl een flauwe glimlach zich om zijn mondhoeken krulde. Met een raar soort onwil stelde ik hen aan elkaar voor. 'Professor Davis, dit is Claire Marvel.'

Hij kwam overeind en pakte haar hand. 'Aangenaam.'

'U bent Julians hoogleraar?'

'Dat ben ik. En nu, zou je denk ik kunnen zeggen, zijn werkgever.'

'Werkelijk,' zei Claire met een opgetrokken wenkbrauw; met een gevoel van schrik besefte ik dat ze hem aan het plagen was. 'Bent u een beroemdheid?' ging ze op gekscherende toon verder. 'Moet ik u kennen?'

'Alleen als je je bezighoudt met politiek en bestuur.' Davis' toon had een ernstige, retorische bescheidenheid over zich gekregen.

'Beschouwt u kunst als politiek?' Een uitdagende glimlach was om haar lippen gekomen.

‘Niet op enige legitieme wijze, nee,’ antwoordde Davis.
‘Dan komen we allebei uit een andere wereld.’
‘In dat geval veronderstel ik dat ik zeer fortuinlijk ben je hoe dan ook te hebben ontmoet,’ zei Davis met zijn kenmerkende glimlach. Hij keek op zijn horloge en legde een biljet van vijf dollar op de tafel. ‘Als jullie me willen excuseren, ik vrees dat ik nu een afspraak heb. Julian, als jouw keuze op het gebied van vrouwelijk gezelschap enige indicatie biedt, heb je een stralende toekomst voor je. Lees intussen het manuscript en neem weer contact met me op. Ik wil hier graag op volle kracht mee verder gaan. En wat betreft je dissertatie luidt het antwoord: ja.’
‘Dank u, professor Davis.’
‘Carl. Geen dank. Maar werk je verdomme de pleuris en zorg dat we allebei als winnaars uit de bus komen. Vergeeft u me alstublieft mijn taalgebruik, juffrouw Marvel.’
‘Ik vergeef altijd alle taalgebruik, professor Davis.’
Een blik van bewonderende verbazing maakte zich voor even van zijn gezicht meester. Toen kreeg hij zich weer in de hand en stapte, zonder te vergeten nog een laatste keer op zijn horloge te kijken, op.

We staarden hem na; hij was een van die mannen die een flink kielzog achter zich leken te laten. Toen hij weg was gingen we weer zitten.
‘Een ego ter grootte van Wyoming,’ luidde Claires geestige oordeel. ‘Maar toch wonderlijk charmant. Ik maak uit zijn opmerking over kunst op dat hij niet bepaald een rooie is?’
‘Laten we het erop houden dat hij Ed Meese tot zijn beste vrienden rekent.’
‘En jij hebt hem gezegd waar het op staat?’
‘Hij is over het algemeen degene die het meest aan het woord is.’
‘Daar zag het niet naar uit. Ik zag jou je verhaal afsteken. Heel indrukwekkende handgebaren.’
‘Ik vertelde hem over mijn dissertatie. Jij laat het klinken als een act.’

'Geen act. Ik maak alleen onderscheid tussen geest en lichaam.' Ze pakte mijn handen, die op de tafel lagen. Door haar aanraking gingen de haartjes op mijn armen overeind staan. 'Ik zou deze handen vertrouwen,' zei ze.

Haar blik was direct. Ik kon me niet voorstellen dat ik me ervoor zou kunnen verstoppen, zelfs als ik dat had gewild.

'Je bloost,' zei ze. 'Word je altijd zo snel in verlegenheid gebracht?'

Ik gaf geen antwoord. Met een schuldbewust lachje liet ze mijn handen los. Na een naar ik hoopte waardige pauze trok ik ze terug naar de veiligheid van mijn schoot.

De ober verscheen met een mok pepermuntthee en een groot stuk chocoladecake. 'Lunch,' verduidelijkte Claire. Het was drie uur in de middag. Ze legde een stuk cake voor me op tafel en nam zelf een hap, waarop ze langzaam kauwde.

'Hoe oud was je toen je voor het eerst belangstelling voor politiek kreeg?' vroeg ze.

'Politicologie,' antwoordde ik. 'Dat is iets anders – ik ben er niet op uit om president te worden.' Ik at het stuk cake. 'Ik was twaalf,' zei ik.

'Twaalf? Hoorde je toen niet buiten slagbal te spelen?'

'Ik was niet goed in sport. Ook niet in slagbal.'

'Schaken, dan. Of zorgen voor je troetelkei?'

'Ik was niet cool genoeg om een troetelkei te hebben.'

'Serieus,' zei ze.

'Ik ben serieus. Toen ik twaalf was gebeurde er iets. Iets waardoor ik belangstelling kreeg voor de betekenis van de politiek en het politieke systeem in het leven van de mensen.'

'Hield dat verband met een meisje?'

'Op mijn twaalfde? Dat mocht ik willen.'

Ze leunde naar voren en luisterde. En dus ging ik verder, tegen mijn intuïtie in. Ik vertelde haar de rare, onopgesmukte waarheid: dat de aanleiding – het eigenlijke motief – het bouwen van een modelraket was geweest. Ik was er al heel jong aan verslingerd geraakt. Aan de hele santenkraam: Spoetnik, NASA, Joeri Gagarin, John Glenn en Neil Armstrong. Toen volgden een kleine technische storing, een confrontatie met de politie en een gedenkwaardige oude vrouw uit Boedapest. En zo was, zomaar, de loop van mijn leven veranderd.

Ik keek op: ze luisterde nog steeds. Dus ging ik verder. Ik vertelde haar hoe ik, op mijn twaalf-en-een-halfde, met geld dat ik had gespaard van een jaar zakgeld en karweitjes, uit een postordercatalogus een 45 cm lange raket van balsahout had gekocht. Zonder dat mijn ouders of mijn oudere zus Judith ervan wisten bouwde en beschilderde ik dit interplanetaire vaartuig in het diepste geheim – alles gericht op een grote voorjaarslancering vanuit het raam van mijn kamer. Het gebouw aan de overkant van de straat was een paar verdiepingen lager dan het onze. En het was mijn – eenvoudige doch gedurfde – plan de raket over de daklijn aan de overkant heen te richten, zodat hij na de lancering in een boog over alle obstakels die op zijn weg lagen heen zou vliegen en uiteindelijk aan zijn kleine ingebouwde parachute in de Hudson zou neerdalen.

Ik vertelde haar hoe, na weken van voorbereiding, de grote dag was aangebroken. Een heldere, windstille dag; perfecte omstandigheden, van het soort dat complete naties in beroering heeft gebracht wanneer ze naar de tv zaten te kijken hoe er geschiedenis werd geschreven. Voorzichtig om niet naar buiten te vallen opende ik mijn raam zover mogelijk en richtte de lanceerinstallatie. Vervolgens ontstak ik de lonten, sprong weg en keek vanachter een stoel toe. De lonten sisten snel omhoog de raket in, als sterretjes – toen weerklonk een dubbele explosie en spoot de raket het raam uit! Ik voelde een onbeschrijflijke triomf – tot ik zag wat er werkelijk gebeurde. De explosies hadden niet tegelijk plaatsgevonden. De eerste had de neus naar links gedrukt; vervolgens had de tegenkracht van de tweede explosie de hoogte verminderd. Nu vloog de raket met gigantische snelheid recht op het gebouw aan de overkant van de straat af. Intussen waren de mensen door de herrie naar hun raam toe gekomen. Hoofdzakelijk oude mensen en huisvrouwen. Het was in de middag. Met name één oude vrouw keek uit haar raam op de vijfde verdieping en zag wat in haar ogen een vlammend, hittezoekend projectiel was dat recht op haar hart afstevende. Ze begon te gillen. Wie kon het haar aanrekenen? Ze gilde zo hard dat een van haar buren de politie belde. Ze gilde nog steeds toen de raket vlak boven haar raam tegen het gebouw op vloog en rokend in de bloembak met viooltjes bij haar raam viel die, zo bleek, haar grote trots was. Tevens bleek – dit alles vernamen mijn ouders later van de politieman die mij ondervroeg – dat de vrouw een jodin uit Boedapest was die op de een of andere manier de oorlog, de holocaust en talloze andere tragedies en vernederingen had weten te overleven; die tientallen jaren geleden Amerika en de Upper West Side had bereikt, die de echtgenote was van een overlevende van het kamp, de moeder van twee kinderen en de grootmoeder van drie kleinkinderen en, sinds kort, weduwe; die hield van haar buurt, van de gerookte zalm bij Zabar en van haar bak vol viooltjes met een hartstochtelijkheid en dankbaarheid die alleen het resultaat kunnen zijn van een leven vol leed.

'Nee toch,' zei Claire.

En dat was nog niet alles, zei ik. Ongeveer een maand later zag ik de vrouw op Broadway, voor Fairway. Ze was klein en gebogen, met een zo gerimpeld gezicht dat de som van het totaal weer iets stralends kreeg: vanuit dat door de geschiedenis gefolterde hoofd namen haar bruine, diepliggende ogen alles op wat bewoog. Ze duwde haar boodschappentassen langzaam over het trottoir voort in een klein metalen karretje. Ik volgde haar een paar blokken en probeerde moed te verzamelen om haar aan te spreken. Niet ver van haar gebouw haalde ik haar in en vertelde wie ik was en wat ik had gedaan. Een poosje nam ze me op met die ogen die zoveel hadden gezien van het slechtste dat de mens te bieden heeft. Ten slotte zei ze met een knikje: 'Duw maar, als je wilt.' En zo ging ik, haar boodschappenkarretje voortduwend, met haar mee naar huis. Het gebouw in, met de lift omhoog: ze zei geen woord tot we voor haar appartement stonden in een gang die rook naar gestoofde kool en azijn. 'Kom maar binnen, als je wilt.' En ik ging naar binnen. Het was een flat als een pijpenla, lang en smal, besmeurd met harsachtige schaduwplekken, bestaand uit twee in elkaar overlopende kamers, deprimerend maar ook huiselijk, en vol spulletjes: boeken, zwartwitfoto's, dikke kussens, kaarsen in plassen gestold kaarsvet en veel spullen die ik zelfs niet kon benoemen. Achterin lag de keuken. Ze zette thee met lepels jam erin en zette me drie kleine chocolademaantjes voor.

'Daarna zocht ik haar vrij vaak op,' vertelde ik Claire. 'Soms had ze zo'n last van haar gewrichten dat het haar vijf minuten kostte om te gaan zitten. Voor de oorlog had ze in Boedapest piano gestudeerd en een tekkel gehad die Gustav heette. Ze had nooit nagedacht over geschiedenis of politiek. Maar in New York was ze een modelburgeres geworden. Ze spelde de krant van voren naar achteren, kende de namen van alle plaatselijke politici en liet nooit een kans lopen om te stemmen. In de eerstvolgende novembermaand vroeg ze me haar naar het stemlokaal te brengen. Toen had ze al hulp nodig om zich te kunnen redden. Ze bleef een hele tijd in het hokje. Toen ze naar buiten kwam zag ik dat ze gehuild had. Ik vroeg of het wel goed met haar ging. Ze zei: "Op een dag zul je weten hoe belangrijk dit is."'

Ik zweeg. Het verdriet was als een brok in mijn keel gaan zitten. Ik was opeens verrast om anderen in de ruimte aan te treffen – gesprekken en nevels van rook; een man met een terriër op schoot; een vrouw die een spel tarotkaarten deelde.

'Wat is er met haar gebeurd?' vroeg Claire.

'Op een dag kwam ik van school thuis en stond er een ambulance voor haar gebouw.'

Buiten, in de bocht van Bow Street, stonden we dicht naast elkaar, ademden dezelfde frisse lucht in en voelden de warmte van het zonlicht op onze gezichten. Voorjaar. Mijn gedachten tolden langs elkaar heen. Was dit dezelfde persoon die ik pas een paar dagen geleden had ontmoet?

Claire haalde een bruin pluisje van mijn katoenen trui; het zweefde als een minuscuul haarstukje naar de grond.

'Daar staan we dan,' zei ze, 'op deze prachtige middag.'

Een flauw glimlachje doortrok haar gezicht met het innerlijke licht van een droom. Toen sloeg ze haar ogen op naar de mijne en kuste me op mijn mond. Een explosie van hitte – ik huiverde alsof ik me had gebrand en wendde me half af om mezelf weer in de hand te krijgen.

'Julian Rose,' prevelde ze in mijn oor. 'Waar denk je aan?'

Ik keerde me weer naar haar toe. Ik was er nu klaar voor; zoveel schrik, ontdekte ik, had bijna dezelfde uitwerking als moed.

Dit keer was het Fogg open. We liepen langs de beveiliging (de gezette, middelbare bewaker groette Claire bij haar naam) en betraden de overdekte centrale binnenplaats van het museum: een Italiaans palazzo met monastieke inslag, luisterrijk maar streng – met banken van donker mahoniehout en colonnades met bogen waardoor de galerijen bereikbaar waren.

Ik volgde haar over de binnenplaats, onder een stenen boog en naar een kleine, vierkante galerij die volhing met negentiende-eeuwse Engelse schilderijen.

Ze zei: 'Hij groeide op in Birmingham. Tot zijn tienerjaren had hij nooit een goed schilderij gezien. In Oxford leerde hij William Morris kennen. Daarna, op zijn zesentwintigste, maakte hij op Ruskins kosten zijn eerste reis naar Italië. Hij had zich niet kunnen voorstellen dat er zoveel schoonheid bestond. Toen hij die eindelijk zag, zette hij zijn angst voor zijn eigen falen opzij.'

Ze bleef staan voor een grote aquarel in goud en sepia. Op een plaatje aan de onderkant van de lijst stond *Sir Edward Coley Burne-Jones – 1863 – De Liefde wekt Alcestis op uit de dood.*

Twee vrouwen in goudkleurige gewaden stonden dicht naast elkaar opgesteld – rechts Alcestis, met iets gebogen hoofd, ogen die glansden alsof ze waren bezet met edelstenen en haar blik gericht naar de hemelse gevleugelde godin die haar de onderwereld uit leidde. De vleugels van de Liefde waren doorschijnend en delicaat omlijnd in blauw. Boven haar linkerborst prijkte een schelp die eruitzag als een bloedrode kamschelp. En hoewel ze voor zich uit keek, was haar blik zichtbaar naar opzij op een nabije verte gericht, van Alcestis afgekeerd.

'Misschien kijkt de Liefde naar de echtgenoot,' speculeerde

Claire zachtjes. 'Misschien staat hij vlak naast het toneel te wachten op zijn vrouw, die haar leven voor hem heeft geofferd. Misschien mist hij haar zo dat hij het haast niet kan verdragen om nog een minuut te moeten wachten. We zullen het nooit weten. Maar dat denk ik.'

Ze zweeg even. Terwijl ze sprak had haar gezicht, haar hele lichaam, iets melancholieks over zich gekregen dat ik niet eerder in haar had ontwaard; haar hoofd was gebogen en haar schouders hingen af. Er volgde een lange minuut stilte. Toen bereikte ons een echo van voetstappen en stemmen vanaf de binnenplaats, waardoor ze uit haar mijmeringen werd gehaald. Met een plotselinge intensiteit ging ze verder.

'Ruskin kocht de aquarel en hield er in 1867 een lezing over op het Royal Institution. Hij beschreef hem als een stuk met een "klassieke vrede en rust", en hij had gelijk. Maar dat is niet de reden dat ik er verliefd op ben geworden. Ik ben er verliefd op geworden omdat hij mooi is en de man er niet op staat. Hij is onzichtbaar, overal en nergens. Je voelt hoe de afbeelding doortrokken is van zijn droefheid, hoop en afwachting – op de manier waarop in het echte leven de dingen doortrokken zijn van de liefde. Het is treurig en mooi. De vrouwen zijn als twee verhalen die elkaar op reis hebben getroffen om één verhaal te vertellen, en zelfs al denken we dat we weten hoe het af moet lopen, er ligt toch een mysterie in hun verschillen besloten dat ons nieuwsgierig maakt. Daar geloof ik in.'

Ze zweeg weer. Er drong geen echo door de onzichtbare muren die haar woorden om ons plekje voor de aquarel hadden opgetrokken. En toch hoorde ik haar stem nog altijd. Het was onverklaarbaar. Alsof ik, terwijl ik naar haar luisterde, een prachtig schilderij in het museum van mijn hart had omgedraaid; en op de achterkant, die door niet meer dan een fragiele kunstgreep van de koude blik van de wereld was afgeschermd, een ander schilderij had gevonden, nog oorspronkelijker dan het eerste, mysterieuzer en veel mooier, tenminste in mijn ogen.

6

Mijn ogen gingen open. Ik had de smaak van een verschaalde droom in mijn mond en zag een netwerk van schaduwen op het plafond. Het onverschillige licht van een straatlantaarn kroop langs de randen van de jaloezie voor het raam.

Vragen. Waar was ik? In wiens kamer? Ik lag voor dood. Pas nadat ik een lang ogenblik in het niets was gevallen, ging er knarsend een kast in mijn hoofd open en rolden de uren die ik zojuist met haar had doorgebracht eruit...

De voetgangersboogbrug tussen Dunster House en de economische faculteit. Laat in de middag. We staan midden op de brug wanneer er een Boston Whaler onderdoor vaart die grillige golven vormt op het water van de Charles. De zwaaiende lelieblanke armen van de eigenaar, vuisten met blikjes Miller Lite erin, Steely Dan op de gettoblaster met het nummer 'My Old School', rauwe kreten en uitdagend corpsballengeschreeuw – ik houd Claires hand vast alsof ik haar tegen iets moet beschermen, al heb ik geen idee waartegen. De boot glijdt weg. Joggers en fietsers op het oeverpad, spitsuurverkeer op Memorial Drive. De nu enorme zon, laag, bijna verdwenen. Ik houd nog steeds haar hand vast terwijl we onder met halo's omgeven straatlantaarns een eind Kirkland Street op lopen naar haar appartement. Zelfs ik moet me inspannen om te geloven wat er gebeurt. Maar het gaat door, we zijn er nu nog niet, ze duikt met glazen en een fles op uit een keukentje ter grootte van een muurkast. 'Het goeie nieuws over de champagne is dat hij Frans is,' kondigt ze aan. 'Het slechte nieuws is dat hij maar zes dollar kost.' Daarna, als de glazen zijn gevuld, zitten we samen op de roodbruine sofa van de vlooienmarkt met de Balinese sarong over de leuning gedrapeerd. Ze vertelt me dat een van haar oudtantes van moederskant Deens was en dat, zoals iedereen wel weet, de Denen zijn gezegend met een gave voor de kunst van het toasten; een gave die op haar is overgegaan (het enige van waarde, benadrukt Claire in een rustig maar bitter terzijde, dat via de moederlijke tak van haar familie is doorgegeven) in de vorm van deze toast, nu, tussen ons tweeën. Waarop wij, geleid door haar geprevelde instructies, onze glazen heffen en elkaar zonder het oogcontact maar even te verbreken over de randen aanstaren, met de woorden: 'Skol, waarde Julian;' 'Skol, waarde Claire.' En dat is het.

Ik kan niet zeggen waarom of hoe, maar voor mij klinken deze gekunstelde, formele frasen als oude bezweringen; als geloften die tot elke prijs moeten worden nageleefd. En alle briljante denkbeelden die ik ooit heb gehad zijn me aan het ontglippen; een voor een zie ik ze buiten mijn bereik vallen totdat ik onthand ben, zonder plan of toevlucht. Het voelt als vrijheid. Ik buig me voorover en kus haar. Haar lippen zijn warm als zomerregen. Het moment verstrijkt tussen ons als een stroom. Ze buigt achterover, met haar gezicht dichtbij en haar vingers woelend in mijn haar. Haar ogen zijn al wazig aan het worden. We kussen elkaar nogmaals – en nu zie ik, terwijl ze zich terugtrekt, in het zwakke licht in de kamer dat haar ogen parels zijn in ondoorzichtig bruin, groen en goud. En dat geluid – gefluisterd, hardnekkig, aanhoudend, van een vertrouwde en vreemde stem – is haar naam, en ik noem hem.

Ze keek naar mij, met haar hoofd steunend op haar hand, haar haren een donker oplichtend aureool rond de glanzende diepten van haar ogen.

'Hij wordt wakker.'

Haar stem was gedempt en donker; het moet drie of vier uur in de ochtend zijn geweest. Hetzelfde laken dat mij deels toedekte lag rond haar benen gekronkeld en eindigde bij haar heup. Een veeg strooilicht met de kleur van oud koper glansde op de kromming van haar ontblote huid.

'Hallo,' mompelde ze. 'Je ziet er nogal verbijsterd uit.'

'Ik denk dat ik er niet aan gewend ben dat ik word bekeken in mijn slaap.'

'Geldt dat voor iedereen?'

'Niet voor jou,' zei ik.

Ze kantelde haar hoofd naar voren en kuste me. 'Dank je dat je dat hebt gezegd. Voel je je goed?'

Ik strekte mijn arm en veegde de haren uit haar gezicht. 'Beter dan goed.'

Ze glimlachte – een lucifer die werd afgestreken en schaduwen verdreef. Ik ging tegen de muur aan zitten, waarbij het laken onder mijn middel wegzakte. Ik begon het omhoog te trekken, maar zij hield mijn hand tegen.

'Wacht. Mag ik geen kijkje nemen?'

Ik ging achterover liggen en probeerde niet te veel te denken – een fantasie opgelost in een moment dat ook een eeuwigheid was, haar hand die halverwege mijn dij rustte. Seconden en minuten. Uren. Ik dacht alweer te veel. Hoe was het mogelijk dat dit nog steeds dezelfde dag was? Hoe was het denkbaar dat ik daar was waar ik mezelf nu aantrof? Wier hand was dit? Te veel zegeningen. Genoeg om een doorgaans behoedzaam en sceptisch man bang te maken, deze plotselinge verandering, zonder logische reden, van de gangbare wetten van het heelal.

'Oké,' zei ze luchtig. 'Dat was een traktatie.'

Ik zweeg. Maar ik bedekte mezelf niet opnieuw met het laken.

Toen was het mijn beurt. Ze ging rechtop zitten, en het laken gleed weg. Haar naakte lichaam, lenig maar vol, absorbeerde het beschaduwde, gebroken licht in de kamer tot ze ervan glansde. De tijd verstreek te snel.

Ze tastte naar de fles champagne op de grond. 'Er zit nog een klein beetje in.'

'Ik hoef niet,' zei ik.

'Er bestaat behoefte en er bestaat gebrek.' Ze schonk het laatste restje champagne voor zichzelf in en zette de fles neer.

‘Ik kan er niks aan doen,’ ging ze verder. ‘Mijn vader heeft me geleerd om nooit iets te verspillen.’

Bij het vermelden van haar vader leek haar stem lager te worden.

‘Mijn vader heeft me geleerd nooit als eerste te klappen na een voorstelling,’ zei ik. Daarna zweeg ik en staarde naar de schaduwen op het plafond, in de greep van de onderstroom van een oud, ondefinieerbaar verdriet. ‘Hij kan er niet tegen als hij wordt opgemerkt.’

Claire drukte haar hand tegen mijn wang, bracht haar lippen naar mijn oor en fluisterde: ‘Voor jou is het te laat. Dat weet je toch, hè? Jij bent al opgemerkt.’

7

's Ochtends was ze weg.

Mijn hoofd bonsde van de champagne. Het was stil in het appartement. Voor het eerst bekeek ik haar kamer. Rond de haveloze jaloezie kroop daglicht naar binnen, gelig alsof het vuil was. Er hing een Franstalige poster van *The Four Hundred Blows*; het laken lag als een verfomfaaide hoop aan het voeteneind van het bed. Ik lag vaag wat te peinzen. In plotselinge bezorgdheid verhief ik mezelf op mijn ellebogen – maar mijn kloppende hoofd bracht me daar op pijnlijke wijze vanaf. Ik liet het weer op het kussen zakken. Het was zaterdag, bedacht ik. Algauw sliep ik in.

Toen ik daarna weer wakker werd, was de hoofdpijn minder erg; het licht in de kamer was meer wit dan geel; de lucht was heet.

's Nachts, herinnerde ik me, was ze met haar hoofd op mijn borst in slaap gevallen; haar haren tegen mijn wang voelden zacht als een droom, die me in wakende staat werd geschonken. Haar ademhaling vertraagde en werd vervolgens gelijkmatig, terwijl ze haar eigen diepten in dook en mij met zich meenam. Een bepaald soort geschenk, begreep ik op de een of andere manier. En toch kon ik voelen dat ik weerstand bood. Jaren van gewoontevorming: zelfs als kind was ik slecht geweest in het krijgen van cadeaus en leek ik nooit in staat om, zoals mijn zus, een emotioneel zuiver gebaar te waarderen zonder het aan een onhandige vorm van kritisch onderzoek te onderwerpen. Schuld en een verwrongen praktische instelling bepaalden mijn gedrag. Toen ik op mijn achttiende een verjaarscadeau van mijn moeder uitpakte – een in leer gebonden set van *De opkomst en ondergang van het Romeinse rijk* die van John F. Kennedy was geweest tijdens zijn studiejaren aan Harvard – zei ik haar gedachteloos dat ze dat niet had moeten doen, dat het te duur was. Waarop mijn moeder, met ogen zwart van gekwetstheid, bitter antwoordde dat ze als ik er zo over dacht de boeken wel terug zou nemen. Wat ze ook deed. Ik heb die set van Gibbon nooit meer teruggezien. Waarschijnlijk was hij opnieuw verkocht, en schiep nu iemand met meer moed dan ik er behagen in om in stilte zijn hand langs de op snee vergulde bladzijden te laten gaan die eens door de toekomstige president waren beroerd. In mijn verleden bestonden nog andere verhalen zoals dit – waarop ik, één stap verwijderd van de emotionele waarheid van het moment, de liefhebbende bedoelingen van een ander verkeerd had begrepen. Misschien zou, als mijn eigen natuur voor mij even sterk had geleefd als de historische figuren uit boeken, ik sneller meer inzicht in mijn toestand hebben verkregen. In deze situatie, liggend in Claires bed met haar hoofd op mijn borst, was ik voor één keer overtuigd van de lafheid die me al een leven lang had doen twijfelen. Hier was ze, ze kende me nauwelijks. Waarom zouden haar overwegingen ertoe doen? Haar vertrouwen – onpeilbaar voor mij – maakte dat ze zich in mijn armen aan de slaap kon overgeven. Mijn vertrouwen maakte dat ik wakker bleef en haar niet uit het oog verloor – dat ook nooit meer wilde.

Langzaam ging ik nu rechtop in bed zitten. Een nieuwe dag. Ik was mezelf weer, en ik was alleen. Ik was mijn nacht met Claire ingegaan met een stoet domme, argwanende gedachten over de geringe verantwoordelijkheid van het hart, zowel het hare als het mijne – en die keerden nu allemaal in volle glorie terug.

Ik kleedde me aan, opende de slaapkamerdeur en werd vol in mijn gezicht getroffen door een muur van daglicht. Mijn handen schoten naar mijn ogen toe tegen het felle schijnsel.

'Jij moet Julian zijn,' zei een omfloerste stem. 'Ik ben Kate Daniels. Claires kamergenote.'

Ik knipperde en deed mijn uiterste best om de huiskamer in te kijken: op de sofa zat een lange, gespierde vrouw met Slavische jukbeenderen en helderblauwe ogen, omringd door stukken van de *Boston Globe*. Haar korte blonde haar had een groenige tint. Ze droeg een korte broek van spijkerstof en een T-shirt met V-hals, en was blootsvoets.

'Het is bijna twaalf uur. Ik begon me zorgen te maken dat je misschien dood was. Wil je wat koffie? Er staat een pot in de keuken.'

'Nee, dank je.'

'Claire is weggegaan. Ze heeft een briefje achtergelaten. Het speet haar.'

'Wat is er gebeurd?' vroeg ik.

'Een boodschap van Alan. Haar vader heeft slecht nieuws gehad. Ze moest meteen naar Stamford.'

Ik zweeg. En misschien kwam het door mijn gezichtsuitdrukking, maar Kate stelde zich zichtbaar zachter tegenover me op. Medelijden, gevolgd door een bijna onmerkbare zucht. Alsof ze zich zojuist had gerealiseerd dat ik niet de gebruikelijke gast voor een nacht was, geen Lothario, alleen een willekeurige toerist die zonder reisgids of gezond verstand in den blinde het verkeerde land in was gestrompeld en nu met diplomatiek medeleven moest worden behandeld.

'Alan is haar broer,' legde ze geduldig uit. 'Hij is achtentwintig, vijf jaar ouder dan Claire, en woont in San Francisco. Ze komen uit Stamford. Haar vader is daar autodealer.'

'Stond er in haar briefje iets over wanneer ze weer terugkomt?'

Kate schudde haar hoofd.

'Kun je me een telefoonnummer van daar geven, Kate? Dat zou ik zeer waarderen.'

'Sorry.' Dit wilde niet zeggen dat ze het niet had, moest ik blijkbaar begrijpen.

Ik wendde mijn blik af. Door een halfopen deur ving ik een glimp op van de tweede slaapkamer: een roodzwarte sporttas lag op een keurig opgemaakt tweepersoons bed. Kates kamer. Ik wist niets over deze woning en de mensen die er woonden.

'Ik ga mijn spullen pakken,' zei ik.

Ik trok me terug op Claires kamer en sloot de deur achter me.

Nogmaals stilte. Mijn hoofd klopte weer, en een misselijkheid die misschien alleen voortkwam uit spijt kolkte rond mijn darmkanaal. Ik ging op het bed zitten. Op de grond voor mijn voeten lagen souvenirs van onze nacht met elkaar: de zwarte prop van haar broekje; haar fluwelen haarlint; de lege champagnefles.

Ik vond mijn schoenen en trok ze aan, voorzichtig in mijn bewegingen.

Toen ik de slaapkamer weer uitkwam stond Kate vlak achter de deur.

'Je lijkt me een aardige vent, dus zal ik open kaart met je spelen. Bij haar vader is net longkanker vastgesteld. Ze geven heel veel om elkaar en zij zal er helemaal kapot van zijn. Dat moet je om te beginnen wel weten.'

Ik schoof langs haar. 'Bedankt voor alles.'

'Ik ben nog niet klaar,' zei Kate. 'Ze is mijn beste vriendin. Ik ben gek op haar. Maar ik heb nog altijd geen enkel idee wat ze van de ene dag op de andere zal gaan doen. Zo is ze nu eenmaal. Ik zou gewoon niet willen dat jij je illusies zou maken over wat er allemaal gaat gebeuren. In jouw eigen belang.'

Ik draaide me om en keek haar aan. 'Ik waardeer je bezorgdheid. Maar ik zou me geen zorgen maken dat ik me illusies maak.'

8

Zo begon het. Het leven zonder haar. De eerste week zonder bericht van haar ging over in de tweede. En de derde. De examens brachten het hele universiteitsleven in rustiger vaarwater, gevolgd door de afstudeerdag en reünies, waarbij het rumoer en de emoties weer oplaaiden. Daarna viel er weer een stilte over de campus en het plein, en doofden de vlammen van de euforie snel weer uit tot een gevoel van afmatting en zompige nostalgie. De niet-afgestudeerden gingen naar huis.

Mijn thuis bestond uit twee kamers in het voormalige herenhuis van een vriendelijke weduwe.

Toen ik probeerde Claire te bereiken via een telefoniste in Connecticut, kreeg ik te horen dat het nummer van Marvel in Stamford geheim was en officieel niet mocht worden doorgegeven; het speet haar. Lang niet zo erg als mij, zei ik haar.

Stel je voor dat je een zeldzame lekkernij krijgt aangeboden zoals je denkt er nooit meer één te zullen kunnen proeven. Zou zo'n gelegenheid je zintuigen niet overbelasten, je gevoelens niet uit hun voegen doen barsten? Je dwingen te proeven met een ongezonde, wellicht verlammende verwachting van vervulling? Zou je na afloop de herinnering niet met een verwrongen intensiteit oproepen?

Je de smaak herinneren. Hem nooit meer vergeten. De smaak kennen met een zekerheid die nooit van je kan worden afgenomen.

Als je in dat geval zo iemand als ik zou zijn, zou je jezelf ervan langs geven omdat je om te beginnen dwaas en hongerig naar de smaak had verlangd. Je zou, in de dagen en weken na je eerste en enige nacht met een vrouw die Claire Marvel heette – dagen en weken waarin de telefoon niet gaat, de post alleen de gebruikelijke rotzooi bezorgt en de pijn in je hartstreek die aanvankelijk een voorgevoel leek geleidelijk stolt tot een met staal beklede bunker – je zou dan simpelweg kunnen concluderen dat je een verschrikkelijke fout had gemaakt. Je zou wanhopig van woede kunnen worden. Je zou kunnen proberen het te vergeten, terug te gaan naar af, naar de onmogelijke nul (de paradox van Zeno uiteraard buiten beschouwing gelaten), waar je ruim vijfentwintig jaar lang vredig had geleefd, zij het misschien niet altijd gelukkig, in weloverwogen veronachtzaming van alle smaken.

Vóór haar.

Ik stortte mezelf op mijn werk.

Het boek in wording van professor Davis. Driehonderdvijfenzeventig pagina's vol onloochenbaar heldere conservatieve ideologie, neergepend in een proza dat opviel door een frequent gebruik van de eerste persoon enkelvoud alsmede een onwankelbaar vertrouwen in de eigen historische betekenis.

Ik las het twee keer. Bij de eerste lezing schreef ik mijn opmerkingen in een blocnote, vergezeld van de corresponderende paginanummers en bibliografische verwijzingen. Bij de tweede lezing ziftte ik tien vragen uit en schreef ze over op gele Post-itbriefjes, die ik in het manuscript plakte. Zoals ik er toentertijd tegen aankeek was het mijn taak om op Davis een politiek gewiekste en intellectueel gewetensvolle indruk te maken, zonder te bewerkstelligen dat hij mijn loyaliteit in twijfel zou trekken of bezwaar zou maken tegen wat hij als onbeschaamdheid zou opvatten. Het leek me dat een paar kritische opmerkingen voor hem beter verteerbaar zouden zijn dan tientallen. Daarom formuleerde ik, zoals afgesproken, mijn korte observaties zo dat ik de sporen van mijn eigen opinies over het behandelde onderwerp bijna volledig wegwerkte.

Mijn werk werd goed ontvangen.

De zomer. Heldere, warme dagen, iedereen trok naar de rivier – roeiers en gelieven, geleerden en hoogbejaarden, moeders met baby's. Dieren dronken er, mensen paradeerden er.

Op de lange avonden, waarop het maar langzaam afkoelde, zat ik met mijn hospita, Mary Watson, in de voortuin van haar grillig ogende huis in Brattle Street. Mijn appartement lag op de eerste verdieping en had een eigen opgang. Van tijd tot tijd brachten Mary en ik aan het eind van de dag een uurtje samen door en zaten we gezellig in stilte te lezen terwijl haar vadsige blauwe Pers mauwend aan een lijntje voor onze voeten waggelde.

'Misha is net een hondje,' merkte ze op een mooie avond aan het eind van juni op. Haar stem klonk ouderwets New-Englands, met zangerige klinkers. Het was niet de eerste keer dat ze zo'n mening ten beste gaf.

'Honden kunnen worden afgericht,' zei ik.

'Wees niet zo bekrompen, Julian. Misha *kiest* ervoor ons te negeren. Het is een teken van zijn onafhankelijkheid en zijn zelfbeheersing.'

'Sommige van de grootste despoten ter wereld staan bekend om hun onafhankelijkheid en zelfbeheersing, Mary.'

'Nu ben je belachelijk. Kom hier, Misha, schat. Kom maar bij moeder.'

Misha kwam met een ruk naar voren, wierp zich tegen Mary's paarse kousen en begon er agressief tegenaan te wrijven. Zijn gespin, dat werd versterkt door zijn omvangrijke buik, was diep en had een golvend ritme.

'Ik heb paringsrituelen van katten altijd fascinerend gevonden,' zei ik.

Mary snoof. 'Doe niet zo wreed. Misha's balletjes zijn al een eeuwigheid geleden weggehaald. Het was een trauma waarvan ik zeker weet dat hij het niet nog eens wil beleven.'

Ik boog mijn hoofd. 'Excuses aan Misha.'

'Ik zal ze overbrengen.' Ze streelde de obsceen gebogen rug van de kat. 'Zie je wat een schatje hij is? Gus, daar ben je. Ik begon me al zorgen te maken.'

Gus Tolland, een man van in de zeventig gekleed in een hoog getailleerd saliegroen kostuum uit een vervlogen tijdperk, kwam het huis uit met een blad met een martini-shaker en twee glazen. Deze weduwnaar was de beste vriend van Mary's man geweest. Ze waren nu al meer dan tien jaar samen – ze dronken martini's, keken naar *Hill Street Blues*, *Dynasty* en *L.A. Law* en maakten halfjaarlijkse reisjes naar Europa.

'Weet je zeker dat je niets wilt drinken, Julian?'

'Nee dank je, Gus.'

Hij zette het blad op het lage ijzeren tafeltje neer en begon de heldere, diamantachtige vloeistof gelijkmatig in de glazen te gieten. Hij sliste licht en liep een beetje mank. Zijn ware leven, zei Gus graag, was niet begonnen op Beacon Hill, waar hij als telg van een welvarende familie uit Boston was geboren, maar in Frankrijk. Daar was hij in de laatste maanden van de oorlog als klarinettist beland in een legerband onder leiding van de begaafde jonge jazzpianist Dave Brubeck. Ze hadden overal aan het Europese front voor de troepen opgetreden; ze waren zelfs een keer het voorprogramma van de Andrew Sisters geweest. Gus was in zijn jeugd een magere, introspectieve jongen geweest, maar de oorlog had in hem begeerten en geneugten wakker geroepen die hij wel in zichzelf had bespeurd maar nooit officieel had erkend. En nu, tientallen jaren later, genoot hij het voorrecht een martini te kunnen drinken en zijn gedachten te kunnen laten afdwalen naar het verleden: hoe de band, op weg naar een optreden, in de Ardennen achter de vijandelijke linies verdwaald was; hoe er met Brubeck was gejamd achter op een truck die verder was gevuld met kippen. En de meisjes! Een piano waartegen de formidabele derrière van een vrouw uit Nantes leunde, was over zijn voet gerold en had hem mank gemaakt. Het was niet zijn bedoeling het voor te stellen of de oorlog een akkefietje was geweest – daarvoor waren er te veel vrienden van hem omgekomen – maar Jezus, toen hij weer thuis was en was ingelijfd (dit keer levenslang) bij het advocatenkantoor van de familie, had hij niets zo gemist als de droom waarmee hij in die dagen wakker was geworden, de ochtenden waarop hij ontwaakte met in zijn hoofd, boven het geraas van turbines en het dappere gefluit van mannen met heimwee uit, het constante springerige ritme van de jazz.

Mary zei: 'Gus, Julian heeft zich vermaakt ten koste van de verdwenen balletjes van die arme Misha.'

'O ja?' Met een gemoedelijk opgetrokken wenkbrauw reikte Gus haar een martini aan. Zijn met ouderdomsvlekken bedekte hand trilde, zodat hij wat van het drankje op het gras morste. 'Nou zeg, ik zou niet graag horen wat hij over mij te vertellen heeft als ik er niet ben.'

'O, heel wat, stel ik me zo voor.'

Ze wisselden een intiem lachje uit.

Mary pakte haar boek weer – P.N. Furbank over E.M. Forster – en Gus hees zijn broek op en ging zitten met zijn drankje en zijn herinneringen.

Boven onze hoofden zongen vogels luidruchtig in de bomen. De oude bomen, dichtbebladerd, aan de oude straat. Dit was het begin van de Gouden Mijl van pastorieën die zich bijna tot Fresh Pond Parkway uitstrekte. Longfellow had hier dichtbij gewoond, Hawthorne ook. H.H. Richardson had huizen voor de rijken ontworpen. Een sfeer van oude chic, van een verlichte verwijdering van het onverschillige, luidruchtige bestaan van de onnadenkende massa, bestond hier nog als een belichaming van de verheven deftigheid van New England en de ideële grondvesten van Harvard zelf. Idealen waarvan men had beoogd dat ze onweerlegbaar waren, nam ik aan. Een deftigheid die benauwde, zo scheen me vaak toe, omdat zij zo zeker was van haar aanspraken.

Mary's tuin werd omgeven door een lage stenen muur met een ijzeren poort. Aan de overkant stond een recenter gebouw van sobere rode baksteen – een algemeen huis voor post-docs, veelal uit het buitenland, die nergens anders onderdak hadden. De eetzaal lag op de begane grond. In de lange wintermaanden, als het daglicht even karig was als oorlogsrantsoenen en het om vijf uur donker was in de stad, stond ik in mijn slaapkamer spiedend door de ramen te kijken naar de grote zaal die was verlicht als een laagliggend toneel. De ongeverfde houten tafels met solitaire mannen en vrouwen eraan – volwassen studenten zoals ik – die routinematig al lezend hun maaltijden nuttigden.

'Gus en ik maken plannen voor een klein uitstapje naar de Veneto,' zei Mary.

Ik keek haar aan. Haar glas was leeg en haar ogen stonden helderder. Twee zachte blosjes, als verwelkte rozenblaadjes onder rijstpapier, waren op haar wangen verschenen.

'Wanneer?'

'We vertrekken de veertiende, meen ik. Ja toch, Gus?'

'De vijftiende,' antwoordde Gus, en hij verzwolg het laatste restje van zijn drankje. 'De veertiende is de dag van de Bastille.'

'Dat is zo! Maar natuurlijk is dat in Frankrijk, en heeft het niets met de Italianen te maken. Goed, de vijftiende dan. We komen op de vijfde terug.'

'De zesde,' zei Gus.

'De zesde augustus. Het is een Palladio-reis. Ik heb die villa's altijd eens willen zien. En nu gaan we ze zien. Nietwaar, Gus? Niet dat Palladio jou veel kan schelen. Maar we worden er niet jonger op.'

'Spreek voor jezelf,' zei Gus.

'Goed. Ik word er niet jonger op. Gus komt binnenkort in de puberteit. Hij zal Misha's verdwenen balletjes vinden en dansen tot sint-juttemis. Vergeef me, Misha! Hoe dan ook, Julian, je vindt het toch niet erg om voor hem te zorgen als wij weg zijn?"

'Voor wie? Voor Gus?'

Gus begon te grinniken.

'Voor Misha,' zei Mary streng.

Ik grijnsde. 'Ik vind het niet erg, Mary.'

'Dank je. Ik weet dat ik bevooroordeeld ben, maar hij is echt opperbest gezelschap. Ik heb het altijd als onmogelijk ervaren om eenzaam te zijn met Misha in de buurt. Ik hoop dat hij jou dezelfde troost zal bieden.'

'Julian is niet eenzaam,' wierp Gus tegen.

Mary zei niets. Ze klopte alleen op mijn arm en vroeg Gus nog een shaker met martini's te mixen.

Zoals gepland vertrokken ze de vijftiende. Mary had een gedetailleerde uitleg van Misha's dagelijkse leefregels op papier gezet. Daarin opgenomen waren aangelijnde middagwandelingen door de buurt, 'speelsessies' van een kwartier met een met kattenkruid gevulde muis en de toevoeging van een speciale jus aan zijn brokjes.

Zo geschiedde het dat ik laat op een julimiddag weer in de tuin zat, ditmaal met een exemplaar van *Henry A. Wallace: Quixotic Crusade, 1948* van K.M. Schmidt op mijn schoot. Een groot deel van mijn zomer was al op deze manier verstreken. Want het leek beter, of in elk geval minder erg, om alleen in de tuin van een oude vrouw te zitten dan tussen de zonnebadende stelletjes op de grazige oevers van de Charles.

Het was die dag niet lekker gegaan met Misha. Allereerst had hij het voor elkaar gekregen zijn kattenkruidmuis kwijt te raken – ik verdacht hem ervan hem te hebben opgegeten –, wat betekende dat ik voor Mary's terugkeer een andere moest vinden. Vervolgens had hij geweigerd om te wandelen dan wel gedragen te worden op zijn vaste middagtochtje door de buurt, zodat ik gedwongen was hem het hele stuk aan het lijntje voort te slepen.

Hij zat nu in de lome hitte en het verzwakkende licht van de late namiddag op de gazonstoel als was het een troon, en waste zich. Elke beweging van zijn klauw over zijn dikke ingedrukte snoetje vertegenwoordigde een kleine minachtende sneer in mijn richting.

'Misha,' zei ik kalm tegen hem, 'je bent een verwend stuk stront.'

Toen ik op dat moment opkeek deed wat ik zag mijn adem stokken in mijn keel. Claire stond aan de andere kant van het lage muurtje in een blauwe jurk met een bloempatroon. Haar huid was gebruind, in haar donkere haar was door de zon een kastanjebruine veeg gekomen.

'Echt een schoonheid,' zei ze. 'Die kat.'

'In werkelijkheid is hij Himmler met een pelsje. Hoe gaat het met je vader?'

Ze gaf geen antwoord. Er was een poort, maar die negeerde

ze; ik zag hoe ze over het muurtje heen stapte. De jurk kroop op naar de bovenkant van haar dijen en gleed daarna weer terug tot bij de duimsgrote spierkuiltjes vlak boven haar knieën. Haar haren vielen over haar gezicht. Haar huid was niet meer bleek zoals in mijn herinnering, behalve daar waar twee smalle bandlijntjes over haar schouders en haar delicate sleutelbeenderen liepen. Toen was ze er overheen. Ze bereikte Misha's stoel, begon hem tussen zijn oren te krabben en liet hem in de kortste keren snorren als een opiumschuiver.

'Wat heb jij uitgevoerd?' vroeg ze.

Er was een luchtigheid in haar toon die me gegeven de omstandigheden ongeloofwaardig voorkwam. *Je bent zeven weken en vier dagen weg geweest zonder te bellen*, wilde ik zeggen. Heb je er enig idee van hoe dat voelt? In plaats daarvan hield ik mijn bibliotheekboek over Wallace omhoog.

'Vaste prik?' vroeg ze.

'Wat anders? Maar vertel me nu hoe het met je vader gaat.'

'Niet al te best.' Haar blik ging langs mij heen en vestigde zich op de voorgevel van het huis. 'Hoewel hij weer is aangekomen. Hij zegt dat hij eind volgende week weer gaat werken, en wee degeen die hem probeert tegen te houden. Ik dus.' Ze zweeg en hield haar hoofd heel stil. Uit het niets waren tranen opgedoemd, die als zuiver licht in haar ogen dreven. 'Ze zeggen dat na een chemotherapie haar anders groeit,' zei ze. 'Is dat waar? Hij had voor de kuur prachtig donker haar. Hij denkt dat het wit zal zijn als het terugkomt. Is dat waar?'

'Ik weet het niet, Claire.'

Ze knikte. In een impuls strekte ik mijn arm en pakte haar hand. Enkele ogenblikken beantwoordde ze de druk. Toen liet ze zachtjes mijn hand los. Toen ze weer sprak was haar toon een paar gradaties harder; de glans in haar ogen was weg.

'Ik heb het idee dat ik zo'n bordje met een doodskop zou moeten dragen. Ik ben tegenwoordig een gevaar voor mezelf en anderen.'

'Is dat een waarschuwing?'

'Het is een bekentenis.'

'Wat heeft het voor zin mij een bekentenis te doen, Claire?' vroeg ik, niet in staat de woede uit mijn toon te houden.

'Omdat ik je vertrouw. Ik weet niet waarom. Dat doe ik gewoon.'

Ik zei niets. In mijn hart ging een licht uit, als een baken dat in zwart water wegzinkt; en ik stond erbij en ik keek ernaar.

Ze zei: 'Je begrijpt me verkeerd.'

'Ik denk dat ik je heel goed begrijp.'

'Luister, Julian. Ik vond onze nacht samen heerlijk. Je maakte me gelukkig. Gelukkiger dan ik in lange tijd was geweest. Maar mijn vader is erg ziek. Hij gaat misschien dood. En als jij en ik nu iets serieus zouden krijgen, zou ik het, zoals de zaken er nu voorstaan, uiteindelijk op de een of andere manier kapotmaken. Ik weet dat ik dat zou doen. En jij zou me er uiteindelijk om haten.'

'Ik zou jou nooit haten.'

'Jawel, dat zou je wel. En dan ben ik je voorgoed kwijt. Snap je dat niet?' De loensheid die verdriet aankondigde kwam terug in haar ogen; zich schijnbaar nauwelijks bewust van wat ze deed pakte ze mijn hand. 'En ik heb nu niet de kracht, of de moed, om te riskeren dat ik jou voorgoed kwijtraak. Ik kan het niet uitleggen. Wees alleen mijn vriend, Julian. Alsjeblieft. Wees mijn vriend.'

9

Je zit met haar in het café, aan een tafeltje achter in een hoek, met een waas van rook rond je blikveld. Ze heeft haar haren met iets fluweligs opgestoken, haar vingers slaan de bladzijden om van de *Memorials* van Georgiana Burne-Jones. Ze leest je stukjes voor terwijl je, met rode en zwarte ballpoints in je hand, stelselmatig de laatste aflevering van professor Davis doorwerkt, al gauw weer honderd pagina's (hoe kan hij zo snel schrijven?); en dan is er de voortdurende aanwezigheid van haar voet die onder de tafel lui tegen je enkel aanligt; en dan is er haar stem die, soms met een heel geloofwaardig Engels accent, de ontboezemingen voorleest van de (toentertijd) nog levende vrouw van de overleden kunstenaar, een tekst vol verdriet en vreugde, die verkondigt hoe iedere minuut met hem gelijk was aan een uur levenstijd; en je hebt haar in geen vier maanden, tien dagen en zestien uur aangeraakt, niet werkelijk aangeraakt, zo denk je, en je weet niet of je haar ooit weer zult aanraken.

10

Op een zaterdagochtend in november stond ik gebogen over Mary's tuinpoort met een stuk staalwol roestlagen weg te schuren. Bij het horen van een claxon keek ik op en zag hoe Claires rode Volkswagen voor het huis kwam aanrijden. Ik stopte met mijn bezigheid en liep erheen.

'Hoe ben je aan die wagen gekomen?' vroeg ik.

'Hij is van Kate. Zin in een ritje?'

Ik hield de staalwol omhoog. 'Ik kan niet. Ik heb het Mary beloofd.'

'Kom op.' Ze boog zich naar het rechterportier toe en opende het.

'Waarheen?'

'Dat is een verrassing.'

We gingen in zuidelijke richting, van Mass Pike naar de snelweg. De kever trilde en ratelde met een verbluffende intensiteit; we moesten schreeuwen om onszelf te horen. Bij Providence sloegen we in oostelijke richting af, reden de brug voorbij Fall River over en gingen vervolgens naar het zuidoosten over een lokale weg die door Tiverton liep. In het dorp Four Corners maakten we een stop om kalkoensandwiches en flessen cream soda te kopen. In een winkel met grijze dakspanen was zelfgemaakt ijs te koop. In een ijzerwinkel werden handgesmede poorten en brandschermen aangeboden. Een kneuterig reisbureautje maakte reclame voor geheel verzorgde vakantiereizen naar Tahiti, Aruba en Cancún. We gingen verder. Little Compton in, waar de huizen gestaag groter werden en de akkers waren afgebakend met grijze stenen muren. Het had kort daarvoor geregend, en het gras was groen en de lucht fris als een nieuw werelddeel. Wolkenslierten temperden de koele najaarszon. De weg ging omhoog, en nu konden we koeien op uitgestrekte weilanden zien, die zich in een zacht glooiend heuvelland ontrolden tot bij de baai in de verte. Door de open raampjes ademden we de geur in van zomerkampen van lang geleden, van lange busritten, lunchpakketten, vochtige boomschors en met korstmos bedekt gesteente, van een oud land van eeuwige aankomst. Rond een reeks bochten verscheen het water naast ons als door een goocheltruc: op een hut die nauwelijks groter was dan een poppenhuis stond een vlag van de Sakonnet Yacht Club, al waren er geen boten te bekennen.

De landpunt kronkelde zich voort en werd steeds smaller. Een bouwvallige opslagplaats kwam in zicht, en daarachter de stangen en het vergane touwwerk van een trawler. Claire stopte. Het rook naar vis. Aan drie kanten was nu alleen maar water; aan de vierde een hoop kapotte kreeftenfuiken, waar bovenop een zeemeeuw zat als een sfinx.

'We zijn er,' verklaarde Claire, terwijl de vogel opsteeg, stilhing en zijn plaats weer innam, ons bekijkend met steeds één kil oog. Andere meeuwen cirkelden nu boven ons rond en vervulden de lucht van hun doordringend gekrijs. Ze pakte mijn hand.

We bleven er niet lang. De kaap was niet onze echte bestemming, voorvoelde ik, maar een onbestemd toegangspunt – zon en zout, door de wind beroerde schuimkoppen, een door de getijden veroorzaakte tocht naar een verleden waarover ik niet veel wist. Naast mij in de auto was Claire ten prooi aan melancholie terwijl ze door de voorruit staarde alsof de oceaan zelf een op celluloid vastgelegde herinnering was die op een scherm werd geprojecteerd. Er kwam iets over haar – zoals ik het eerder over haar had zien komen, in het museum en in haar bed. Haar hand lag slap in de mijne totdat ze, opschrikkend alsof ze ontwaakte, abrupt de motor startte. We reden terug naar de hoofdweg en stopten weer, dit keer voor een lange, met grind bedekte oprijlaan.

Ze stapte uit en ik volgde haar. Ze liep snel, geactiveerd door een nieuwe vonk van onderzoeksdrift. De oprijlaan eindigde bij een wit houten huis met leiblauwe luiken. Voor het pand stonden twee grote eiken, met op de grond ervoor felgekleurde bladeren als vurige tapijten. Links stond een garage met de beide deuren gesloten; rechts strekte zich, omzoomd door Japanse esdoorns, een gazon uit dat zo vierkant en groen was als een croquetveld. Een prachtig maar vergeten plekje. Er stonden geen auto's op de oprijlaan. Alle ramen van het huis waren gesloten. In een voederhuisje dat aan een tak naast de voordeur hing zat geen voer; onder onze ogen streek een bloedrode kardinaal op het aluminium stokje neer, pikte tevergeefs in het voedergat en vloog weer weg.

'Claire, van wie is dit huis?'

'Het was ooit van mijn grootouders aan moederskant.' Haar stem klonk opgewonden, meisjesachtig. Ze stond vlakbij het huis en probeerde door een raam aan de voorkant te kijken. 'Hier was de huiskamer. Op kerstavond zaten we rond de haard terwijl mijn grootmoeder het verhaal van Jezus in de kribbe vertelde. Ik zat dan bij mijn vader op schoot met mijn hoofd onder zijn kin. Ik vond het heerlijk om te horen hoe alle verschillende dieren als vrienden bij elkaar stonden.'

Ze liep abrupt bij het raam weg, haar blik versomberde. 'Dat was lang geleden. Het ziet er nu anders uit.' Ze draaide zich om en beende langs de zijkant van het huis.

Toen ik haar inhaalde had ze de lage achterveranda bereikt. Ze wierp opnieuw spiedende blikken naar binnen, dit keer door een glazen deur in een grote, zonbeschenen keuken. Vanuit het bovenste deel van de deur keek haar holle weerspiegeling haar aan; ze moest voortdurend de stand van haar hoofd veranderen in een poging erdoorheen te kijken.

'Wat hoop je te vinden, Claire?'

Zonder haar blik van de deur af te wenden zei ze: 'Voor mijn dertiende verjaardag haalde mijn vader een hondje voor me uit het asiel. Ik noemde hem Buzz omdat hij goudkleurig en zwart was, en zo klein als een hommel.'

Haar toon was weer peinzend; haar hoofd hing neer; ze keek mij niet aan. Ze stulpte haar hand over haar spiegelbeeld in het glas totdat het verdween.

'Toen ik ongeveer een maand later op een morgen vroeg wakker werd, kon ik hem niet vinden,' zei ze. 'Het was stil in huis. Te stil. Ik ging naar beneden, en mijn moeder stond daar voor de gootsteen. Deze deur stond open. Hij moest dicht blijven, zodat Buzz niet naar buiten de weg op kon rennen. Dat wist ze. Ik vroeg haar of ze hem gezien had, en ze draaide zich om en keek me aan. Ik zal die blik van haar nooit vergeten. Ze zei me dat ze het wist. Toen begon ze te schreeuwen. Ze zei dat ze het zat was om de deur de hele tijd dicht te moeten houden. Ze had er geen zin in om als een beest opgesloten te zijn ter wille van een hond, zeker niet op een mooie zomerdag, en als mijn hond te achterlijk was om te leren dat hij niet de weg op moest rennen, dan was dat haar schuld niet.'

Claire keerde zich naar mij toe.

'Ik vond hem zo'n vierhonderd meter verderop, in elkaar gedoken tegen de muur van het kerkhof,' zei ze. 'Hij was aangereden door een auto. Op de een of andere manier had hij zich daar naartoe gesleept. Toen hij mij zag begon hij te janken. Zijn heup was verbrijzeld en hij bloedde uit zijn maag. Hij is in mijn armen gestorven.'

Het was middag. We stonden op het volmaakte gazon terwijl het zonlicht verflauwde en een herfstkilte uit de bossen achter het huis kwam opzetten. Twee roodborstlijsters waren in het gras op jacht naar wormen. Naast me leek Claire nog steeds in de ban te verkeren van die scène met haar moeder van lang geleden, van de schending van een vertrouwen dat nooit meer kon worden hersteld. Ze had haar armen over haar borst gevouwen en staarde in het niets.

We raakten elkaar bijna aan. Ik wilde haar een lijn toewerpen en haar het droge op trekken, als ik dat zou kunnen. Mijn hand tegen haar wang aan drukken. Bij ontstentenis van die mogelijkheid kon ik alleen terugvallen op woorden en proberen haar vanuit mijn eigen beperkte ervaring te vertellen dat de duisternis die ze nu om zich heen voelde geen totale zonsverduistering was.

'Mijn moeder en ik praten niet meer met elkaar,' zei ik.

Claire keek me aan.

En ik vertelde haar over die dag, vier jaar geleden, waarop mijn vader toen hij thuiskwam van zijn werk een leeg appartement en drie witte enveloppen op de keukentafel had aangetroffen. De enveloppen – één gericht aan elk gezinslid – waren dun. Ik had de mijne nog altijd. De brieven waren getypt en een alinea lang, met voor ieder van ons dezelfde tekst. Ze was verliefd op een andere man en was dat al lange tijd. Ze kon niet meer op deze manier doorgaan. Het speet haar. Ze hield van ons en zou altijd van ons blijven houden. Ze hoopte dat we het te zijner tijd zouden begrijpen. Ze zou haar nieuwe adres sturen zo gauw ze dat had.

'Ze woont nu in een buitenwijk van Houston. Hij is orthopeed.'

'Mis je haar?'

'Dat ik niet meer in haar geloof, dat mis ik,' zei ik.

Vervolgens viel er een lange stilte. Claire vertoonde een uitdrukking van intense solidariteit. Ze glimlachte lief.

'Kom mee. Ik wil je iets laten zien.'

Ze draaide zich om en liep in de richting van het bos. Toen we aan de rand van het gazon kwamen werd er een pad zichtbaar, een smal pad tussen de bomen dat was bezaaid met dode bladeren. De lucht, afgesneden van de zon en bedompt door de humus, werd koeler. Onze stappen gleden zacht voort over de gelaagde bodem. De geur van de vegetatie vervulde onze neuzen.

Ik liep achter haar. Ik dacht niet aan mijn moeder, maar aan mijn vader. Een rustige, zachtaardige man. Eens buiten zijn gehoorsafstand door mijn zus Judith vereeuwigd als 'Clark Kent minus Superman'. Had hij ooit zijn stem tegen ons verheven? Ik kon het me niet herinneren. Toch moest hij dat weleens hebben gedaan. Tenslotte deden kinderen domme en gevaarlijke dingen – ze renden zonder uit te kijken de straat op, vielen uit bomen, trapten in glasscherven en vielen op meisjes bij wie ze geen schijn van kans maakten. Hij moest zijn stem tegen me hebben verheven, al was het maar ter waarschuwing. Maar ik kon het me niet herinneren. Toch was de man zoals ik hem kende niet tot schreeuwen geneigd. Als er een probleem opdook neigde hij onvermijdelijk in eerste instantie instinctief tot redelijkheid en compromissen. Bijna veertig jaar had hij voor dezelfde uitgeverij gewerkt, waar hij, een fanatiek literatuurliefhebber, was begonnen als assistent-redacteur in de volwassenenbranche. Maar toen zijn werkgevers hem vijf jaar na zijn komst bij de firma naar de schoolboekenafdeling wilden verhuizen, ging hij daarmee zonder mopperen akkoord. Toen hij onlangs gepensioneerd was had hij een kristallen presse-papier gekregen en de helft van het pensioen dat hij verdiende. Een geschiedenis van wanbeloning die, zo kon je speculeren, was verergerd door zijn uiterlijk: zijn brede, vriendelijke gezicht was een toonbeeld van bescheidenheid en fatsoen; zijn fijne, slappe haar had geen uitgesproken kleur. Zijn lichtgrijze ogen straalden de opeenstapeling van verontwaardiging en zwartgallige spijt uit die kenmerkend is voor mannen aan het eind van de middelbare leeftijd; maar het moest worden gezegd dat ze ook de vastberaden wil en potentiële heftigheid uitstraalden waarom mensen na hun dood niet worden vergeten. Misschien had ik me in mijn jeugd enigszins geschaamd voor zijn welwillende acceptatie van de status-quo en de geringe sporen die hij op de wereld naliet.

En toch had mijn vader het een groot deel van zijn leven goed gedaan, gemeten naar de tamelijk bescheiden maatstaven die hij voor zichzelf had gesteld: een huwelijk, kinderen, een carrière. Tot een paar jaar geleden, wel te verstaan, toen het te laat was om zich nog teweer te kunnen stellen, toen de vrouw van wie hij had gehouden, die hij had vertrouwd en van wie hij afhankelijk was geweest, hem zonder zelfs maar één woord van tederheid had verlaten. Na een kwart eeuw voorbereiding had één enkele alinea hem met de grond gelijk gemaakt alsof hij uit niets substantiëlers dan papier bestond. Waarna hij letterlijk aan de grond zat. Zelfs zijn eigen verleden – dat wel in het bijzonder –

zou vanaf dat moment een onneembare berg voor hem lijken. En hij was geen klimmer; hij zou het erbij laten zitten. Ik wist dat, omdat ik hem van nabij had gadegeslagen. Omdat ik na de universiteit voor een duur van bijna twee jaar met hem in die stoffige vooroorlogse flat was getrokken waarvan hij de meubels, de boeken, het porselein en de schilderijen samen met mijn moeder had uitgekozen.

Ja, ik was weer bij hem gaan wonen, uit de compassie die een zoon voor zijn vader voelt. Maar toen hij niet meer op de been kwam – toen ik hem elke dag weer zich in zijn herinneringen zag wentelen als een bokser die de strijd heeft opgegeven –, toen was ik naar Cambridge gevlucht alsof mijn leven ervan afhing en had ik niet meer omgekeken. Alsof hij in zijn verdoofde staat van ellende een stenen gorgoon was geworden, die mij met één blik net zo kon laten verstenen als zichzelf.

Voor ons doemde nu een flard daglicht op: het pad kwam uit bij een kleine houten pier aan de rand van een zoutwaterpoel. Hier werd het zonlicht versterkt in plaats van verflauwd en was het water diepblauw. Tussen twee rotsachtige eilandjes dreven meer dan honderd zwanen, als een stille optocht van gebaksversiersels. Aan de overkant was een rand struikgewas zichtbaar en daarachter iets wits dat strand moest zijn. In de verte, nevelig als een luchtspiegeling, lag de oceaan.

Ik stond met haar op de pier. Achter ons lag een omgeslagen kano. De handvatten van twee peddels, waarvan de laklaag nog glansde, staken uit de onderkant omhoog. Gedeelten van de pier waren groengekleurd door de algen, en door het water was de pier gaan rotten; we stonden een beetje wankel, als op het dek van een langzaam zinkend schip, en luisterden naar het zachte kabbelen van de poel. Zo'n vijftig meter rechts van ons stond een groepje uitgedroogde lisdodden. Temidden daarvan kon ik een schuilhut zien die boven het water uitstak op een vierkant houten platform, en die deels werd gecamoufleerd door rietplanten en hoge grassen.

'Jagers?' vroeg ik.

Claire knikte. 'Waar gebeurd verhaal. Mijn broer had een luchtbuks en ging daarmee op eekhoorns en vogels schieten, zo'n beetje op alles wat bewoog. Mijn vader probeerde hem daarmee op te laten houden. Maar Alan was dertien en hij was ofwel van nature een sadist, of hij had te veel Dirty Harry-films gezien. Uiteindelijk moest pap hem de buks afpakken en hem boven in de linnenkast achter slot en grendel opbergen. Later ontdekte ik waar hij de sleutel had gelegd en begon ik mijn wraak uit te stippelen. Ik zou dat kleine macho-rotzakje eens wat laten zien. Op een dag, toen mijn ouders naar de stad waren, keek ik uit het raam en zag hoe hij op het gras met een tennisbal aan het kaatsen was. Ik ging de buks halen. Hij was nog geladen – pap was vergeten de kogeltjes eruit te halen. Ik liep naar het raam en mikte zorgvuldig. Toen heb ik hem twee keer in zijn kont geschoten voordat hij doorhad wat er gebeurde.' Claire barstte in lachen uit. 'God, wat voelde dat goed!'

Ik wierp haar een waarderende blik toe.

Met een stoere meisjeslach vroeg ze: 'En jij? Heb jij ooit op iemand geschoten?'

'Nee, maar op mijn tiende heb ik de haren van Judiths Barbie afgebrand. Ooit een kale Barbie gezien?'

Ze lachte. Toen, met onze blikken van elkaar afgewend, zwegen we lange tijd. Onzichtbare draden verbonden ons – alsof we Siamese tweelingen waren, die dezelfde oorsprong en dezelfde behoeften, verlangens en lotsbestemmingen hadden. Zo luidde de wet van de verbonden harten: scheid ons, en in het beste geval zal er slechts één overleven.

Opnieuw steeg het vloeibare gefluister van de poel tegen de pier op, terwijl het ruisen van de wind door de lisdodden klonk alsof vingers een tarweveld uitkamden. Een zwaan begon met zijn vleugels op het blauwe water te slaan. Massieve, onwaarschijnlijk aandoende vleugels. Hij begon over het water te lopen terwijl hij snelheid maakte. En Claire legde, terwijl wij zaten te kijken, haar hand tegen de zijkant van mijn hoofd. Haar aanraking was elektriserend. Ik bleef onbeweeglijk. De zwaan wist los te komen, wiekte in de lucht, leek de lucht te scheppen, helde over, maakte een bocht en vloog naar de andere kant van de poel, waar de oceaan lag. Ze haalde haar hand weg. Toen hij weg was resteerde in mijn oren alleen het harde slaan van mijn hart – alsof de elementen van de aarde opnieuw waren gecombineerd en één ondeelbaar iets waren geworden: haar. Toen verzwakte ook dat geluid. Ik werd me ervan bewust dat er een kritiek moment was verstreken zonder dat ik het had benut, en dat Claire naast me op de pier stond, nog steeds dichtbij, maar nu van me afgewend.

Toen keerde ze zich naar me toe.

'Nog een waar gebeurd verhaal. Mijn oom vroeg mijn tante op deze pier ten huwelijk,' zei ze. 'Hij kwam in het weekend over uit Brown om haar het hof te maken. Haar ouders lieten hen niet alleen. Toen, laat op de zondag, moest hij weer terug. En dus maakte hij hier, wanhopig en afwezig, een wandelingetje met haar. Zij was naïef en zag het niet aankomen. Ze had haar fototoestel meegenomen. Nam rustig de tijd als een toerist, en bekeek alles door de zoeker. Zo verscheen hij aan haar – naast haar hier op de pier, zo dichtbij dat ze hem niet helemaal scherp kon krijgen. Hij was wazig, vaag aan de randen. Ze raakte er min of meer door gegeneerd. Alsof het haar schuld was dat hij niet kristalhelder was, alsof zij iets fout had gedaan. Het *verwarde* haar. En toen opeens ontplofte hij. Hij zei: "Doe godverdomme dat toestel eens weg, Ellen, christus nog aan toe!" En omdat het 1959 was en zij een vrouw die niet beter wist, deed ze het toestel weg. En toen zag ze hem voor het eerst duidelijk. Toen zag ze hem echt, met zijn grote blauwe ogen helemaal naar binnen gekeerd, alleen geconcentreerd op de vraag die hij direct zou gaan stellen, en zonder dat hij eigenlijk maar iets van haar zag. Hij was blind voor haar. Zij wist dat. Maar twee minuten later had ze ja tegen hem gezegd. En drie jaar later hadden ze twee kinderen.'

'En het huwelijk?'

Zonder glimlach haalde Claire een vinger langs haar keel.

Ik dacht aan mijn ouders en zei: 'Het is moeilijk om de keuzes van de mensen te begrijpen.'

‘Niet moeilijk, Julian,’ antwoordde Claire met plotselinge heftigheid. ‘Godvergeten onmogelijk. De keuzes die de meeste mensen meestal maken slaan helemaal nergens op.’

Ze leek boos en staarde voor zich uit naar de oceaan. Misschien zag ze – ze moet dat wel hebben gezien – dat de dag op subtiele wijze zijn glans had verloren, dat het zonlicht niet langer schitterend over de poel scheen en dat het water niet meer zo blauw was; dat grote aantallen zwanen in navolging van die onverschrokken eersteling bezig waren weg te vliegen.

De gedachten aan mijn ouders hadden me treurig gemaakt. ‘Ik wil graag geloven dat mensen zoals wij niet dezelfde slechte keuzes als onze ouders zullen maken,’ zei ik.

‘En ik wil graag geloven dat er geen mensen zoals wij bestaan,’ antwoordde Claire. ‘Ik denk dat ik dat moet geloven om niet gek te worden. Dat wij in feite onbeschreven bladen zijn. Dat de keuzes die we al gemaakt hebben en uiteindelijk zullen maken – wat we met ons leven doen, wat ik jou nu deze seconde vertel – dat dat allemaal bij het verhaal hoort, bij onze oorspronkelijke boodschap aan onszelf en de wereld, die voortdurend geschreven wordt, steeds weer opnieuw, totdat hij op een dag als grafschrift over ons heen ligt…’

Ze boog zich naar me toe en kuste me, kort maar geëmotioneerd, op de mond.

‘En dan zullen we het waarschijnlijk weten. Of iemand zal het weten, Julian, als jij en ik er niet meer zijn. Iemand zal het weten, als wij het niet doen. Waar het allemaal op uitgedraaid is, bedoel ik. Hoe het is uitgevallen. Hoe we het er vanaf hebben gebracht.’

11

Ze schreef cheques met een zwarte Waterman-vulpen, een cadeau van haar vader, in smaragdgroene inkt. Haar handtekening was wellicht het meest wulpse aspect aan haar persoonlijkheid; schulden moesten worden uitgewist door de naam Claire Marvel. En daar draaide het misschien om – de aanwezigheid van geld was bij haar een wisselvallig iets. Ze kon in een paar dagen van blut weer rijk en van rijk weer blut raken. Het geld kwam, net als de pen, van haar vader, die het haar stuurde zonder dat zijn vrouw het wist; en die deze maanden zwaar in de problemen was, want zijn kanker was teruggekomen.

Ze bracht nu elk weekend bij hem in Stamford door. Ik ging nooit met haar mee; ze vroeg het me nooit. Ze maakte duidelijk dat ze het niet op prijs zou stellen als ik haar daar zou bellen. In plaats van een uitnodiging ontving ik brieven, geschreven in de vertrouwde groene inkt, soms wel twee per dag. Het was Claire die mijn brievenbus maakte tot de bevrijdende ontvanger die hij nog niet was geweest. Brieven van alle mogelijke lengtes, neergekrabbeld op gevouwen vellen gelinieerd papier die uit een spiraalblocnote waren gescheurd, en geschreven op alle mogelijke uren van de dag – maar meestal, vermoedde ik, terwijl haar vader rustte; want op fluistertoon was tussen de regels een eerbiedige, verdrietige stilte voelbaar.

Wanneer ze bij mij in de bus vielen, was zij alweer terug in Cambridge. Op maandag, dinsdag en zelfs woensdag las ik wat zij een paar dagen daarvoor in het huis van haar vader had geschreven. En zo bereikten haar stemmingen mij verlaat, als bergen waarvan ik de dalen en toppen zou leren kennen, als een klimmer in het donker, meer op het gevoel dan op het oog. Ik ging ze met behoedzame gretigheid te lijf en pauzeerde bij elke nieuwe zinswending, alsof die de sleutel tot haar persoon zou blijken te zijn. Dat was natuurlijk nooit het geval, maar ik werd niet teleurgesteld. Ware kennis had vele gezichten, ontdekte ik; hij was niet letterlijk. In alles wat ze deed of dacht bevonden zich aspecten van haar, des te meer in de tegenstrijdigheden en tegenspraken die haar geest als vonken konden ontsteken. Mettertijd ontstond die herfst en winter de vreemdsoortige logica dat de Claire van de brief die ik op een dinsdagmorgen las veel warmer, koeler, bozer, tederder, hoopvoller of wanhopiger was dan de Claire die ik die avond in werkelijkheid zag.

12

Ik geef nu dit schematisch overzicht van onze dagen.

Middagen in het café. Korte dagen die nog korter werden. Door ramen op straatniveau waren laarzen te zien die geluidloos door poedersneeuw heen stapten. Binnen hing rokerige warmte en heerste de illusie dat deze zaak alleen voor ons was gebouwd.

Vandaag zat ik verdiept in Davis' manuscript, dat even exponentieel leek te groeien als het overheidstekort van onze grote natie. Die man was een schrijfmachine. Daardoor had ik weinig tijd over om aan mijn dissertatie te werken. Het was december en ik worstelde nog met de inleiding, terwijl ik het onderwerp van mijn werk probeerde af te bakenen. Davis, vlijtig liesje als hij was, had alleen tijd voor het volgende advies: 'Kies je thema, Julian, en bepaal je daartoe.'

Mijn thema kiezen...? In mijn woordenboek werd een thema uiterst boeiend gedefinieerd als een 'onderwerp waarover men denkt, schrijft of spreekt'; tevens, in muzikale zin als een 'afgeronde melodische eenheid (bestaande uit verschillende motieven) die aan een compositie ten grondslag ligt en telkens anders wordt uitgewerkt'.

Ik keek op. Claire bestudeerde een schilderij van Dante Gabriel Rossetti in een geïllustreerde monografie over de prerafaelitische kunstenaars. Onze tafel was bezaaid met lege koppen en korrelig van de koekkruimels. Ze was ingepakt in een dikke trui die zo rood was als een brandweerwagen en een beige sjaal die ze om haar hals had gewikkeld. Haar ellebogen rustten aan weerskanten van het boek, een wijsvinger tikte tegen haar mondhoek. En zo werd als het ware mijn thema gekozen, en ik had geen andere keuze dan me ertoe te bepalen.

Op een middag schreed Davis het café in. Het was het soort toevallige gebeurtenis waarvan zelfs de grootste scepticus gelovig zou worden – Claire en ik hadden net over hem gesproken. Zij had gevraagd als wat voor soort mentor Davis zich ontpopte, en ik had geantwoord dat hij vruchtbaar, productief, ambitieus en soms bruusk was; maar ook fair en oprecht in zijn verlangen mij vooruit te helpen. Hij was een beter mens dan hij graag beweerde, zei ik. En daar stond hij in de deuropening door de rook te turen, met zijn hoofd bijna tegen het plafond aan. Hij droeg een marineblauwe kasjmier overjas en zwarte leren handschoenen, en had een zwarte leren aktetas bij zich.

Hij navigeerde door de benauwde ruimte naar onze tafel toe.

'Ik heb de hele dag tevergeefs geprobeerd je te bellen, Julian. Nu weet ik waarom. Dag juffrouw Marvel. Aangenaam u nogmaals te zien.'

'We hadden het net over u, professor Davis.'

'Is dat zo?'

'Volgens Julian bent u een grootmoedig mens. Al die hardheid is alleen maar voor de show.'

'Is dat waar? Dan heb ik hem duidelijk niet stevig genoeg aangepakt.'

'Niet waar!' zei ik.

Iedereen glimlachte.

Davis opende zijn aktetas en haalde een pak getypte bladzijden te voorschijn.

'Ik heb vanochtend met de mensen van Random House gesproken, Julian. Ze waren meer dan ingenomen met wat ze tot dusverre hebben gezien.' Hij overhandigde mij de vellen en legde zijn hand op mijn schouder. 'Ik heb mijn redacteur over je verteld. Een zekere Fox. Ik heb gezegd dat je topklasse bent. Hij is van plan een oogje op jouw werk te houden.'

'Hij heeft waarschijnlijk twee oogjes nodig,' zei ik. 'Er is niet veel te zien.'

'Dat verandert nog wel.' Met een snelle glimlach keek hij naar Claire. 'Dus u bent degeen die hem van zijn werk afhoudt?'

'Ik vermoed niet dat u ooit last hebt van een *writer's block*,' zei ze, zijn glimlach beantwoordend.

Davis lachte. 'Ik niet.'

Toen draaide hij zich om en verliet ons.

Avonden in het Brattle Theater: retrospectieven van Cassavetes, Kurosawa, Hitchcock en Buñuel. Ik was geen filmkenner. Het was mijn taak de popcorn te kopen terwijl Claire de stoelen bezet hield. Ze had een voorkeur voor de zijpaden, voor het leven onder een bepaalde hoek. Al wilde ze, als ze eenmaal een plaatsje had, graag hoog zitten met haar jas onder zich gevouwen, als een koningin of een buschauffeur. En ze wilde stilte – haar diepste afkeuring was gereserveerd voor mensen die praatten onder de film.

Na de film dronken we wat in de Casablanca, waar we naast elkaar in een rieten strandstoel zaten. Onze interpretaties van de zojuist bekeken film waren bijna altijd anders. Zij staarde ongeveer net zo naar een filmdoek als naar schilderijen in het Fogg, volledig in beslag genomen door kleur en lijn. Dialogen, geluid, muziek – niets auditiefs kon op tegen de beelden, mits ze origineel en mooi genoeg waren. Ze uitte zich dan niet als een kunsthistorica maar als een kunstenares; als een reizigster die na allerlei omzwervingen op een onbekende, onverklaarbare plaats is gestuit.

Dat was, uiteraard, niet mijn stijl. Ik geloofde in het bestaan van empirische waarheid. Het was voor mij moeilijk tegen iets aan te lopen zonder er onmiddellijk een definitie van te geven of er een te zoeken.

Op een avond, nadat we *The Birds* hadden gezien, vertelde ik haar hoe ik was getroffen door Hitchcocks behendige verhaalconstructie. Maar Claire was, hoewel ze de plot overduidelijk had begrepen, niet geïnteresseerd in de verhaaltechnische wendingen. Zij was gehypnotiseerd door de visuele patronen van de vogels zelf – zwart tegen de grijze lucht – wanneer ze zwermen vormden, een geniaal trekje dat des te opmerkelijker was, zo hield ze vol, omdat het ontsteeg aan het oorspronkelijke concept en de controle van de kunstenaar. Op een andere avond, na *Ran*, bleek ze zo onder de indruk van de droomachtige beeldenreeksen, de krijgstaferelen die als lange kleurlinten in elkaar overgingen, dat het haar duidelijk was aan te zien: haar ogen waren dof als was ze zintuiglijk uitgeput, haar lippen trilden bijna onmerkbaar.

Mary's huiskamer was, met het knetterend haardvuur, het best verwarmde deel van het tochtige oude huis. Op haar uitnodiging werd dit onze bibliotheek. De Widener Reading Room verdween al gauw uit het zicht, want daar waren geen haard en geen Gus die glazen bisschopswijn aanbood als het 's middags donker werd. Bovendien leek het oudere stel ervan te genieten ons in de buurt te hebben. In Claire ontdekte Mary een jonge vrouw die in de meeste grote musea was geweest of er op zijn minst over had gelezen; die anders dan ik wist wat chiaroscuro echt betekende. ('De schikking van lichte en donkere bestanddelen in een werk van schilderkunst,' zei mijn woordenboek. 'Ook: *clair-obscur*.') Gus trof intussen een nieuw en waarderend paar oren waarop hij, soms gelardeerd met een vindingrijk stijlbloempje, een aantal van de topnummers uit zijn groot verhalenboek kon loslaten. Van januari tot maart draaide hij ten behoeve van haar alle Dave Brubeck-platen uit zijn enorme collectie lp's. En in die warme, in goudkleurig licht gehulde ruimte, zat Claire te luisteren. Bij oudere mensen, ontdekte ik, kon ze ontwapenend hoffelijk en zelfs deemoedig zijn; ze kon hun het soort aandacht schenken dat hun kracht gaf voor de tijd die hun nog restte.

'Julian,' zei Mary op een dag toen we stonden te wachten tot de ketel water zou koken, 'ze is een schattige, bijzondere jonge vrouw.'

'Zeker, Mary, dat is ze.'

'Heb je plannen?'

‘Plannen?’ vroeg ik, bijna met een glimlach. De ketel begon te zingen en Mary draaide de pit uit. ‘Ja,’ zei ik. ‘Ik heb plannen.’

‘Dan zou ik niet wachten. Dat is mijn advies, wat het ook waard is.’

‘Het is een hoop waard, Mary. Alleen ligt het niet zo eenvoudig.’

‘Dat ligt het nooit,’ zei Mary.

In maart reed Claire naar Stamford voor een van haar weekendbezoekjes, maar ditmaal keerde ze niet terug. Er kwam geen bericht van haar tot de volgende donderdag, toen er een brief in mijn bus viel.

Zondag
Ze zeggen dat het nu in zijn lever zit. Ook op andere plaatsen. Dat zeggen ze. We hebben een ziekenhuisbed in de huiskamer gezet. Er komt zes dagen per week een betaalde verpleegster. Josette uit Martinique. Pap ligt daar, hij weegt nog maar de helft van vroeger. Zijn gezichtsuitdrukking geeft aan dat hij weet dat hij de pineut is. Andere keren heeft hij zoveel pijn dat hij er voor mij onherkenbaar uitziet. Ik hou zoveel van hem dat ik hem zou doden als hij daarom zou vragen.

Dinsdag
Mijn moeder ging vandaag op bed liggen en klaagde over ‘symptomen’. Ze is een verkouden diva, van het type waarop je geen staat kunt maken. Het type dat niet kan verdragen dat er aandacht uitgaat naar iemand anders – zelfs niet naar haar man, die op sterven ligt. Ik zal het haar nooit vergeven.

Er bestaat een Burne-Jones die jij nooit hebt gezien. Een portret van zijn vrouw. Hij heeft het tijdens zijn leven nooit geëxposeerd, vermoedelijk was hij er niet tevreden over. Maar ik denk dat hij daar ongelijk in had. Haar morele moed en haar vurigheid in de liefde zijn erop zichtbaar. Haar ogen zijn van het allermooiste grijs. Hun kinderen staan op de achtergrond, het zoontje schildert aan een ezel, net als zijn vader.

Op de voorgrond houdt Georgie een flora vast, die is opengeslagen op de bladzijde met het driekleurig viooltje, met een echt viooltje erop als boekenlegger. De Engelse naam voor driekleurig viooltje was *heartsease*; de bloem symboliseerde de onvergankelijke liefde. Deze bloem heeft ze later op zijn graf gelegd. *Heartsease*, gemoedsrust. Mijn moeder heeft niet het recht zich zo te gedragen. Ze heeft hem nooit enige gemoedsrust geschonken. Ze heeft hem in al de tijd dat ze samen waren nooit anders dan ontmoedigd en onzeker gemaakt, en hij heeft het verdragen, steeds en steeds weer opnieuw. Nou, hij zal het niet veel langer meer hoeven te verdragen. Wie zal ze dan de schuld gaan geven?

Twee weken later liet ze een boodschap op mijn antwoordapparaat achter dat ik haar in het café kon ontmoeten.

Toen ik arriveerde was ze er al. We omhelsden elkaar langer dan voor ons gebruikelijk was; ze leek me niet los te willen laten. Haar gezicht was smaller, haar ogen waren groot en helder. Toen we zaten bleven haar handen onophoudelijk spelen met een enveloppe van manillapapier die op de tafel lag.

'Hoe gaat het met hem?' vroeg ik.

Ze schudde haar hoofd.

Verdiept in onze eigen gedachten zaten we toe te kijken hoe haar vingers op de enveloppe tikten.

Ten slotte zei ik: 'Je had me moeten laten komen, zodat ik bij je kon zijn.'

'Ik wil niet dat je hem zo ziet.' Plotseling keek ze op. 'Ik heb hem over jou verteld.'

Ik was daar blij om, maar wist niet wat ik moest zeggen.

'Julian, wil je iets voor me doen?'

Ik zei haar dat ik dat wel wilde.

Ze maakte de splitpen los en stortte de inhoud van de enveloppe op de tafel.

Ik staarde naar twee vliegtickets, retours Boston-Parijs.

Claire zei: 'Lang geleden, voordat hij getrouwd was, heeft mijn vader een tijd in een huis in Frankrijk gezeten dat van vrienden van de familie was. Hij heeft mij erover verteld. Hij wordt nu gestuurd door zijn herinneringen. Volgens hem was die periode in Frankrijk de gelukkigste van zijn leven, en hij wil dat ik voor hem terugga, nu hij er nog is en er nog over kan horen vertellen.'

Ze greep over de tafel heen naar mijn hand en hield hem stevig in haar beide handen.

'Julian, ga alsjeblieft met me mee.'

13

We landden om acht uur 's ochtends op Charles de Gaulle, met bloeddoorlopen ogen en zware hoofden van de gratis wijn die op de vlucht werd geschonken. Het was half april. Bij ons vertrek had het in Boston geregend, maar boven Parijs was de lucht helder en koel als een ondergrondse bron.

Haar vader had onze reis gearrangeerd met de gewetensvolle precisie van een man die weet dat hij zijn laatste werkstuk aflevert. Een wegenkaart en een tweedeurs Peugeot wachtten op ons bij het autoverhuurbedrijf. In Claires zak zaten de sleutels en een handgeschreven routebeschrijving naar het huis in centraal Zuid-Frankrijk waar Lou Marvel eens, toen hij begin twintig was, een maand had verbleven; tevens de naam van zijn oude vriend Leland Conner, die het huis intussen had geërfd. Conner en zijn Franse vrouw waren in het buitenland, was ons verteld, maar hadden ons desondanks hun huis aangeboden terwijl zij afwezig waren. We planden er een verblijf van twee weken.

Het was de eerste keer dat ik in Frankrijk was, maar Claire was er twee keer eerder geweest – in Parijs, in Nice en in Aix-en-Provence. De streek waar we nu heen gingen was de Quercy; het *département* was de Lot, uitgesproken met een harde 't'.

Op haar verzoek reed Claire als eerste, zodat ik met de kaart op de bijrijdersstoel belandde. Met de nodige verwarring wist ik ons over de Péripherique van Parijs (een levensgevaarlijke verkeersvalstrik) de autoroute op te loodsen, in zuidelijke richting naar Orléans.

Vervolgens met volle kracht vooruit. Claire was een onverschrokken chauffeuse, die met snelle bewegingen de koppeling bediende en zich tussen walmende vrachtwagens en door testosteron opgefokte snelheidsmaniakken in waagde. Ons wagentje gonsde als een bij.

De wereldstad trok zich terug terwijl de grote open velden van het noorden aan weerskanten van de autoroute het land terugwonnen: uitgestrekte groene gebieden, enorme landerijen, mosterdgeel als uitgesmeerd zonlicht. Kijkend naar de stroken vibrerend geel zei Claire dat ze moest denken aan Matisse, die in de buurt van de Belgische grens was geboren, in Noord-Frankrijk, niet zo ver van Van Goghs geboortegrond – bietenvelden en fabrieksschoorstenen, de oude bossen met de grond gelijkgemaakt door fabrieken, de Pruisen die door de vlakten marcheerden, de kou en de nattigheid. Een hard, streng noordelijk licht voor versomberde pigmenten en nog somberder harten.

En hoe beide schilders vervolgens in de rest van hun leven steeds verder naar het zuiden waren getrokken, naar de zon en een helderder, expressiever palet dat niet werd ingeperkt door burgerlijke conventies. Matisses vader was zaadhandelaar. Er waren geen andere kunstenaars in zijn familie en evenmin in het stadje Bohain-en-Vermandois; geen precedenten voor de verbeeldingskracht van zijn zoon. Toen Matisse dertig jaar na zijn vertrek naar huis terugkwam, beschouwden zijn oude buren hem nog altijd als een gesjeesde jurist.

Claire viel stil.

Ze droeg dezelfde kleren als de dag daarvoor – een oude trui van haar vader, een spijkerbroek, wandelschoenen. Misschien kwam het door het licht dat haar ogen zo glansden – alsof er een op zichzelf staand, zwartgallig visioen in haar leefde. Van opzij gezien leek ze op de rand van een huilbui te verkeren, met de beginnende lijntjes in haar ooghoeken als zwakke hiërogliefen van verdriet of berouw.

Rond de middag bereikten we Orléans. In het oude gedeelte van de stad, de geboorteplaats van Jeanne d'Arc, waar alles van natuursteen was, ontdekten we het Café des Pierres, dat er nog net zo uitzag als in de herinnering van Claires vader: een donkere, tijdloze ruimte aan een zijstraat met kinderhoofdjes, met veel hout, een knappend vuurtje en de geur van gebakken vis. Een lunch met forel en witte wijn, tarte tatin en koffie. Aan het slot van de maaltijd kwam het oude echtpaar dat de zaak bezat bij ons tafeltje staan. Claire sprak Frans met hen. Ik kon maar de helft verstaan van wat er werd gezegd, maar toch kon ik zelfs met mijn middelbare schoolvocabulaire haar talent voor de taal navoelen. Ze gebruikte het met verholen vreugde, waarbij ze zowel zelfvertrouwen als beleefde eerbiedigheid wist te suggereren. Ze plaatste elk woord in een eigen, nieuw licht.

Toen was het mijn beurt om te rijden, en onze auto suisde de autoroute weer op. Aan weerskanten strekten zich de bruine, gele en groene akkers uit. Zo nu en dan spiedde een kasteeltje als een privé-koninkrijkje de verte in. Het onophoudelijke, aanzwellende geraas van motoren en karikaturaal lelijke reclameborden. Op sommige plaatsen liep de autoroute parallel aan de rails van de hogesnelheidstrein; wanneer er een trein met een geluid als van een enorme vacuümverpakking langsschoot, leken alle auto's op de weg stil te staan.

En toen vouwde Claire haar jas tot een kussen en vlijde zich tegen het portier aan. Vanuit mijn ooghoek zag ik haar in slaap zinken. Ze werd roerloos, met haar benen onder zich getrokken en haar heup een paar centimeter van mijn hand.

Er verstreken twee uur. Ik was moe maar erg wakker en reed op het ritme van haar ademhaling, terwijl ik uit alle raampjes Frankrijk bekeek zoals zij het zou kunnen hebben gezien. Het open akkerland van de Loire maakte plaats voor het heuvelland van de Limousin en Périgord. Hier lagen geologische grenzen, terwijl er eerder alleen door mensen gemaakte afscheidingen tussen landbouw en industrie waren geweest. In stukjes land die weigerden vlak te zijn begonnen daken met rode pannen te verschijnen.

Toen we bij Brive-La-Gaillarde de autoroute verlieten en naar het zuidoosten afsloegen, schrok ze opeens wakker.

'Waar zijn we?'

'Ik heb echt geen idee.'

Ze glimlachte slaperig, pakte de kaart, wierp er een vluchtige blik op, haalde haar schouders op en liet hem aan haar voeten neervallen. In de regel negeerde ze alle kaarten en handleidingen, die ze beschouwde als propaganda voor verwarde geesten. Ze kromde haar rug tegen de stoel en rekte zich uit. Daarna draaide ze haar raampje een paar centimeter open en snoof de buitenlucht op.

'We komen in de buurt. Dat kan ik ruiken.'

Ik draaide ook mijn raampje open. Het was een heldere, koele middag. We reden over een smalle, bochtige landweg. Hij liep al slingerend en dalend door schaars beboste heuvels met akkers op hun hellingen. De weilanden werden omlijst door kalkstenen muren. Er waren niet veel schaduwen op dit land. De schaduwen die er waren, leken oeroud en aan een vaste plaats gebonden, als moedervlekken van de schepping. In de beschaduwde komdalen stonden kuddes schapen met arendsneuzen dicht opeengepakt, en op de steilste hellingen hingen wijnranken als gekruisigde kinderen aan hun stokken. Er waren pruimenboomgaarden en eenzame walnotenbomen op akkers van aangeharkte kale grond met rijtjes haveloze kraaien die op de knoestige zwarte takken zaten, en onopvallende groepjes koeien die in de modder op hun verlossing wachtten. De geur van dat alles hing in de lucht.

'Nu weet ik waarom de Fransen deze streek "la France profonde" noemen,' zei Claire.

Terwijl ze dat zei reden we een vallei in. Links van ons doemde een smalle, grijsblauwe rivier op. De weg liep ernaast, en algauw ontwaarden we hier en daar witte borden met onuitspreekbare namen erop – niet van steden, zagen we, zelfs niet van dorpen, maar van gehuchten die bestonden uit een paar huizen, stenen muren, een gele brievenbus en een of twee ezeltjes; als ook uit de belklanken van de dieren.

Later liep de rivier door het centrum van een marktstad. Daar stelde Claire voor eten te kopen. Ik hield stil op een stadsplein dat werd omgeven door middeleeuwse huizen met donkere strepen van met creosoot behandelde houtsoorten. We stapten uit en strekten onze benen. Het was laat in de middag. De markt was allang voorbij. Enkele oude mannen met rode gezichten in blauwe werkkleding stonden onder een plataan te kletsen. Ze staarden ons aan en hervatten vervolgens hun conversatie. Verder was het plein leeg.

Maar de winkels waren open. In een levensmiddelenzaak die wel iemands salon leek te zijn, kochten we verse eieren, tomaten, uien, sla, cornichons, paté, aardbeienconfiture en melk. Daarna vonden we de bakker, de wijnhandel en de kaaswinkel – waar Claire de oude vrouw achter de toonbank om *cabécou* vroeg, witte schijfjes van de plaatselijke geitenkaas. Het woord zelf klonk op haar tong als een vers gerecht.

We laadden onze voorraden in de auto en vertrokken voor de laatste etappe van onze reis. De rivier stroomde weg vanuit de andere kant van de stad. De vroege lentezon lag dun en schuin over het water. Ook de stakerige populieren die langs de oevers groeiden waren zichtbaar in het spiegelend oppervlak van het water, met ronde bladeren die blonken als munten. De instructies van haar vader volgend reden we een primitieve brug over en sloegen we linksaf en vervolgens rechtsaf, een weg op die zich een berg op kronkelde. De beklimming was traag, omslachtig en fraai. De brede vallei ontvouwde zich achter ons, eerst vanuit één gezichtshoek en vervolgens vanuit een andere. Boven op een plateau kwam er einde aan de beklimming. We sloegen opnieuw rechtsaf en reden langzaam over een eenbaansweg die was bezaaid met schapenkeutels, tussen met korstmos begroeide muren en dicht opeenliggende akkers.

Een eenvoudig wit bord. Een gehuchtje met zes huizen. En achteraan, vrijstaand achter een lage muur, twee gebouwen van natuursteen: een schuur in de vorm van een oude graanopslagplaats, tegen de helling opgebouwd en met een pannendak als een te grote hoed; en een eenvoudig huis met één verdieping, een steil, schuin dak en blauwe luiken. Achter de gebouwen lag een aangeharkte boomgaard met walnotenbomen. Daarachter, geleidelijk helemaal afhellend naar de bodem van de vallei, lagen nog meer akkers en muren, en de verre, droomachtige, grijsblauwe schittering van de rivier.

14

Het onuitwisbare moment van de aankomst. Ik stapte met Claire door de deuropening alsof het huis van ons was. Het oude huis. Stof in de lucht, kou in de stenen, spinnenwebben trillend boven aan de ramen, krassen en scheuren van meubels, kromgetrokken vloerplanken onder de vloerbedekking van versleten stromatten.

Claire stond met stralende ogen midden in de open kamer, en wendde zich met een uitdrukking van vervoering op haar gezicht van het ene object naar het andere.

De haard was hoog en breed. In een gietijzeren emmer van een meter diep zaten met mos begroeide stukken pruimen- en walnotenhout. De schoorsteenmantel bevond zich op manshoogte, en was knoestig en niet helemaal vlak. Claire liet er een hand overheen gaan, zoekend maar afwezig, alsof ze speurde naar iets waarvan ze zich de vorm niet kon herinneren. Daarna draaide ze zich om en staarde naar buiten door de ruitjes van een achterdeur die uitkwam op een klein terras – misschien stelde ze zich de heerlijke maaltijden voor die we daar zouden nuttigen, als het warm genoeg zou worden. Maar het weer zou er niet toe doen; we waren hier, we hadden dit hele eind samen gereisd en waren nu ver van iedereen.

Ze leek niet op te merken wat een dikke laag stof haar vingers van de mantel hadden geveegd, en dat niets in huis schoon was. Ze stond in het licht dat vanuit de vallei binnenviel. En toen ze zich omdraaide en me vroeg hoe ik me voelde, kon ik glimlachen en oprecht verklaren dat ook ik gelukkig was.

Vervolgens gingen we de krakende, ladderachtige trap op en stonden met onze bagage op de overloop tussen de twee slaapkamers en de badkamer. Een onvermijdelijk moment – in de grootste slaapkamer stond een tweepersoonsbed, in de kleinste een smal eenpersoonsbed. Toch hadden we deze mogelijkheid niet voorzien of besproken, en we zwegen nu, te onbeholpen om elkaar in de ogen te durven kijken.

Ik stond met mezelf te delibereren. Uitputting, de lange reis, een al te vertrouwde onzekerheid in romantische aangelegenheden – dat alles sloeg me met stomheid. Moest ik het initiatief nemen of me beschroomd opstellen? Als ik ervoor zou zorgen dat ik nu zou worden afgewezen, kon dat het einde van iets betekenen. Als ik daarentegen de kwestie niet aan zou snijden, zou zij zich misschien gedwongen voelen me tegemoet te komen.

'Ik neem het eenpersoonsbed wel,' zei ik.

'Weet je dat zeker?'

De vraag kwam te vlug. Ik had het te gemakkelijk gemaakt. Door de teleurstelling maakte de uitputting zich nu in alle hevigheid van me meester, en ik keerde me van haar af. Ik tilde mijn koffer op en stapte de kamer met het eenpersoonsbed binnen.

Terwijl ik daar met mijn hoofd gebogen onder de dakbalken stond, hoorde ik hoe zij haar bagage in de andere kamer liet neerploffen. Ik hoorde hoe ze de hoge ramen opende die uitkeken over de vallei. Door de dunne muur die ons nu scheidde hoorde ik de geladen stilte waarin zij stond te luisteren.

We waren het er bij voorbaat over eens geworden dat we geen van beiden konden koken. Niettemin maakte ik voor ons eerste avondmaal een omelet – een kale, lege omelet met de weinig elegante vorm van een op de grond gevallen hoop. We nuttigden hem aan de scheve keukentafel met stukken van het plaatselijke brood met dikke korst en een halve fles wrange Cahors.

De keuken was groot en tochtig. Niets was er zelfs maar bij benadering modern. De vloertegels waren versleten en pokdalig. Aan één hoek van het plafond hing een vliegenvanger die nog was bespikkeld met de verweerde kadavertjes van vervlogen zomers. Uit de borden ontbraken stukjes, en ze waren bedekt met webben van haarscheurtjes. De koelkast was een tafelmodel met afgeronde bovenkant. Het gasfornuis had het robuuste, ronde voorkomen van een oude pick-uptruck.

Aan het slot van de maaltijd hief Claire haar glas en kende mij twee 'Marvel'-sterren voor mijn prestatie toe. Ze stelde me een derde in het vooruitzicht. Ik maakte een buiging, keek naar haar op door de vlam van een kaarsstompje en legde in een nep-Frans accent mijn culinaire eed van Hippocrates tegenover haar af: *Allereerst geen schade aanrichten*. Ze lachte. Haar gezicht trilde en glansde, haar wangen waren rood. We hadden onze dikke truien aangehouden tegen de kou.

Na het eten ging zij als eerste naar boven. Ik bleef bij de haard en porde de knoestige, traag brandende blokken met een stok op. Algauw hoorde ik dat ze het bad liet vollopen, waarbij de oude leidingen het huis vervulden van hun nurkse klanken. Ik dacht aan de maaltijd die we zojuist hadden genuttigd en hoe we daarna – verzadigd, uitgeput en zwijgend – samen bij de besmeurde witte gootsteen de afwas hadden gedaan. Er waren allerlei alledaagse kanten aan haar leven waarvan ik besefte weinig te weten – hoe ze lipstick opbracht, fietste, een bad nam, een cadeautje uitpakte, een overhemd opvouwde – en die opeens in een helder licht kwamen te staan nu we hier met zijn tweeën samenwoonden: een reeks prozaïsche primeurs die aanvoelden als liefdesbrieven en die ik voor mezelf wilde catalogiseren alsof ze aan mij toebehoorden.

De leidingen vielen stil. Ik opende de achterdeur en liep naar buiten het terras op. Het was een koude, heldere nacht. Elke ster leek helder en fors genoeg om een planeet te zijn.

Zij moest nu in bad stappen.

Er was geen enkel geluid te horen, geen enkele stem. Overspoeld door de Melkweg waren de walnotenbomen zwart als schaduwen.

Ik besteeg de trap naar de overloop. De badkamerdeur stond op een duimbrede kier, met kunstlicht overgoten stoom dwarrelde futloos door de opening. Niet in staat mezelf te weerhouden bracht ik mijn oog naar de kier en zag door de beparelde lucht een hoek van de badkuip met haar blote natte voet erop.

'Julian?'

Geschrokken sprong ik naar achteren – voordat ik haar toon had opgevangen, een slaperig, door de warmte bedwelmd geprevel, dat heel licht werd versterkt door het bad waar ze in lag. Haar genotzuchtige kalmte drong tot me door, en ik ontspande. Ik hoorde ook de klank van het water terwijl ze bewoog, een golvende, glasachtige rimpeling.

'Het lijkt daarbinnen wel een opiumkit.'

'Mmm. Dit is misschien wel het lekkerste bad dat ik ooit heb genomen.'

Ik bleef op de overloop naar het stukje van haar blote voet staren. Toen verdween de voet. Ik hoorde dat ze zich voorover boog. De kraan ging open, het druppelen van water op water. Een minuut later weerklonk een lange zucht van voldoening en werd de kraan dichtgedraaid.

Vanaf de overloop wenste ik haar goedenacht.

'Ga jij niet naar bed?'

'Ik ben afgepeigerd.'

'Blijf nog even praten.'

Ik zweeg en wachtte af.

'Alsjeblieft,' zei ze.

Ik ging op de overloop zitten, met mijn rug tegen de muur van mijn kamer en zonder dat ik ook maar iets van haar kon zien. De vloer was koud. Het was stil in huis. Soms weerklonken door de deur alleen haar bewegingen in het water als een intieme geheimtaal.

Ik probeerde alleen maar te zijn. Naar haar geluiden te luisteren. Voldoening te vinden. In plaats daarvan begon ik onverbiddelijk te denken aan het eenpersoonsbed in de donkere kamer achter me en de lichtblauwe katoenen pyjama die ik eerder netjes opgevouwen op het kussen had gelegd.

Ongevraagd drong zich een beeld van lang geleden aan me op van mijn vader, gekleed in pyjama en kamerjas.

Hij bukt zich bij de voordeur van het appartement. Als hij zich weer opricht houdt hij een exemplaar van de *New York Times* in zijn hand. Dat is alles. Hij is misschien veertig. Zijn losse pantoffels maken een sloffend geluid als hij door het halletje terug naar de keuken loopt, terwijl hij al hardop het nieuws van de dag prevelt – Vietnam, de Black Panthers, de Zesdaagse Oorlog.

Het is altijd hetzelfde; alleen het nieuws verandert.

Ik wilde nu opstaan en mijn zorgvuldig opgevouwen pyjama aan flarden scheuren. Maar er was een koude tocht voelbaar op de overloop en in het hele huis, overal behalve waar zij was. En dus bleef ik aan de verkeerde kant van de bijna gesloten badkamerdeur zitten, trok mijn knieën op, omklemde ze en zag de stoom door de kier warrelen en boven mijn hoofd verdwijnen.

'Julian?'

'Wat?'

'Waar denk je aan?'

Het geluid van haar bewegingen in het water, en vervolgens de kraan die weer open werd gezet. Ik wreef met mijn handen over mijn gezicht. Mijn uitputting voelde als een last die me terneer drukte. Door de deuropening aan de andere kant van de overloop kon ik haar kamer in kijken; een koffer op de vloer, neergesmeten kledingstukken, een zelfgeknutselde lamp op een tafel, waarvan het peertje over het tweepersoonsbed scheen.

'Mijn pyjama,' zei ik.

'Wat is daarmee?'

Haar toon was serieus en oprecht. Ik liet mijn hoofd tegen de muur aan zakken.

'Hij doet me aan mijn vader denken.'

Ze zei niets. De kraan bleef lopen, in een zacht straaltje, en mijn gezicht begon te gloeien van schaamte.

'Er bestaat een gedicht van Rilke,' zei ze. '"De archaïsche torso van Apollo". Ken je het?'

'Nee.'

'Ik denk dat het je wel wat zou zeggen.'

‘Waar gaat het over?’

‘Waarover?’ Het ongeduldige fladderen van haar hand in het badwater. ‘Nou, je zou kunnen zeggen dat het oppervlakkig bekeken een gedicht over een Grieks beeld is. Maar dat zegt helemaal niks.’

Ze boog zich voorover. Ik kon haar nog steeds niet zien. De kraan bleef lopen, en ik stelde me voor hoe het water zich in kringen van licht rond haar lichaam rimpelde. Boven alles verlangde ik dat ik haar zou kunnen zien.

‘Aan het begin richt de dichter zich tot het beeld, tot de god die leeft in het kunstwerk, in het witte marmer,’ ging ze verder, terwijl haar stem onder het spreken energieker werd. ‘Hij spreekt het aan met “jij” en beschrijft het voor het beeld zelf. En we weten heel zeker tegen wie hij het heeft, wie de “jij” in het gedicht is. We lezen verder en zeggen tegen onszelf: “wat is dat mooi en waar”. Intussen voelen we ons heel veilig, wijs en dichterlijk. En dan opeens, in de laatste regel, blaast hij de hele zaak op. Hij zegt: *Je moet je leven veranderen*. En nu snappen we dat hij het niet meer tegen de god in het marmer heeft, of tegen de Kunst, maar dat hij zich van hen uit rechtstreeks tot onze zielen richt. Ik was achttien toen ik het las. Ik had nooit in mijn leven zoiets sterks gelezen. Het was alsof ik bij mijn strot gegrepen en door elkaar geschud werd.’

Toen ze haar verhaal had verteld draaide ze de kraan dicht en liet zich zwaar achteroverzakken alsof ze zojuist tot het besef was gekomen hoe moe ze was. Het was nu zo stil in het huis dat het leeg leek te zijn.

En in die stilte, op de overloop, groeide mijn frustratie.

‘En heb je het gedaan, Claire?’

‘Heb ik wat?’

‘Je leven veranderd.’

Ze zuchtte geërgerd. ‘Het leven is geen schakelaar die je aan en uit kunt zetten, Julian. De liefde ook niet.’

‘Wie heeft het hier over liefde?’

Ze zweeg.

‘Ik zei: wie heeft het hier over liefde, Claire?’

‘Ik.’ Opeens was haar stem zwak en nauwelijks herkenbaar.

‘Nou, ik ook.’

Vanachter de deur kwam een nieuwe stilte, die sterker was dan het gesproken woord.

Ik dacht na. Hoe zij het was die als eerste de liefde had genoemd. Hoe ze, nu de deur nog tussen ons in stond, leek af te wachten tot ik zou handelen. En ik stelde me voor hoe ik haar, als ik haar beet zou proberen te pakken, in het water zou vinden, waar ze op me lag te wachten, en hoe mijn vingers over haar natte blote huid zouden glijden tot elke centimeter van haar, elke kromming en elke holte van mij zouden zijn. Ik zou borg voor haar staan met mijn leven.

Maar de stilte duurde niet lang genoeg. Terwijl ik zat te dromen trok Claire de stop uit het bad.

Ze stond op, ik hoorde het water in laagjes van haar afglijden. Haar blote arm flitste langs de kier in de deur, en daarna nog eens, met een katoenen badjas erachteraan. Toen de deur helemaal opengin had zij de badjas aan, met de ceintuur losjes dichtgeknoopt, en hield ze haar lange haren, die donker waren van het water, in haar hand.

Ik kwam overeind. Mijn lichaam was stijf doordat ik zo lang op de koude vloer had gezeten, en ik schraapte ongemakkelijk mijn keel – als een man die, na jaren te hebben gezwegen, weer probeert te gaan zingen.

Maar uiteindelijk zei ik alleen welterusten.

15

Ik werd de volgende ochtend laat wakker, alleen in het smalle bed onder het schuine dak, en keek door het vierkante raam naar de mistlaag die over de diepte van de vallei hing.

Beneden geurde de centrale kamer naar houtrook. Het ochtendlicht viel in lange, hellende banen door de naar het oosten gekeerde ramen. De spinnenwebben trilden als tot spoken geworden oude dametjes in de lucht boven de hoge ramen, en aan de gescheurde randen van de stromatten op de vloer waren de vergeelde kranten zichtbaar die in de winter ter isolatie werden gebruikt.

Door de open deur zag ik Claire aan de keukentafel in een paperback lezen. Voor haar stond een mok koffie te dampen. Haar haren waren losjes in een staart gebonden, en door het raam scheen een bleek licht op haar gezicht. Ze glimlachte toen ik de kamer betrad. 'Goeiemorgen.'

Ik vroeg wat ze las.

Ze hield het boek omhoog – *La Cousine Bette*. 'Over een oude vrijster die de enige kans op echte liefde van haar nicht verziekt,' antwoordde ze met een vleugje ironie. 'Balzac in zijn romantische doen. Aardig om de dag mee te beginnen. Ga zitten, dan maak ik een ontbijt voor je klaar.'

Ze legde het boek opzij, stond op en liep naar het fornuis. Overhemdpanden staken onder haar rode trui uit, en haar wandelschoenen waren met verse modder besmeurd.

'Zo te zien ben je al buiten geweest,' merkte ik op terwijl ik aan tafel ging zitten.

'Inderdaad, en het is prachtig. Deze omgeving is blijven steken in de zestiende eeuw.' Ze streek een lucifer af en zette het gas aan; onder een steelpan met melk verscheen een lage vlam. 'Hoe heb je geslapen?'

'Niet slecht.'

Er viel een korte stilte.

'Ik heb een rare droom gehad,' ging ik verder.

'Wat voor soort droom?'

Toen ik aarzelde draaide ze zich om en keek me vol verwachting aan.

We zaten dik in het bont gepakt op een hondenslee die over een besneeuwde toendra werd voortgetrokken, vertelde ik haar. Zij en ik. We kwamen aan de kust. Geen arctische kust; meer een kust als bij Cape Cod. Op het strand lag een vlot van stukken hout en oude autobanden. Zij wilde erop stappen, maar ik maakte me zorgen over de risico's. Ze overreedde me. Snel ontdeden we ons van het bont en trokken het vlot naar het water. We werden bijna door de golven overspoeld. Maar we haalden het. De tijd verstreek. We zaten in een windstilte midden op de oceaan. Er was geen boot, geen golf, geen rimpeling te bekennen. Toen riep ik op een gegeven moment haar naam, en toen ze zich naar mij toekeerde gleed ze uit, viel van het vlot en verdween onder water. Ze kwam niet meer boven. Er gebeurde niets. Vele malen riep ik haar naam. Toen, na seconden die wel jaren leken, kreeg ik verdriet. Mijn verdriet vervulde de droom zodat het alles overheerste – tot ik op een ander moment mijn hoofd omdraaide en zij er doodgewoon weer was. Ze lag levend en wel in het water en zwaaide naar me. Verstomd, verbijsterd van geluk en opluchting voer ik met het vlot naar haar toe. Ik wilde haar weer veilig aan boord trekken, en toen werd ik wakker.

Dat was hem, zei ik. Mijn droom.

Claire wendde zich van me af. Ze draaide de pit onder de steelpan uit. Ze goot de warme melk en zwarte koffie uit een zeshoekig metalen potje in een kleine mok. Er steeg stoom op. Ze deed er twee klontjes suiker bij, roerde, en reikte me toen zonder een woord te zeggen de mok aan. Ik had er geen idee van wat ze dacht. Was ze gekwetst? Ik had haar alleen maar de waarheid verteld. Ik keek naar haar rug terwijl ze een ruim twee centimeter dik stuk brood afsneed. Het getande mes werkte zich door de korst alsof hij van hout was, en de kruimels vlogen tot halverwege de ruimte. Ze besmeerde het brood met boter en aardbeienconfiture en zette het op een bord aan me voor.

Toen pas keek ze me aan. Ze keek me lang aan, en er schemerde een lach van verbondenheid in haar blik door. En ik geloofde dat ze mijn droom had begrepen; dat ze had geluisterd.

Ze vlijde zich tegen het fornuis aan om mij te zien eten.

Ik nam een hap. Door de dikke korst vergde het brood stevig kauwwerk, terwijl de confiture het zoet en smakelijk maakte. De koffie had een dichte, ontnuchterende substantie die was doortrokken van de suiker en de schuimige melk. Ik hield de mok in mijn beide handen en nipte er langzaam aan, met gesloten ogen. Ik voelde de warmte door me heen trekken en genoot van de eerlijke zoetheid.

'Ik hou van de manier waarop je je ogen dichtdoet als je iets proeft,' zei ze.

Ik opende mijn ogen. Ze had zich verplaatst en stond met haar rug naar het raam.

Achter haar stroomde het daglicht naar binnen; de mist die over de vallei hing was opgetrokken. In het verblindende tegenlicht gingen de subtiliteiten van haar gezichtsuitdrukking voor mij verloren. Met de mok die ze in haar beide handen voor zich hield en haar gezicht en lichaam in silhouet had ze een heilige kunnen zijn die op de muur van een dorpskerk was geschilderd om de gelovigen tot smeekbeden te bewegen. Maar de warmte van haar blik was voelbaar voor me. Er was ook een waarneembaar verschil in haar vergeleken met gisteren: zoals ze naar me keek zonder gejaagdheid, met tederheid en zorgzaamheid.

'Alles smaakt hier verrukkelijk,' zei ik.

Ze glimlachte. 'Ons geheim.'

Ik stond op. Mijn hart struikelde over zijn eigen benen, en mijn mond was droog. Het huis leek erop te wachten dat ik iets zou vertellen dat meer behelsde dan een droom. Buiten gaf de zang van de vogels stem aan mijn hoop.

'Claire...'

Maar ik maakte mijn zin niet af. Lafaard die ik was. Ik zag dat haar blik op de grond gericht was – alsof ze wist wat ik wilde gaan zeggen en zich voor me geneerde.

'Niks. Bedankt voor het ontbijt.'

Ik stapte de keuken uit en liep door naar buiten. Ik probeerde alleen maar adem te halen. In elke ademtocht het einde van de lange winter en het begin van de lente te vinden – van de dag die net was begonnen; de zon die werd tegengehouden door het huis; de dauw die op de grasssprieten in de klamme schaduw glansde; de paddestoelen die oogden als witte, ronde knikkers; de gaatjes in de grond die door slangen waren gemaakt.

Links van de deur stond een stenen bank – een stuk gesteente dat was gepolijst en uitgehold door de verwering van vele millennia. Toen ik hem zag hoorde ik Claires stem in mijn hoofd: *la France profonde*. Het oude Frankrijk, het ware Frankrijk, had ze gezegd, het aardse Frankrijk, vrouwelijk en wijs van hart. Met de geest van een vrouw die zo reëel is dat ze onsterfelijk is geworden en niet meer door de grillen van de tijd kan worden veranderd.

En in het hier en nu stond deze bank – massief, archaïsch, onverklaarbaar. Erboven klom een streng vroegbloeiende rozen tegen het huis op. Bleekroze bloemen die nog niet waren opengegaan, met dicht opeengepakte bloemblaadjes, waarin alle verlangen was samengebald en die hoopvol wachtten op hun geboorte.

Ik hoorde een geluid. Ik liep naar de poort, opende hem en ging de weg op. Van links naderde, op ongeveer een halve kilometer afstand, een blauwe vrachtwagen. Ik zag hem aan komen rijden. Haast een grote gebeurtenis, in een oord zoals dit. Hij vorderde langzaam, treuzelend. Ik probeerde me het gevoel te herinneren waarmee ik precies een uur geleden wakker was geworden – het stellige gevoel dat gewoon met haar samen zijn voldoende kon zijn; de discipline om mezelf ervan te weerhouden meer te willen. Omdat, zo dacht ik, het eindeloze verlangen je kapot zou maken. Het voortdurende hunkeren naar een liefde die nooit zou worden vervuld zou je langzaam maar zeker te gronde richten, totdat je op een dag jezelf in geen enkel opzicht meer terug zou kennen.

De vrachtwagen had drie in plaats van vier wielen; hij oogde als het ondermaatse jong van een kleine pick-uptruck en een driewieler. De man aan het stuur was tussen de zeventig en honderd jaar oud. Hij droeg een blauwe overall en een stoffen pet. Hij keurde me in het voorbijgaan geen blik waardig.

Bij de lunch ging het weer prima met ons en lachten we honderduit. Claire vertelde plagerig over een avontuur dat ze die ochtend voor mijn ontwaken had beleefd.

'Ik heb een dode rat gevonden.'

'Een rat?'

'In de keuken. Hier op de grond. Dood. Er moet gif hebben gelegen. De rigor mortis was al ingetreden. Arme weerzinwekkende stakker. Hij was gestorven met een gruwelijke grimas om zijn bek, zodat je zijn scherpe tandjes kon zien. Ik heb een stel tissues gepakt, hem bij zijn staart gepakt en hem buiten naar het terras gebracht.'

'Naar het terras?'

'Waarom niet? Ratten zijn biologisch afbreekbaar, toch?' Ze kon intussen nog net haar schalkse grijns verbergen. 'Hoe dan ook, ik heb hem als een soort kogel heen en weer geslingerd en hem toen losgelaten. Hij had een goede aanvangssnelheid en steeg mooi op. Maar ken je die ene boom? Die hoge, op zo'n drie meter van het terras? Daar kwam hij tegenaan.'

'Wat?'

'Niet tegen de hele boom. Alleen maar tegen een boomtak. En door de rigor mortis was hij verstijfd in de vorm van een soort haak. En toen hij dus tegen die tak aankwam, heeft hij zich eraan vastgeslagen.'

'Zit hij er nog steeds?'

Ze kon het niet tegenhouden: ze zat te lachen. 'Wil je hem zien?'

'Later misschien.'

Maar na de lunch was de rat vergeten; er speelde iets anders. Die ochtend vroeg was ze het terrein gaan verkennen en had ze ontdekt dat het huis, dat tegen een heuvel aan gebouwd was, een natuurlijke kelder had – waarvan Claire, nadat ze een ladenkast in de huiskamer had doorgesnuffeld, nu de sleutel bezat.

We daalden de stenen trap af die in een bocht om het huis heen liep, totdat we bij een kelderdeur kwamen.

In de kelder was het koel en vochtig als in de grond – zelfs nog koeler, vanwege de massieve kalkstenen muur. Spinnenwebben vormden iriserende sporen langs de beverige straal van onze zaklantaarn. De vloer was bezaaid met brokken steen, afgebroken stoelpoten, lege benzineblikken, een kastdeur en een roestige wastobbe. Claire huiverde. 'Wat een hoop geschiedenis.' Voor ons schitterde een reflectie: een enorme glazen kruik lag in stukken op de grond. Ik pakte haar bij haar arm en leidde haar langs de puntige scherven. We namen kleine stapjes, waarbij we nauwelijks waarneembaar lijfelijk contact maakten. Haar hand was koud, maar verder was ze warm. De straal van de zaklantaarn zette het ene voorwerp na het andere in het licht – een wonderlijk inspirerende visuele opgraving. De kelder was als een bundel vergeten gedichten die we samen lazen; of beter als één enkel gedicht, dat eens intact en alom bekend was geweest, en hier door de tijd was gefragmenteerd in bestofte woorden als souvenirs in een koffer.

We kwamen achter in de ondergrondse ruimte. Claire liet het licht schuin langs de in de heuvel gebouwde muur schijnen. 'Dit wou ik je laten zien.'

Van de grond tot het plafond, met verroeste, verzwakte staketsels als beschaduwde torens van een bedolven speelgoedstad, rees een metalen wijnrek op. De lichtstraal van de zaklantaarn scheen erdoorheen en wierp een netachtig patroon op het ruwe gesteente erachter. Er lagen nog maar zo'n twaalf flessen in. Terwijl Claire de lantaarn vasthield haalde ik behoedzaam een fles uit het rek en wreef hem tegen mijn ribfluwelen broek om het stof te verwijderen. Volgens het etiket was het een Pomerol van 1964. In de rij eronder lag een St. Estèphe van 1962, daaronder een St. Émilion Grand Cru van 1966 en daarnaast een St. Julien van 1965. Eromheen lagen andere flessen zonder etiket. Ze waren zelf gebotteld en voorzien van capsules van rode zegellak die ofschoon bros en gebarsten nog felrood waren, als lipstick op de mond van een oude prostituee.

Een voor een droegen we de flessen de kelder uit en de trap naar het huis op. Een deel van de wijn zou ongelooflijk zijn, een deel over zijn hoogtepunt. Het deed er nauwelijks toe. Voor ons was het een belangrijke archeologische ontdekking. Tijdens de rest van ons uitstapje zouden we dineren als vorsten uit vervlogen tijden.

We staarden in de schuur, waar ze me vervolgens heen bracht, naar de zwartbestofte voorruit van een Ford bestelwagen uit de jaren '50, die hier in een ander leven op stal was gezet en nooit meer te voorschijn was gehaald. Hij was gebalsemd door het sediment van de tijd: zo op het oog leek het roerloze, onwrikbare voertuig in een staat van bovenaardse fysieke perfectie te verkeren. Hetzelfde gold voor alles wat we die middag tegenkwamen: voor de lucht die door de gaten in het driehonderd jaar oude dak boven ons langs trok – hemelsblauwe ogen keken op ons neer, in lichtrepen vol stofdeeltjes als droge regenstralen; voor de zwakke dierenlucht die nog hing in de donkere, met hooi gevulde stallen onder onze voeten, waar geen dieren meer waren; voor het oude gereedschap aan de muren, waarvan de houten handvatten gladgesleten waren door iemands handen en die erop wachtten door een ander te worden beroerd.

16

Ze had een spiraalblocnote meegenomen met Lou Marvels herinneringen erin. Dit was onze bijbel, die we elke dag bij het ontbijt raadpleegden – het dictaat van haar vader, vastgelegd in Claires handschrift, met bondige, stenografisch samengebalde zinnen die daardoor des te evocatiever waren geworden. Wanneer ik gezeten aan de keukentafel voorlas uit dit compendium vol alledaagse feiten en emotionele herinneringen, kreeg ik onverwachts een indruk – door de vage ritmische présence van zijn persoonlijkheid – van de jongeman die hij eens was geweest en van de wanhopige liefde van zijn dochter:

Wijnboer heet Raoul.
Verse zalm bij vrouw buiten Martel. Zoek naar bord.
Vond eens een complete slangenhuid.
Beeld van Zwarte Maagd, Rocamadour – bedevaartsoord – lijkt wel een Giacometti (is Giac. er ooit geweest?).
In de buurt: ruïne van fort – 11de eeuw – tempeliersorde? Op een heldere dag zijn vanaf het juiste punt 20 kastelen te zien.
Oude grammofoon. Platen. Ella en Louis. Krasserige wijsjes & pruimenbrandenwijn. 's Zomers tot tien uur licht.
Corinne – Française, mooi. De causse met haar afgelopen. Getrouwd. Denk nog altijd aan haar.

Ze had, vertelde ze me later, in de huiskamer van het huis in Stamford naast zijn gehuurde ziekenhuisbed gezeten terwijl ze zijn herinneringen neerpende. Het verraste haar hoe fris, gedetailleerd en duidelijk alles hem nog bijstond. Alsof niet het verleden door het leven abstract en gefragmenteerd was geraakt, maar veeleer het heden: deze kamer, dit bed, deze verpleegster, dit eten, dit lichaam, deze plastic pispot. Dit levenseinde.

We vonden de ruïne van het fort op onze achtste dag, op een uur lopen van het huis. Het stond op een hoogte, op een plateau van harde kalksteen dat de *causse* werd genoemd. Vanaf een verharde weg met één rijbaan gingen we via een zandpad in de richting van de ruïne. Het land was hier dor en onbarmhartig, ruig door het gesteente. Een ezeltje staarde ons sluw en nieuwsgierig aan vanuit een ommuurd, zwaarbegraasd weiland. We hielden stil om het handjes gras te voeren en liepen vervolgens verder.

Het was nog altijd een fort, al beschermde het nu alleen nog het verleden. Je kon zien waarin zijn kracht had gelegen – het duizelingwekkende pad dat zich om de berg heen kronkelde en dat bovenaan net breed genoeg was voor steeds één aanvaller; de dertien meter hoge muren en vijf meter hoge stookplaats; de schietgaten die, als de ogen van God, uitzicht boden op alle burchten en kastelen in de omgeving. Maar nu regeerde hier de natuur. De hemel had het dak in bezit genomen. De stookplaats was een leeg gat. Twee etages hoog groeide een boompje uit een verbrokkelde schoorsteen. Losse blokken zongebleekte kalksteen lagen in het hoge gras tussen de gedecimeerde maar nog overeind gebleven muren: wit tegen groen, skeletachtig maar resonerend, als de verbrijzelde marmeren zuilen van het Parthenon. Gevoelsmatig was het even oud.

We dwaalden een poosje zwijgend rond en liepen enorme ceremoniële zalen in en uit die door de tijd waren opengebroken. Er waren geen andere bezoekers. Het was mooi weer. Het was spectaculair, maar ook spookachtig. Alle banketten en voordrachten die hier waren gehouden, het wild dat had geknetterd in de open haard, de hoogmoedige en bevreesde bewoners die hadden uitgezien over een wereld vol vijanden door ramen die niet langer de lucht omlijstten.

'Spoken,' zei Claire. Het was het eerste woord dat door een van ons werd gesproken.

We gingen op een grasrichel op de punt van de rots zitten. Achter ons stond de ruïne als een rotswand waarvan wij ons hadden afgewend. Hij onttrok ons aan ieders zicht, behalve dat van onszelf. Voor ons lag de vallei, met de burchten en kastelen als stenen eilandjes in een oceaan van bladgroen; terwijl de rivier de Dordogne zich als een slang over de hele breedte van het land uitstrekte, bochtig en bedrieglijk rustig. Vanuit de bomen die in onmogelijke hoeken op de steile helling onder ons groeiden weerklonk vogelzang. En vanuit de verte zwol het geronk van een tractor aan en weer weg.

'Hij zal blij zijn dat we deze plek hebben gevonden,' zei Claire.

Die ochtend had ze haar vader gebeld en hem verteld over alles wat we in onze eerste week hadden gezien en gedaan. En toen hij, veel eerder dan ze verwachtte, bekende dat hij te zwaar vermoeid was om het gesprek voort te zetten, troostte ze hem met een vastberaden en liefhebbende toon in haar stem. 'Goed pap, ik bel je morgen weer. Ga nu maar rusten.'

Na afloop had ze lange tijd naar de telefoon zitten staren. Hij was van zwart plastic met een witte kiesschijf en stond op een driepotig tafeltje onder de trap.

Boven de rots cirkelde een kleine roofvogel.

Op rustige toon zei Claire: 'Hij heeft me hierheen gestuurd zodat ik hem niet kan zien sterven.' Ze begon te huilen. Ik liet mijn hand onder de zachte zuil van haar haren glijden. De achterkant van haar nek was warm, bijna koortsig. Ik liet mijn hand erop liggen en masseerde zachtjes haar nek, totdat ze, als een strijder die zich overgeeft, haar hoofd tegen de druk van mijn vingers naar achteren liet zakken en haar ogen sloot.

Laat op die middag vonden we de visverkoopster. Ze moet tachtig zijn geweest en woonde in een stenen hutje aan een beek. Ze stak een schepnet in het afgedamde deel van de beek en haalde er twee glinsterende regenboogforellen uit. Met een snelle, brute beweging sloeg ze ze met hun kop tegen een steen en wikkelde ze in een krant.

Toen we vertrokken bracht ze een trillende hand naar Claires wang en raakte haar aan. '*Ma belle fille*,' fluisterde ze.

De tranen sprongen Claire in de ogen. Ze pakte de naar vis ruikende hand van de oude vrouw en kuste hem.

17

Op onze voorlaatste dag deden we een lunchpakket met brood, kaas en wijn in een rugzak en vertrokken voor een wandeling naar de causse.

Er bestaan nog steeds verhalen, die te boek zijn gesteld en in cafés worden verteld, over mannen die de causse van het ene eind van de Lot naar het andere hebben afgelopen. Dat was in de dagen van weleer, toen de meest afgelegen percelen nauwelijks of niet omheind waren en elke herder zich op het ruige, kale plateau in een eigen wereld kon wanen – een wereld met een dunne laag gras en aarde over het gesteente, stenen ruïnes en dieren die werden beheerst door het gesteente. Een onvruchtbare overvloed.

In de winter hield het gesteente de kou vast als een gelofte; 's zomers omhelsde het de hitte als een vendetta. De enige bescherming tegen de elementen werd gevormd door de paar stenen hutten die door herders uit een ver verleden waren gebouwd. Je kon er uren tussen de brokken kalksteen lopen zonder iets anders te horen dan het gehuil van de wind of het verdorde gras dat knisperde in de hitte. Je kon er als een banneling hunkeren naar een aanwijzing voor het bestaan van andere levende wezens – haviken die in de hoogte zweefden op hun nauwkeurig bevederde vleugels, sporen van vossen, een ver oratorium van schapen met bellen. De slangen – adders – waren grijs als ruimwater en nauwelijks een halve meter lang; maar als je op zo'n adder trapte, op twee uur lopen van de bewoonde wereld, kwam je niet meer thuis om te eten. Dit alles was op elke willekeurige dag op de causse aanwezig.

Er waren nu meer omheiningen, dat was waar, en meer machines. Maar nog altijd kon je het waagstuk volbrengen om op je eentje van de ene kant van het plateau naar de andere te lopen. Het was in dit land nog altijd mogelijk om willens en wetens terug in de tijd te verdwijnen. Om zonder meer te verdwijnen. Het was een paradijs van eenzaamheid.

We liepen niet helemaal tot het einde door. Misschien was er geen einde. We liepen de hele ochtend door, verorberden gezeten onder een boom onze lunch en vielen in slaap met onze schouders tegen elkaar aan. We ontwaakten, lachten elkaar toe en liepen terug.

Meestal zwegen we. Woorden waren overbodig aan het worden.

Terug in het huis ging zij naar de keuken om koffie te zetten. Ik ging met pijnlijke benen naar boven en liet het bad vollopen.

Zij was nog in de keuken toen ik me uitkleedde en me in de dampende badkuip liet glijden. Ik liet me erin zakken tot het water boven mijn schouders stond en bedacht hoe anders het tussen ons was geworden.

Ik kwam gehuld in een handdoek de badkamer uit. Zij stond in de deuropening van haar slaapkamer.

'Vandaag was de allermooiste dag. Ik wilde je bedanken.'

Ik keek haar aan. Woorden schoten me te binnen, maar het waren maar woorden. Op de causse, toen ik samen met haar onder een boom een dutje deed, had ik een stille droom gehad over een stenen schuilhut met een rond dak en zonder deur. Zij zat daarbinnen en ik liep naar haar terug over kilometers vergeten land. Ze wachtte op me. Ik wist niet waar ik was geweest. Ik wist alleen dat ik thuiskwam bij haar.

'Je hoeft niets te zeggen,' zei ze ten slotte. Ze draaide zich om en ging haar kamer in. Een ogenblik later ging ik mijn kamer binnen. Op mijn kussen had ze een van de bleekroze rozen gelegd die boven de stenen bank voor het huis groeiden. De bloemknop was open. Hij moest pas de afgelopen dag in bloei zijn gekomen. Ik pakte hem op, voorzichtig vanwege de doorns, en hield hem bij mijn neus. De geur was teer en jong.

Ik draaide me om. Daar stond ze, in de deuropening van mijn kamer. En ik zag hoe ze op me afkwam, met haar handen al naar me uitgestrekt.

18

Die avond brandde het haardvuur in de grote open kamer tot er alleen nog sintels over waren. Ons avondmaal was verorberd, de afwas niet gedaan, de fles St. Julien tot het bezinksel geledigd. Achter de stoffige ruiten was de avondlucht zwart. Ella Fitzgerald en Louis Armstrong zongen 'They Can't Take That Away from Me' op de oude Philips-draaitafel, die ik aan de hand van de instructies in Claires blocnote in een muffe deken gerold in een kast bij de keuken had gevonden.

Eerst leidde Claire mij, uit eerbied voor mijn volslagen gebrek aan dansvaardigheid, traag en met voorzichtige pasjes in een kringetje rond.

Door 'Gee Baby, Ain't I Good to You.' Door 'I Won't Dance'. Door 'It Ain't Necessarily So.' En door 'A Fine Romance.'

Ik genoot er hoe dan ook van. Ik genoot van alle passen die ik niet kende. Ik genoot van de onhandigheid waarmee elk nieuw nummer verder tot een omhelzing leidde, tot onze afzonderlijke bewegingen gingen aanvoelen als één gezamenlijke handeling, namelijk de dans. Ik genoot van de twee prachtige stemmen – de ene zuiver, soepel en hoog, vogelachtig in zijn lichtvoetige luchtacrobatiek; de ander diep, rasperig en doorleefd maar van een krachtige tederheid, vriendelijk en aards – twee stemmen die elkaar afwisselden, kreten tegen elkaar slaakten, praatten en zongen. Ik genoot van het gevoel dat ik haar vast mocht houden. Ik genoot van alle plekjes waar mijn lichaam het hare raakte: onze heupen en dijen, haar hoofd op mijn borst, mijn linkerhand op haar rechter, mijn andere hand die op haar warme lendenen drukte.

Alsmaar door. Door 'Stompin at the Savoy.' Door 'A Foggy Day.' Door 'Don't Be That Way.' Door 'Summertime'. Door 'Cheek to Cheek.'

Toen ging de telefoon, en Claire hief haar hoofd van mijn borst. Geschrokken deinsde ze terug. Het nummer speelde verder, maar opeens was er een stilte over de kamer gevallen. De kleur was uit haar gezicht weggetrokken, haar ogen waren op de grond gericht. Haar neusgaten waren opengesperd en ik kon haar borstkas bij iedere ademtocht zien uitzetten en inkrimpen. Ze stond erbij als iemand die uit een trancetoestand is ontwaakt, ingespannen nadenkt en pas net het verschrikkelijke van de situatie begint te beseffen.

De telefoon ging nogmaals.

'Mijn vader,' fluisterde ze.

'Ik neem hem wel op.'

Ze pakte me bij mijn arm. 'Alsjeblieft, laat dat.' Ze draaide zich om en liep de kamer door. Ik realiseerde me dat de grammofoon nog steeds speelde, liep ernaar toe en zette hem af. Toen ging de telefoon opnieuw, met een geluid hard genoeg om alle rust te verstoren, en zij nam op en vernam dat haar vader die middag was gestorven.

19

Ons vliegtuig landde laat in de ochtend in Boston. Geen van beiden hadden we tijdens de vlucht geslapen. Nadat we door de douane en de dubbele deuren waren gegaan stonden we als verdoofd voor de kleine menigte die zich daar had verzameld – ouders, gelieven en mannen in gekreukelde zwarte pakken die kartonnen borden vasthielden waarop namen stonden gekrabbeld. En zelfs voordat ik de lange man van ongeveer mijn eigen leeftijd zag die naar voren stapte om ons te begroeten – zelfs voordat ik hem zag en begon te beseffen dat hij haar opeiste, ervoer ik het verschil, de pijnlijke verandering van de terugkeer op de wereld. Alsof het alleen maar een droom van me was geweest: Frankrijk en ons leven daar, ons innig verbonden leven vol belofte.

Alan Marvel stapte snel naar voren, recht op zijn zus af. Ze omhelsden elkaar, hun armen ineengeslagen in een diep, sprakeloos verdriet, terwijl ik een stukje van hen afgewend stond.

Toen opende Claire haar ogen, hief haar kin van zijn schouder en deinsde terug. Hetzelfde wat ze in Frankrijk had gedaan toen tijdens onze dans de telefoon was gegaan, bedacht ik; zo stelde ze zich in op pijn: ze opende haar ogen, hief haar kin op en deinsde terug – uit een bestaan dat ook in haar ogen een droom moest zijn geweest, een ander leven in dat bitter en reëler was. Ze was nu hier, met haar broer, en wendde zich al naar voren voor de confrontatie met de somberheid die haar wachtte. Terwijl ik me nog op de oude plaats bevond, met haar in mijn armen.

Alan Marvel tilde haar koffer op. 'Klaar?'

'Alan, dit is Julian.'

'Het spijt me.' Ongemakkelijk schudden we elkaar de hand. Ik zei hem dat het me speet – vanwege zijn vader. Hij gaf een flauw knikje. Mijn naam betekende niets voor hem; hij had nooit van me gehoord. Zijn ogen, net als de hare lichtbruin, leken me zelfs afstandelijk op te nemen. Hij stapte bij me vandaan, wendde zich weer tot zijn zus en vroeg nogmaals: 'Ben je klaar?'

Claire zweeg.

'Iedereen is thuis,' zei hij. 'De begrafenis is om drie uur. We moeten gaan.'

Ze knikte afwezig, maar keerde zich naar mij toe.

'Julian?' vroeg ze.

Dat was alles. Mijn naam was één keer gezegd, gefluisterd bijna, met een onmiskenbare stembuiging omhoog aan het eind. Maar in haar ogen lag een hevige, intense kwetsbaarheid die ik nooit eerder had gezien, een soort stille smeekbede.

En toch stond ik voor haar en deed ik niets. Omdat ze op dat moment van haar broer leek te zijn, en hij haar op een uitgesproken manier helemaal leek te kennen, terwijl ik in mijn dwaasheid was gaan denken dat ik haar kende. Ik zag hoe hij naar voren stapte en een troostende hand op haar arm legde, haar aldus stilzwijgend terugdringend naar de intieme wereld van haar familie, en het was alsof er een deur in mijn gezicht werd dichtgeslagen en ik buiten werd gesloten.

En dus wendde ik mijn blik van haar af.

Het stelde niet veel voor, maar zei alles. Een wezenloze blik van slechts enkele seconden, een aarzeling die niet uit emotie maar uit gewoonte voortkwam, een oeroude dwangimpuls om mijn krachten te verzamelen met het oog op een mogelijke afwijzing, om de situatie in overweging te nemen teneinde een nog grotere fout te voorkomen. Ik staarde in het niets, en pas toen kwam bij me op dat het mogelijk was dat ze me vroeg ook naar voren te treden. Naar voren te treden en met haar mee naar huis te gaan, als geliefde en vriend, om haar te steunen in de confrontatie met datgeen waarvoor ze zich alleen niet sterk genoeg voelde.

Maar toen ik mijn blik weer op haar richtte was het al te laat. Ze had haar woordeloze smeekbede om troost al teruggenomen, en daarmee een bestendig geloof in mij. Botte teleurstelling verduisterde nu haar blik als een eclips; ik had haar verraden.

'Claire...' zei ik.

'Ik bel je nog wel.' Ze stapte naar voren en kuste me koel op mijn wang. Vervolgens wendde ze zich tot haar broer. 'Ik ben klaar.'

Onder mijn ogen pakte ze hem bij de arm en liep weg. Ze keek niet om. De elektronische deuren schoven open, en ik zag taxi's op een rij staan, en twee kruiers met oranje poncho's aan. Het regende, herinner ik me. Toen gingen de deuren dicht en was ze weg.

Lange tijd stond ik daar.

Ik stond daar als in trance en herinnerde me een jongetje in een staatspark in New York. In de zomer. Hij stond in dat park voor een muur van gesteente, voor een rotsblok ter grootte van een kleine heuvel met een steile granieten wand. Judith zei me dat ik hem niet kon beklimmen, en ik zei haar dat ze niet wist waar ze het over had. Ik herinnerde me niet de beklimming, maar wel dat ik mezelf halverwege aantrof, ongeveer drie meter boven de grond en zeven meter van de top: ik verkeerde in het ongewisse, zonder touwen, fysieke vaardigheid of kennis van zaken. Mijn handen klemden zich vast aan de rotswand, mijn in gympies gestoken voeten stonden scheef als eendenpoten, ik had mijn bekken zo platgemaakt als ik kon, en één kant van mijn gezicht lag tegen de rots aan. Ik was te bang om te bewegen, te klimmen of te dalen, te praten of te schreeuwen. Ik hield van die rots en ik haatte hem.

Judith schreeuwt me geïrriteerd toe: 'Angsthaas!' Maar ik ben verstijfd. En ten slotte geeft ze het, met een theatrale beschuldigende zucht, op en gaat mijn vader halen, die samen met mijn moeder aan een picknicktafel bij een beek zit, zo'n honderd meter verderop.

Als ik alleen ben daalt er een vreemde kalmte over me neer. Mijn lichaam houdt zich niet minder angstvallig vastgeklemd, maar mijn hart, dat als een klopboortje dwars door mijn borst heen het gesteente heeft bewerkt, begint tot rust te komen. Balancerend tussen twee plaatsen, tussen twee toestanden, begin ik me in te beelden dat ik daar voor altijd zal blijven, dat ik me er zal vestigen, als een nieuw wezen dat op de rotsen is neergestreken.

Ik hoor mijn vader voordat ik hem zie. Omdat ik me, voor de eerste keer in mijn leven, in de feitelijke wereld boven hem bevind. Als ik mijn ogen zou openen en omlaag zou kijken, zou hij klein en onbeduidend lijken. Dat *weet* ik. En toch blijven mijn ogen gesloten – het rechter omdat het tegen het gesteente aangeplakt zit, het linker vanwege die vreemde kalmte waarmee ik in mijn eenzaamheid gezegend ben.

En dan, plotseling, noemt mijn vader mijn naam. Hij roept of schreeuwt hem niet, maar spreekt hem uit met zijn gewone stem – rustig maar niet kalm, niet gejaagd maar ook niet vol overwicht. Julian, zegt hij. Ik houd mijn ogen dicht. Julian, zegt hij, verroer je niet, wat je ook doet, verroer je niet. En ik hoor de angst in zijn stem. Hij weet niet wat hij moet doen, hij heeft geen plan. Om de een of andere reden is hij niet zoals andere vaders. De levenservaring heeft hem niet gehard en sterk gemaakt, maar hem uitgeput en bang gemaakt. Ik kan het aan zijn stem horen.

Ik open mijn ogen en laat los. De val is snel en genadeloos.

20

Ik probeerde haar te bereiken. Gedurende de daaropvolgende paar dagen belde ik steeds weer het nummer in Stamford en hoorde dan alleen de stem van haar vader op het antwoordapparaat – hoe vaak ik dat stemgeluid ook hoorde, altijd weer deed het me de koude rillingen over de rug lopen.

Maar het apparaat was vol en accepteerde mijn boodschappen niet.

Vijf avonden later verscheen ik, in de hoop dat ze misschien zonder het mij te laten weten was teruggekomen, bij haar appartement.

Bij de deur werd ik niet door Claire maar door Kate begroet. Ik keek langs haar heen de huiskamer in en zag dat de deur van Claires slaapkamer dicht was.

'Ik kan haar niet bereiken, Kate. Hoe gaat het met haar?'

'Wat dacht je. Ze is niet hier en het gaat niet goed met haar.'

'Wanneer komt ze weer terug?'

'Dat weet ik niet.'

'Hoe moet het met haar colleges? Haar examens?'

'Die heeft ze misgelopen,' zei Kate. Ze boog zich naar voren en bekeek mij eens goed. 'Je ziet er vreselijk uit.'

'Ik kan niet slapen,' erkende ik.

Kate schudde medelijdend haar hoofd. 'Jezus, Julian. Goed dan, kom maar binnen, dan zet ik thee voor je.'

Ze pootte mij op de sofa neer en verdween naar de keuken. Ze droeg een Penn State-trainingspak en plastic doucheslippers – relikwieën uit de tijd van voor haar doctoraal, toen ze bij de

NCAA-zwemkampioenschappen vijfde was geworden op de 200 meter vlinderslag. Nog altijd had ze de vloeiende, krachtige motoriek van een atlete. Toch overtuigde Kate niet helemaal als conventioneel sportmeisje; in de afgelopen maanden had ik in haar een bruuske tederheid en een behoedzame kwetsbaarheid ontdekt. In Cambridge had ze openlijk een vurige verhouding met Marcy, die net als zij pedagogiek studeerde. Eens had ik haar in snikken zien uitbarsten na een pijnlijk stijf verlopen telefoongesprek met haar ouders – conservatieve Republikeinen uit Betlehem, Pennsylvania, die haar zeker nooit zouden accepteren als ze wisten dat ze lesbisch was.

Niettemin kon haar geneigdheid tot botte eerlijkheid ontnuchterend werken.

Ze kwam met twee dampende mokken uit de keuken terug. Ik vroeg haar waar Marcy was.

'Gaan eten met haar ouders.'

Op de sofa gezeten nipten we van onze thee. Ze had de zakjes eindeloos laten trekken, zodat de smaak metalig was geworden.

'Ben je naar de begrafenis geweest?' vroeg ik.

'Ja natuurlijk.'

'Hoe was het?'

'Het was een begrafenis. Treurig. Misschien een beetje huilerig. Haar moeder stak een wel erg ongelukkige speech af. Verder was het vooral gewoon treurig.' Ze zweeg even. 'Je had erbij moeten zijn.'

'Had Claire je gevraagd om te komen?'

'Dat hoefde ze niet,' zei Kate nadrukkelijk.

Ik zweeg.

Ze slaakte een zucht van ergernis. 'Mag ik nu eens wat zeggen? Soms wil ik het op een gillen zetten als ik zie hoe beroerd jullie communicatie verloopt.'

'Zo stond je er een jaar geleden nog niet tegenover.'

'Toen was ik sceptisch. Ik kende jou niet. Je grootste fout was dat je mij van gedachten hebt laten veranderen. Nu ben ik gefrustreerd.'

'Nog niet zo gefrustreerd als ik.'

'Luister eens, Julian, je moet spijkers met koppen slaan. Niet morgen, maar vandaag. Ze heeft je nodig en je verknalt het.'

'Ik doe mijn best.'

'Gelul. Je doet helemaal niks. Voordat je je erin stort wil je er zeker van zijn dat het uitdraait op rozengeur en maneschijn. Nou, knoop dit maar in je oren: je kunt die zekerheid niet krijgen. Je kunt nooit zekerheid krijgen. Wat mij betreft is zekerheid iets voor iedereen die niet genoeg zijn best doet.'

Die nacht kon ik niet slapen. 's Ochtends zegde ik een afspraak met een student af en huurde een auto. Terwijl ik over Storrow Drive naar de Mass Pike reed was de lucht loodkleurig, stak er een wind op en waren er kleine witte schuimkoppen op de Charles te zien.

Toen ik door Wallingford, Connecticut, reed begon het te regenen, een licht voorjaarsbuitje dat ter hoogte van Bridgeport in een hoosbui was veranderd. Ik tuurde uit alle macht door de voorruit, met de ruitenwissers in de hoogste stand. Mijn handen omklemden het stuur tot ze er pijn van deden. Ter hoogte van Stamford werd de regen minder. Bij een Mobil-tankstation net voorbij de afrit vroeg ik de weg naar Willow Road.

Een lommerrijke buitenwijk, middenklasse tot betere middenklasse, grote maar geen buitengewoon grote huizen, met hier en daar een zwembad ernaast. Ik parkeerde op straat bij nummer veertien en bleef in de auto zitten met de motor af. Haar huis was een donkerbruin houten pand met één verdieping in neokoloniale stijl. Het stond er doorweekt en vreugdeloos bij, met een gazon aan de voorkant, een garage achter een korte oprijlaan en, een stukje naar achteren aan de rechterkant, een bescheiden zwembad met het winterzeil er nog op. Op de oprijlaan stond een bruine Mercury Cougar geparkeerd.

Ik stapte uit. De regen was overgegaan in lichte miezer, een zwakke afspiegeling van de hevige bui van zo-even. Het was zacht. Ik was vergeten een paraplu of een jasje mee te nemen. Evengoed stond ik enkele ogenblikken met mijn gezicht naar de lucht gekeerd, zo vervuld van verlangen dat ik bang van mezelf werd. De regen viel op mijn lichaam met de gedempte fluistertoon die bij geheimen hoort. Toen liep ik de oprijlaan op.

Ik belde aan en wachtte af. Een vrouw van middelbare leeftijd met koperkleurig haar deed open en keek me aan of ik een in de war geraakte leverancier was.

'Ja?' zei ze. Haar blik was tegelijk wazig en hard, en haar adelaarsneus was dooraderd van de drank.

'Mevrouw Marvel,' zei ik, 'ik ben Julian Rose.'

'*Wie ben je?*'

'Julian Rose.'

'Hoe ken je mij?' vroeg ze nors.

'Ik ben een vriend van uw dochter, mevrouw...'

'Ik vroeg hoe je verdomme weet wie ik ben,' schreeuwde ze.

'Dat weet ik niet, ik...'

Ze draaide zich abrupt om. Door de open deur hoorde ik haar de trap op stampen. Toen werd het stil, afgezien van het geheimzinnige gefluister van de regen. Mijn haar plakte tegen mijn slapen, mijn shirt dampte van het vocht; als ik met een andere bedoeling was gekomen, zou ik rechtsomkeert hebben gemaakt.

Vervolgens hoorde ik op de trap het bekende geluid van haar voeten, die naderbij kwamen.

Ze verscheen in de hal met een oude pyjama aan en op sokken, haar haren zaten volledig door de war en haar ogen stonden zichtbaar dof.

'Julian,' zei ze met een matte stem die ik nauwelijks herkende. 'Wat doe jij hier?'

Ik aarzelde. Tijdens de rit had ik een in mijn ogen fatsoenlijk excuus voorbereid. Maar nu ik hier voor haar stond vervluchtigde alles behalve mijn instincten.

'Het spijt me dat ik niet bij je was op de begrafenis,' flapte ik eruit. 'Ik had er moeten zijn. Dat wilde ik ook.'

Haar hoofd richtte zich op, haar ogen en haar stem ontwaakten geërgerd uit hun verdoving. 'Waarom was je er dan niet?'

'Ik was bang.'

'Bang voor wat?' vroeg ze.

‘Bang om jou teleur te stellen. En dat is precies wat ik heb gedaan.’ Ik haalde diep adem. Mijn handen trilden en ik sloeg ze voor me ineen. ‘Ik ben een dwaas, ik zat fout en het spijt me. Ik vraag je of je me wilt vergeven.’

Ze zei niets. Ze stond na te denken. Haar blik was wonderlijk vastberaden, alsof ze me opnam door de nevel van ons ongelijkwaardig verdriet. Het wachten was een marteling. Toen gaf ze één, bijna onmerkbaar, knikje. Opluchting stroomde door mijn lichaam, verzachtte mijn angst en haalde hoop in me naar boven. Mijn armen openden zich en ik stapte naar haar toe.

Een paar seconden lang werkte het. Ze hield me vast zoals ik haar vasthield, intens, aangespoord door de veerkracht van onze gevoelens, en onze armen bekrachtigden in stilte een onverbrekelijke band.

Toen verkilde en verstrakte ze. Ze verkilde in mijn armen en verstrakte door een nieuwe gedachte of een nieuw besluit. Hoofdschuddend deinsde ze terug en mompelde: ‘Nee.’

‘Claire...’

‘Nee, Julian. Ik kan het niet. Het spijt me. Ik ben op dit moment niet in staat om alles weer goed te maken. Misschien als ik me sterker voel.’ Ze zweeg even en haar ogen schoten vol – totdat ze haar kaken op elkaar klemde en haar blik moedwillig glashard werd. ‘Ik stel het zeer op prijs dat je gekomen bent,’ besloot ze vormelijk, alsof ik de vreemde was waarvoor haar moeder me had aangezien. En vervolgens staarde ze naar haar voeten en wachtte totdat ik zou vertrekken.

21

Ik ging terug naar Cambridge en deed een tijdlang geen pogingen om haar op te zoeken of te spreken te krijgen. Ik trok me terug tussen de schimmen van mijn verlangen, en werkte mijn gedachten aan haar af als de kralen aan een friemelkettinkje, waarbij ik haar verdriet even fysiek ervoer als mijn eigen hunkering.

Van Kate hoorde ik dat Claire nog in Stamford zat. En dus lag ik 's nachts urenlang wakker terwijl ik me voorstellingen maakte van haar in dat huis, in de kamer van haar jeugd met de boekenplanken en intieme hoekjes die ik nooit had gezien. Ik stelde me voor hoe ze met haar armen om haar knieën geslagen op haar bed zat te huilen.

Ik dacht zo sterk aan haar dat een verlammende verwarring als een wolk over mijn leven ging hangen. Met als gevolg dat ik geen enkele actie meer ten opzichte van haar kon ondernemen en alleen nog aan haar kon denken.

Dadeloosheid is niet hetzelfde als geduld. Het is integendeel een soort eeuwige wachtkamer, een steriel berghok voor onvervulde verlangens, een negatief toevluchtsoord. Je zit alsmaar te wachten, maar de receptionist is erg streng, en op de een of andere manier is het afsprakenboek voortdurend vol. Om het nog erger te maken zitten in de aangrenzende cel, dicht opeengepakt als wanhopige immigranten en slechts van jou gescheiden door de dunne, poreuze muur van je angst, alle te verwachten afwijzingen uit je leven. Je zou denken dat het daar rumoerig is, maar daarin vergis je je. Het is er volkomen stil. Er zit een klein raampje van plexiglas waardoor je dit kunt bestuderen, deze stilte, als je daartoe geneigd bent en er de moed voor hebt. En als je uiteindelijk vlijtig genoeg hebt gestudeerd en je tijd niet met dromen hebt verdaan, kom je tot het besef dat niet de afwijzingen deze gevangenis vormen, en ook niet de nederlagen, maar de onverbiddelijke nederlagen die je zelf vreest; niet het leven, maar de omlijning ervan in krijt, op de plek waar het lichaam moest liggen maar niet ligt, waar het eens lag, je ingekankerde laffe pessimisme, je voortdurende weddenschappen tegen de liefde en tegen de intuïtie. Daar komt de stilte vandaan.

22

Het liep tegen het einde van het academisch jaar. Op steeds warmer en zwoeler dagen beoordeelde ik in Mary's tuin de afsluitende papers voor mijn onderdeel van Davis' colleges. Mijn 2HB-potloden waren scherp geslepen als scalpels, de papers lagen keurig op een stapel.

In maart, tijdens de lange kantooruren in Café Pamplona, had ik de voldoening gesmaakt mijn studenten te kunnen helpen bij de onderwerpenkeuze van hun papers. Dat was immers lesgeven: leiding geven, het aanmaakhout van de nieuwsgierigheid doen ontbranden en bekijken wat voor vuurtje er oplaaide. Kennisverwerving als een zee van licht.

Maar nu ik hier alleen en richtingloos zat, leek het opeens absurd om mezelf te beschouwen als brenger van verlichting. 's Middags gumde ik de opmerkingen die ik 's ochtends op de papers had geschreven alweer uit. Op mijn schreden terugkerend krabbelde ik herziene gedachten over de schimmige lijken van eerdere ideeën – mezelf met elke nieuwe potloodkras de valse zekerheid van mijn kennis in herinnering brengend.

Het was niet verwonderlijk dat mijn eigen werk in verlaagd tempo vorderde. Op elk nieuw hoofdstuk van *Het Congres en de constitutie* dat Davis uittikte leek ik, als een in boetekleed gehulde monnik in zijn cel, slechts één enkele, omstandig verluchte voetnoot bij mijn dissertatie te kunnen voortbrengen. Oppervlakkig bezien zag mijn inleiding er veelbelovend uit: de volledige strekking mijn betoog werd er helder en levendig in geëtaleerd; mijn intellectuele arsenaal kwam er duidelijk uit naar voren, terwijl ik listig een paar verrassingen achterhield voor de conclusie; de progressieve beweging in de Amerikaanse politieke geschiedenis zou voorgoed met andere ogen worden bekeken. Dit was niet ondenkbaar. Het probleem was natuurlijk dat er niet meer bestond dan de inleiding.

Davis had, in weerwil van zijn lippendienst ten bate van mijn toekomst als publicist, geen concrete hulp geboden. Integendeel, ik vermoedde steeds meer dat hij meer dan tevreden was om mij ondergesneeuwd te laten liggen op de vuilstortplaats van zijn reusachtige productie en me te laten zwoegen als een geteisterde secretaris, aldus garanderend dat ikzelf nooit iets van betekenis zou produceren.

Op een middag belde hij me met het verzoek op zijn werkkamer bij hem langs te komen. Ik kwam er binnen in de verwachting de gebruikelijke stapel verse pagina's overhandigd te krijgen, maar zag twee kartonnen manuscriptdozen naast een fles single malt whisky op zijn bureau liggen.

'Volgens mij vraagt dit om een toast,' zei hij. Hij opende een la, haalde twee glazen te voorschijn en schonk voor ons beiden een vingertje in. 'Op *Het Congres en de constitutie*,' verklaarde hij. Hij straalde.

'Gefeliciteerd, Carl.'

We dronken.

'Zo,' zei hij. 'Denk je dat je me woensdag je aantekeningen kunt bezorgen?' Het was vrijdag.

'Eigenlijk, Carl, zit ik nu midden in het nakijkwerk van de papers. Is maandag over een week ook goed?'

Zijn glimlach kreeg, zonder in fysieke zin te veranderen, iets merkbaar straks over zich. 'Het zijn mijn colleges,' zei hij kalm. 'Ik geef je permissie om je papers later terug te geven.'

'Ik zal mijn best doen,' antwoordde ik.

Ik nam de dozen mee naar huis. Bijna anderhalve kilo en 767 bladzijden. Ik zette een pot koffie, was om vier uur in de ochtend klaar met het nakijken van de papers van mijn studenten, sliep een paar uur en begon vervolgens het boek van de grote man door te lezen. En toen ik er aan het begin van de week mee klaar was, bood ik hem nederig de laatste overblijfselen van mijn maandenlange onderzoekswerk aan door een paar licht kritische kanttekeningen te plaatsen. Wat intelligent en goedgeschreven, concludeerde ik, en dat was ook onloochenbaar zo, zelfs al was zijn 'Reagan-revolutie' niet wat ik me bij een revolutie voorstelde. De armen en daklozen, de rechtelozen, de minderheden – de noden van deze mensen werden overal in dit kolossale boekwerk onder vuur genomen. Maar op dit moment was ik niet in de stemming om ruzie te maken. En dus weerspiegelden mijn redactionele opmerkingen niet mijn ware overtuiging en werd de voldoening van mijn mentor over mijn werk er, zo nam ik aan, niet geringer op.

En toen was het, zonder waarschuwing vooraf, juni geworden. De afstudeerweek, de reünieweek voor oud-studenten: het grote geld rolde binnen, de karmozijnrode vlaggen werden gehesen, de pracht en praal heersten, het openingsgebed voor de universiteitsraad werd gezegd, de beschermende touwen werden weggehaald bij de vierkante velden met nieuwgezaaid gras, de faculteitsfeesten en familiefeesten werden gevierd, de eetzalen in Lockobers besproken, de toga's gehuurd, de kostuums en jurken werden aangeschaft op Newbury Street, de champagne werd gedronken en de zon ging onder in de rivier.

Elk jaar voor de afstudeerdag gaf Davis thuis een cocktailparty voor een aantal van zijn collega's op de faculteit en het Institute of Politics, alsmede enkele met zorg gekozen politieke insiders uit Washington. Meestal maakten de gouverneur en een paar Kennedy's er hun opwachting. In het verleden waren er hooggeplaatste leden van de Reagan-regering gesignaleerd. Je kon erop rekenen dat Davis' oude maatje Kissinger er zijn eeuwig gebruinde gezicht kwam vertonen om wat Midden-Europese glans over de verzamelde gasten te werpen en ten minste een vermelding in de *Globe* te garanderen.

De volgende keer dat ik hem bezocht verzekerde Davis me dat ik was geïnviteerd en suggereerde hij zelfs welke dame ik mee moest brengen.

‘Wat dacht je van je vriendin...?’ zei hij, met zijn vingers knippend als zweefde haar naam er vlak boven binnen zijn bereik. Alles lag gewoon voor hem klaar, dacht ik somber, alle essentiële informatie over het leven lag voortdurend binnen zijn bereik en werd voortdurend geordend door dat wonderbaarlijke stel hersenen, in een eindeloze terugkeer naar de bron, een eeuwige orgie.

Ik was op een zaterdagochtend naar zijn werkkamer gekomen om zijn volgende project te bespreken. Nu het boek over politiek af was en de datum van publicatie was vastgesteld, wilde hij aan de memoires beginnen. Er was een hoop fascinerend materiaal uit de beginperiode van zijn loopbaan, zo verzekerde hij me, alleen al zes dossierkasten in de kelder van zijn huis – het huis dat hij momenteel huurde sinds hij afgelopen winter van zijn vrouw gescheiden was; er lag ook nog veel in het huis van zijn moeder in Scranton, een hele garage vol documenten, memorabilia, aandenkens, brieven en foto’s. Beslist genoeg om me de hele zomer van de vroege ochtend tot de late avond bezig te houden, als ik er zin in had. Een paradijs voor de wetenschappelijk onderzoeker. En dan had hij het alleen nog maar over zijn beginperiode. Dit zou een leuke klus gaan worden. Het laatste boek was een opgave geweest, maar dit zou pure pret worden, het vette contract dat hij ervoor dacht los te krijgen incluis. Het zou misschien ook een leerzame ervaring zijn, al zei hij het zelf, om toetsstenen bloot te leggen uit een leven dat was doorgebracht met nadenken over de politiek en haar gevolgen, haar vertakkingen, tegenspraken en betekenissen, maar dat tevens ten volle was geleefd in de frontlijn van de politiek – de twee kanten, het denken en de daad, de vertakkingen van deze machtige stromen en het samenvloeien ervan in het leven van één man. Het zou toch geweldig zijn, zei hij, om met zijn tweeën samen te werken aan zo’n boek.

Het was een warme dag. Het hoge, uit twaalf segmenten bestaande raam stond wijdopen om frisse lucht binnen te laten. Davis stond ervoor, met zijn handen losjes op zijn rug, en keek naar het gebouw van de rechtenfaculteit.

‘Wat is haar voornaam ook weer?’ vroeg hij.

‘Ik weet niet waar je het over hebt.’

‘En of je dat weet. Van je vriendin, die wonderbaarlijke juffrouw Marvel.’

‘Claire,’ zei ik, om van hem af te zijn.

‘Dat was het, Claire. Hoe is het met haar afgelopen? Zijn jullie bij elkaar?’

Ik antwoordde niet. Het was niet onze gewoonte om over persoonlijke zaken te praten, en ik wilde daar nu niet mee beginnen.

‘Tenzij je er natuurlijk liever niet over praat,’ ging hij verder. Hij trok zijn hoofd scheef en keek me aan alsof ik overgevoelig en tuttig was.

‘Er valt eigenlijk niets over te zeggen.’

Hij trok zijn wenkbrauwen op maar gaf geen commentaar. Voor even hervatte hij zijn getuur uit het raam, terwijl hij bij zichzelf zijn conclusies trok. Ik zag buiten vogels, en een eekhoorn die een boom in klom. Toen zei Davis: ‘Nou, reden temeer om haar te vragen. Om te beginnen wordt het een geweldig feest. Dat is het altijd. En als je haar niet voor jezelf meevraagt, doe het dan tenminste voor het algemeen belang.’ Hij benadrukte de laatste woorden, draaide zich om en grijnsde me samenzweerderig toe. ‘Want ik zeg het je maar, niets bevalt de oude jongens zo goed als een leuk gezichtje.’

23

Alles begint nu in een stroomversnelling te raken. Het verhaal. Het ene moment ben ik hier en lijkt alles ver weg; een moment later staat ze recht voor me, is ze overal, en ben ik terug in mijn oude leven. Ik ben jaren jonger, ik vlieg heen en weer, lig voorover op bed, raak opgewonden, raak gedeprimeerd, probeer nergens bang voor te zijn, houd mijn hoofd in mijn handen, recht mijn rug, doe iets stoms, doe iets briljants, neem beslissingen, maak keuzes die steeds verkeerd zijn – maar ben vervuld van vurige liefde, vele goede bedoelingen, veerkracht en hoop.

Ze was bereid als mijn gaste naar het feestje te komen, en die bereidheid maakte een optimisme in me los zoals ik in geen weken meer had gekend. Maar wel had ze die middag iets te doen, zei ze erbij, een afspraak die ze niet nader omschreef, en daardoor zou ze wat aan de late kant zijn. Ze zou me wel in Davis' huis treffen, als dat in orde was. En ik zei dat het dat was.

De bewuste dag brak aan. In mijn badkamer kleedde ik me aan, voor het op borsthoogte hangende medicijnkastje dat mijn enige spiegel bevatte; om mijn onderkant te zien moest ik de badkamer uit lopen en op het bed gaan staan. Mijn blazer was helder marineblauw, mijn broek was van zomers licht grijs flanel en mijn das, die ik drie keer opnieuw knoopte, was licht paisley en kwam van Liberty uit Londen. Mijn loafers poetste ik met speeksel. Al kijkend, bukkend en aan manchetten trekkend liep ik heen en weer tussen de bad- en de slaapkamer.

Ik voelde me niet onfortuinlijk. Mijn gesternte leek vandaag niets kwaads in de zin te hebben, en zelfs de spiegel niet. En zo, voor de tiende keer in een uur op mijn horloge kijkend om vooral niet vroeger op het feestje te komen dan betamelijk was, stapte ik met frisse moed het heldere middaglicht in. Het was een karakteristieke late voorjaarsdag in Cambridge, een uitgelezen dag, zonnig en fraai maar niet te warm en met aangename zwemen van gras en liguster in de lucht.

Ik liep. Het was niet ver. Vanaf Brattle Street ging ik naar de rivier. En van een halve straat afstand drong het tot me door – een geroezemoes van door drank gesmeerde kaken. Ik was nooit bij Davis thuis geweest. Het was geen oud maar een modern huis, met een royale, door een hekwerk omsloten voortuin. En in die tuin, boven de gebogen punten van het hekwerk uit, zag ik de samengedromde feestgangers staan als op een erf voor de betere standen.

Vervolgens bevond ik me onder hen in die menigte en kon ik geen afstand meer nemen of de dingen in perspectief zien. Ik was er vlakbij en zat er recht op, en kon alleen nog mensen vanuit bizarre hoeken gadeslaan, façades als kiekjes, kleren en kostuums in blauw, roze en wit, gekreukt linnen en geplisseerd katoen, de wilde weerkaatsingen van het zonlicht vanaf honderd champagneglazen. Een geüniformeerde ober reikte me een glas aan. Ik ledigde het voor de helft en probeerde me te oriënteren. Iedereen was er, zoals aangekondigd: de gouverneur, klein, verwaand en stug; slechts één Kennedy, maar in elk geval wel Teddy, de patriarch, die bij evenementen voor twee telde; een vooraanstaand projectontwikkelaar en fondsenwerver voor de Republikeinen; en de nieuwste senator van de staat, met zijn nobele trekken en imposante oorlogsverleden. Ook Parker Bing was uiteraard aanwezig, met een platte strohoed en een wit zomerkostuum. Hij was verdiept in een gesprek met het plaatsvervangend hoofd van het departement voor het Nabije Oosten, een medelid van de Fly Club, die onder mijn toeziend oog een in leer gebonden zakboekje trok en iets opschreef – ongetwijfeld Bings nummer, dacht ik, terwijl ik me walgend van hen afkeerde en bijna tegen Mike Lewin aanbotste, mijn wapenbroeder van Littaur, die mompelde: ‘Heb je die hoed van Bing gezien?’ Ik zei ja, en hij grijnsde me sarcastisch toe. Ik vroeg of hij Davis had gezien, en Mike haalde zijn schouders op en gebaarde over de zee van koppen naar de andere kant van de tuin. 'Misschien daar ergens. En mis Kissinger niet, die houdt hof bij het garnalenbootje.'

Ik dronk nog meer champagne, keek op mijn horloge en vroeg me af wanneer Claire zou komen. Ik wist al niet meer hoe lang ik zelf op het feest was. Een kwartier? Een halfuur? Ik zei Mike dat ik hem later wel weer zou zien en begaf me naar de andere kant van de tuin, op zoek naar haar. Ik begon opeens gespannen te worden en hoopte dat ik haar op de een of andere manier gauw uit het feest zou kunnen wegsleuren om haar voor mezelf te krijgen. We zouden misschien voor het eerst na Frankrijk weer samen eten. En tot diep in de nacht zouden we tegen elkaar alle gevoelens uitspreken die we nog niet hadden uitgesproken, de moeilijk bespreekbare, vluchtige maar oprechte gevoelens. Gevoelens die nu moesten worden uitgesproken of anders moesten worden weggegooid. En ik zou niet toelaten dat ze werden weggegooid. Tot het uiterste zou ik dat tegengaan... Zoveel mensen, peinsde ik toen ik me aan de andere kant door de menigte feestgangers had heengewerkt... Inderdaad, er was een garnalenbootje, precies zoals Lewin had gezegd, maar Kissinger zat er niet op. Al had dat makkelijk gekund, concludeerde ik, want het was een soort Chinese jonk van plastic, beladen met gekookte roze garnalen die hoog boven de dolboorden uittorenden, alsmede met houten minitonnetjes met cocktailsaus. Monsterlijk dacht ik, en ik wendde me af – en ik zag vlakbij, aan de rand van de achtertuin, tussen twee bomen een hangmat hangen waarin een gerespecteerd hoogleraar in de politieke filosofie lag te slapen. Ik stapte door de voordeur van het huis de foyer binnen. Onmiddellijk lag het geroezemoes van de menigte achter me, en daarvoor in de plaats kwamen de stilte van binnen en beschutte rust. Ik bleef staan en luisterde. Van achteren kwamen zwakke geluiden van de cateraars die in de keuken aan het werk waren en de wonderlijk troostrijke geur van het zetten van koffie.

Op dat moment ving ik vanuit de huiskamer de klank op van

Davis' stem. Niet zijn gewone spreekstem, maar een zachtere klank. Niet zijn woorden maar zijn toon – die, ofschoon zachter, niet minder krachtig was en bij alle vertrouwelijkheid nog altijd unheimisch klonk, al meende ik er vandaag iets lichters in te horen, iets gedempt vrolijks, als van een man die op een nachtelijk feestje in een nevel van rook een intiem grapje maakt.

Vervolgens lachte Claire, met de onmiskenbare woorden: 'Nee, dat heb je niet gedaan! Ik geloof er niks van.'

Ik ging de kamer binnen. Ik schrok zelf van de brutaliteit van mijn actie. Ze waren alleen. Ze stonden links bij de ramen, dicht bij elkaar maar niet tegen elkaar aan, als geliefden in een salonstuk. Ze droeg een lichtgroene linnen jurk en schoenen met hoge hakken, en was mooier en betoverender dan ooit.

Ze draaiden hun hoofden op hetzelfde moment om.

'Julian!' riep ze verrast uit. Ze bloosde. Ik zag dat ze een stap van hem terugdeinsde terwijl ze mijn naam uitsprak.

'Julian,' zei Davis op beheerster toon. 'Daar ben je dan.'

Ik keek alleen naar haar. 'Hoe lang ben je hier al?'

Ik zag dat ze aarzelde. Het was doodstil in de kamer, en in die rust leek ze te overwegen of ze me wel of niet de waarheid moest zeggen.

'Toen ik binnenkwam stond Carl bij de poort,' zei ze. 'We raakten in gesprek, en hij vertelde dat hij een Gwen John had...' Ze gebaarde halfhartig naar een klein schilderij op de muur naast haar. 'Ik heb niet meer op de tijd gelet. Het spijt me.'

'Hoe lang ben je hier al?' herhaalde ik op een hardere toon.

'Een halfuur.'

'Nee. Dan had ik je aan zien komen. Ik ben hier al meer dan een uur en ik heb je niet gezien.'

'Zeg je dus dat ik lieg?'

'Ik wil alleen de waarheid horen.'

'De waarheid! Mijn afspraak was vroeg afgelopen en toen ben ik direct hierheen gekomen. Omdat jij me had gevraagd. En als je dat niet goed genoeg vindt kun je naar de bliksem lopen.' Ze was opeens des duivels en schreeuwde: 'Hoor je me, Julian? Loop naar de bliksem!'

Nu kwam Davis tussenbeide. 'Julian, luister naar haar, in jezusnaam. Ze spreekt duidelijk de waarheid.'

Bij het horen van zijn stem knapte er iets in me. 'Niemand heeft jou wat gevraagd, Carl.'

'Wat zeg jij daar tegen mij?'

'Ik zei: hou je kop, Carl. Niemand heeft jou wat gevraagd.'

'Je hebt zojuist de grootste fout van je leven gemaakt,' zei hij met zachte stem.

'Claire,' zei ik.

Maar ze keerde me de rug toe. En dat was het laatste wat ik zag voordat ik vertrok.

24

Door de verkeerde kant van het spionnetje zag ik licht dichterbij komen. Er naderde een schim die sloten opendraaide, en toen ging de deur open en stond hij in de deuropening, in zijn pyjama en kamerjas, zijn ogen dichtknijpend tegen het licht.

'Julian?'

'Dag pap.'

Het was na middernacht. Zijn gezicht vertoonde aan één kant een plooi van zijn kussen. Zijn haar stond overeind als een door de wind voortgejaagde golftop. Hij legde een hand op mijn schouder. 'Is er iets gebeurd? Is het goed met je?'

Door de bezorgdheid in zijn toon en de zwakke, vragende aanraking van zijn hand steeg er een bel van droefheid in mijn borst op; mijn hele lichaam spande zich in een poging er niet aan toe te geven. Mijn vader begreep dit verkeerd, of misschien ook niet, want hij trok zijn hand snel terug, alsof hij bang was dat hij me had gekwetst.

Ik zei hem dat er niets was gebeurd.

Hij knikte. Toen keek hij omlaag en merkte mijn koffer op. De bezorgde trek verdween van zijn gezicht. 'Kom je op bezoek?'

'Als het goed is.'

'Dat weet je. Is het ooit niet goed geweest?'

'Ik heb een late trein genomen. Ik had je eerst moeten bellen.'

Hij bekeek me eens goed, en de hoeken van zijn lichte ogen zwollen weer op van bezorgdheid. 'Is het echt wel goed met je?'

Heimelijk wilde hij een antwoord dat iets zou verklaren, maar niet te veel.

'Ik ben gewoon doodop, pap.'

Een ogenblik later knikte hij en ontspanden zijn gelaatstrekken zich eindelijk van opluchting.

Ik liep achter hem aan het appartement in. De luchtjes van oude tapijten, hout, potplanten en prullaria. Van jaren van macaroni met kaas uit een pakje, diepvriesmaaltijden, gelatinepuddinkjes en blikken soep. Van stapels papier, van de vergeelde manuscripten van oude leerboeken die hij had geredigeerd en die allang weer waren herzien omdat de cijfers, theorieën en beweringen niet meer klopten. Maar hier lagen ze bewaard en verzameld, in hun eigen museum voor de eeuwigheid. De luchtjes van lagen van spanning en onbehagen, voor negenennegentig procent onuitgesproken, weggestopt, en jaar in jaar uit op stoïcijnse manier verzwegen, al die jaren die hij op zijn eentje had doorgebracht, als getrouwd en gescheiden man, een eeuwigheid van verstrooidheid. En van boeken, niet te vergeten, algauw meer dan duizend boeken, de fictie in de huiskamer, de biografieën in de grote slaapkamer en de filosofie en psychoanalyse in het studeerkamertje achter de hal dat eens mijn slaapkamer was geweest, boeken als het plaveisel in het fort van een stille man.

Door al deze herinnerde en werkelijke geuren volgde ik mijn vader. Zijn pantoffels schuifelden over de afgesleten vloerplanken, de ceintuur van zijn kamerjas sleepte achter hem aan.

We kwamen in zijn studeerkamertje, mijn oude kamer. Hij knipte het licht aan. 'Ik zou hebben opgeruimd als ik had geweten dat je kwam. Maar het is... het is een poosje geleden, hè.'

'Ja.' Sinds mijn laatste bezoek waren er tien maanden verstreken.

Ik zette mijn koffer neer. De kamer zag er nog bijna net zo uit als altijd. Een oude ribfluwelen slaapbank stond op de plaats waar in mijn tienerjaren mijn bed had gestaan; zijn bureau stond op de plaats van mijn bureau. Verder was alles hetzelfde. Hij had nooit van verandering gehouden. Hij was als iemand die, hoe hard hij ook zijn best deed, nergens een weerbericht kon vinden – op de tv niet, in de krant niet en niet in een almanak – en die daarom met ongeloof en achterdocht de voortdurende veranderingen van de lucht gadesloeg.

'Die oude slaapbank,' zei hij hoofdschuddend.

'Heb je het nummer van die chiropractor nog?'

Hij lachte zachtjes, raakte mijn schouder aan en keek me vanuit zijn ooghoek verlegen aan. We bekeken de kamer. De stilte was hem vertrouwd en leek hem ergens aan te doen denken. Hij trok zijn hand terug en vroeg: 'Heb je wel gegeten?'

'Nee,' antwoordde ik.

We gingen naar de keuken. Ook die was niet veranderd. Toen mijn moeder naar Houston was vertrokken, had ze alleen haar meest persoonlijke bezittingen meegenomen, haar onmisbare kleren en papieren. Alsof er nooit iets gezamenlijks was geweest, en er nooit een echte eenheid had bestaan. Alsof wij al die jaren niet meer dan opvarenden van een reddingboot waren geweest, die door de omstandigheden en de wrede wetten van de overleving bij elkaar waren gezet. Waarna zij, toen we op een dag land hadden bereikt, op haar eentje die nieuwe kust had betreden zonder ooit nog om te kijken.

Mijn vader staarde in de koelkast, omgeven door koud, wit licht: we wisten allebei dat hoe lang we hier ook bleven staan, de keuken altijd van haar zou blijven.

'Is roerei goed?'

'Zeker pap, maar laat mij het maar maken.'

'Nee, nee. Je moet erg moe zijn.'

Ik haalde de kussens weg en klapte de slaapbank uit. Ik maakte het bed op met de lakens die mijn vader me had gegeven, kleedde me uit en ging in het donker op bed liggen.

Het was een lange nacht. Er kwam geen frisse lucht in de kamer, die maar één klein raampje had dat uitkeek op een luchtschacht. Mijn rug deed pijn van de stalen dwarsstaaf die onder het vijf centimeter dikke matras doorliep, en mijn geest gunde me geen rust. Steeds gingen mijn gedachten terug – naar de gebeurtenissen van die dag; naar Claire en Davis samen in die kamer en hoe zij me haar rug had toegekeerd; naar de fouten die ik had gemaakt en bleef maken ondanks mijn enorme verlangen het anders te doen; en naar de mogelijkheid – zo afschuwelijk dat ik er herhaaldelijk in het donker mijn ogen door opende – dat zij nooit zo van mij zou houden als ik van haar – telkens wanneer die gedachten opdoemden probeerde ik ze weg te drukken. Maar ik kon het niet. Bepaalde gedachten laten zich op die manier manipuleren, denkbeelden die van buiten jezelf lijken te komen als keuzes die moeten worden gemaakt. Maar er bestaan ook andere soorten gedachten. Intuïties die, als water dat tijdens een droogte op mysterieuze wijze uit de grond opwelt, zo diep uit jezelf voortkomen dat hun bron in laatste instantie buiten je rekenschap ligt.

Ik bleef die hele zomer bij mijn vader. Het was een bedaarde, rustige en vlakke periode, het gejaagde tempo van de stad ten spijt. De stad raakte ons nauwelijks. Het was een periode vol bekende stiltes en vertrouwde schuinse blikken – een intermezzo van onuitgesproken begrip dat zo sterk was dat bepaalde al lang bestaande toestanden tussen ons woordeloos intact werden gelaten, als een anachronistisch verdrag:

1) Uit mijn plotselinge opduiken diende niet te worden opgemaakt dat er enige fundamentele verandering in mijn denken ten aanzien van mijn familie was gekomen.

2) Hoe mat en stuurloos ik me naar zijn waarneming momenteel ook gedroeg, hij diende aan dit gedrag geen uitleg te verbinden of er commentaar op te geven.

3) Niet meer dan de helft van alle films die we bekeken mocht voorzien zijn van ondertitels.

O, we waren me een duo, wij met zijn tweetjes. Hij was drieënzestig, vervroegd gepensioneerd en waarschijnlijk eenzaam, en hij had de tijd aan zichzelf. Ik was zevenentwintig en neerslachtig en had de tijd ook aan mezelf, volledig, maar ik betwijfelde of ik hem had kunnen weggeven als ik daar een poging toe had gedaan.

En zo verstreek die zomer.

25

In september ging ik terug naar Cambridge. Waar niets en tegelijk alles anders was geworden. Waar ik op een vroege ochtend voor haar flatgebouw op Claire wachtte en haar in het jonge daglicht langzaam Kirkland Street op zag lopen, met ongekamde haren en gekreukte kleren. Toen ze mij zag bleef ze met een ongeruste trek op haar gezicht staan en kruiste haar armen voor haar borst alsof ze er niet zeker van was wat ik zou gaan doen.

'Je bent weg geweest,' zei ze.

Ik knikte.

'De hele zomer. Waar heb je gezeten?'

'Ik heb mijn vader opgezocht.'

Bezorgdheid verzachtte haar trekken. 'Is het goed met hem?'

'Uitstekend,' antwoordde ik kortaf. Ik wilde het over haar hebben, niet over mijn vader. 'Ik ben gisteravond teruggekomen en kwam langs om jou te zien, maar er was niemand thuis,' zei ik.

De bezorgdheid verdween en maakte plaats voor een masker van defensieve onverschilligheid. 'Is dat zo?'

'Ja. Daarom heb ik gewacht.'

'IJverig van je.'

'Alleen kwam je niet thuis.'

Ze zei niets.

'Waar zat je?' vroeg ik.

'Wat wil je dat ik zeg, Julian?'

'Ik wil dat je zegt dat je niet bij hem was. Ik wil dat je zegt dat je bij niemand was. Dat je de hele nacht in de bibliotheek hebt gezeten om weer bij te raken met je werk en dat je de tijd vergeten bent. Of misschien ben je naar de nachtvoorstelling in de Brattle geweest en heb je daarna besloten dat je net zo goed tot het ontbijt op kon blijven. Of misschien, misschien, heb je je zomaar laten versieren en ben je voor één lullig nachtje uit de band gesprongen met de een of andere onschuldige idioot waar je geen klap om geeft. Dat zou pijn doen, maar ik zou ermee kunnen leven. Ik zou het wel te boven komen. Maar hij niet, Claire. Vertel me alsjeblieft niet dat je bij hem bent geweest.'

'Ik ga niet liegen.'

'Godverdomme, ik wil niet dat je liegt.'

'Wat wil je dan wel?'

'Jou,' zei ik. 'Ik wil alleen jou maar.'

Ze wendde haar blik af. Het zonlicht viel schuin en al warm over ons heen, en een klein, schril stemmetje in mijn hoofd zei me dat ik weg moest lopen, dat wat nu ondraaglijk was alleen nog maar erger zou gaan worden. Toen zuchtte Claire en keek me weer aan. En ik dacht: ze is er nog, er is nog tijd, en ik hield voet bij stuk als een os of een boom.

'Hij belde na zijn feest,' zei ze. 'Hij wilde met me praten. Hij begrijpt niet hoe jij je zo tegen hem hebt kunnen keren, na alle steun die hij jou gegeven heeft. En persoonlijk snap ik het ook niet. Het was goedkoop en wreed, als je de waarheid wilt weten, en bovendien beroepsmatige zelfmoord. Hij is erdoor verbijsterd.'

'Dat kun je niet menen.'

'Ik meen het heel erg.'

'Claire, luister naar mij. Jij kent hem niet. Hij zuigt alle plezier uit je leven weg en dan verslindt zijn ego je met huid en haar. Na een maand met hem heb je het gevoel dat je tot aan je nek in het drijfzand zit. Blijf vooral bij hem uit de buurt.'

'Ik wil niet bij hem uit de buurt blijven, Julian. Het duurt nu al een paar maanden, en ik voel me niet ondergesneeuwd. Hij is niet zoals jij denkt. Je hebt er geen idee van hoe hij is. Hij is fatsoenlijk en vriendelijk, en hij steunt je. Hij luistert naar me. Hij is attent en sterk. Mijn vader was een fantastische man, maar blijkt geen groot zakenman te zijn geweest. Hij heeft nogal wat schulden nagelaten. Het dealerschap moest meteen verkocht worden. Carl heeft de details van de verkoop geregeld en die mogelijk gemaakt. Carl, niet de een of andere advocaat en ook mijn broer niet. Carl, omdat hij zo zorgzaam was. Daarvoor zal ik hem altijd dankbaar zijn. Ik vertrouw hem, Julian. Ik vertrouw hem heel erg. Misschien ben ik zelfs wel verliefd op hem. Dus neem me niet kwalijk dat ik het niet eens ben met je verklaring. En als je me wilt excuseren ga ik nu naar huis.'

In alle rust, zonder trompetgeschal en tromgeroffel, nam ik een andere begeleider voor mijn dissertatie. Professor Charles Dixon, die me voor Davis al had begeleid, was bereid me terug te nemen. Hij was een kalende man met een kleine neus, een eenvoudig mens en een gedegen geleerde die zeer werd geacht door zijn collega's. Maar hij werd niet gevreesd of benijd. In vrijwel alle opzichten was hij de tegenpool van een politiek bedreven figuur als Davis. Bij onze eerste afspraak van die zomer vroeg hij me, terwijl we boven glazen ijsthee bij hem thuis zaten, waarom ik er belang bij had van begeleider te veranderen. Ik antwoordde dat professor Davis te vaak weg was, wat te zeer op het Witte Huis georiënteerd was en beroepsmatig te veel om handen had voor mijn interesses en behoeften, die van meer academische aard waren. Dixon keek vergenoegd. Hij knikte goedkeurend, en zei dat hij begreep dat dat het geval kon zijn. Hij was bereid mij te nemen. Om te beginnen stelden we samen een werkplan op.

Mijn dissertatie zou tien hoofdstukken krijgen. Het was juli, en ik zat nog steeds vast in hoofdstuk twee. We spraken af dat ik iedere zes weken een nieuw hoofdstuk in zou leveren, wat er, als alles goed ging, toe zou leiden dat ik op tijd klaar was om op de afstudeerdag van het volgend studiejaar te promoveren. Schitterend, concludeerden we, een schitterend vooruitzicht – maar toch voelde ik er niets bij als ik het me voorstelde. Ik zou hier blijven, of ik zou vertrekken – voor een carrière die iemand nastreefde, waar iemand naar hunkerde. Waarom? Met welk doel? Ik voelde er niet langer meer iets bij, zo ik dat ooit al had gedaan.

En wat, wilde Dixon nu weten, had ik in het werk gesteld om beurzen van stichtingen en toekomstige docentschappen te krijgen? Het viel niet mee in de wereld, zei hij, zelfs niet voor de pienterste mensen. Wist ik dat niet? Ik zei dat ik het wist, en we spraken af dat ik in het komend academisch jaar mijn inspanningen op dat gebied fors zou opvoeren. Al pratend maakten we verdere plannen voor mijn toekomst. En vlak in de buurt ging Claire nog steeds om met Davis, sliep ze met hem en was ze verliefd op hem. En algauw verbeeldde ik me dat ik alleen op een veld stond, ver van al mijn bekenden, met mijn armen uitgebreid – een menselijke zonnewijzer die wachtte op de zon, afwachtte om de zon op zijn rug en zijn armen te voelen, en die afwachtte tot vervolgens zijn schaduw op het groene gras zou verschijnen, de perfect afgetekende schaduw, die daar in zijn exacte vorm de tijd vasthield; de tijd, alleen op dat moment, in die schaduw waarin het licht afwezig was.

DEEL 2

I

De seizoenen gingen voorbij. Met de vallende bladeren kwamen het najaar en de dag waarop zij met hem trouwde.

De ijzige winter kwam, waarin wekkers afgingen op zwarte ochtenden, je je verborg onder de dekens, het geluid weerklonk van voorruiten die werden afgekrabd, damp uit auto-uitlaten walmde en grijze korsten bevroren sneeuwbrij als pokpuisten de mooie stad ontsierden.

Ik werd achtentwintig.

Zeer tot mijn verrassing was ik uiterlijk onbeschadigd. Ik werd 's ochtends wakker en stond met beide benen op de grond. Het leven ging door, zoals dat heet. Elke zes weken produceerde ik een nieuw hoofdstuk van mijn dissertatie ter inzage voor professor Dixon. En twee keer in de week begeleidde ik een cursus voor derdejaars doctoraalstudenten over de filosofie van de politiek. Over elementaire concepten als democratie, natuurlijke ethiek, recht, soevereiniteit, burgerschap, revolutie, marxisme, anarchie, staatsmacht, vrijheid en rede, zoals verklaard door denkers van Plato, Aristoteles, Locke en Montesquieu tot Burke, Rousseau, Kant en John Rawls. Geen examens, alleen papers. Door de studenten te helpen bij het bepalen van het onderwerp voor hun doctoraalscriptie van het volgend jaar leerde ik hen het best kennen. Er sprongen twee favorieten uit: Peter, een slungelige, weinig atletische jongen met een gehoorapparaat (het gevolg van het feit dat hij lang geleden 's winters in zijn geboortestaat South Dakota op een vijver door het ijs was gezakt), die mijn belangstelling voor Teddy Roosevelt en het onduidelijke erfgoed van de Progressieven deelde; en de dappere, uitbundige Margaret, die op haar plateauzolen net een meter vijftig lang was, die haar hele jeugd 's avonds in de Koreaanse kruidenierszaak van haar ouders in Los Angeles had gewerkt en die, als ze niet vrij citaten rondstrooide uit George Sorels *Reflections on Violence* (*The Fallacy of Optimism*) of Ralph Ellisons *Invisible Man*, schreef aan een allegorische novelle over een demagogische, banken berovende circusclown van Koreaanse afkomst.

Tweemaal in zes maanden ging ik uit, beide keren met vrouwen van mijn faculteit: met Megan, een blauwogige ecoterrorist uit Oregon; en met Dal, de elegante squashkampioene uit New Delhi. Beide relaties duurden niet lang. Tegen het eind van ons eerste etentje – in een bistro in Back Bay, waar ik in mijn stomheid biefstuk met frites bestelde – had Megan al geconcludeerd dat mijn betrokkenheid bij de ecologische beweging suspect was. Met Dal daarentegen zat het probleem hem niet zozeer in een teleurstelling als in een algeheel gebrek aan gedrevenheid. Zij werd door haar eigen geheimzinnige ritme voortbewogen. Zij had mij mee uitgevraagd, maar eenmaal in het Indiase restaurant op Central Square (en later terug op haar kamer) leek ze geen enkel noemenswaardig enthousiasme bij zichzelf te kunnen opwekken. De terughoudendheid waarmee ze mij in het verleden had bejegend was niets persoonlijks geweest, realiseerde ik me. Hij kwam simpelweg voort uit de manier waarop zij in de wereld stond, uit hetzelfde uiterst bedaarde temperament dat haar in staat stelde in de finale van de nationale squashkampioenschappen met succes een bal langs drie muren te laten kaatsen terwijl ze op matchpoint stond.

En, nu het daar toch over gaat, op donderdagavond speelden Mike Lewin en ik in de sportzaal van Hemenway geregeld een partijtje squash nadat het universiteitsteam uitgetraind was. We waren er niet bijzonder bedreven in, maar goed tegen elkaar opgewassen. Deze gewoonte duurde voort tot de eerste week van maart. Die avond werd ik een ander mens; of, anders gezegd, voltooide ik een transformatie waaraan de hele winter was gewerkt. Er welde een verbitterde, duistere kant in me op, een keiharde competitieve instelling schoot wortel in me – een ongeremde neiging om tot elke prijs te willen winnen. Ik wilde mijn vriend niet zomaar verslaan, ik wilde hem vernietigen.

De kansen wisselden steeds, en aan het eind van de vijfde set stonden we gelijk, zodat we een extra set moesten spelen. En toen, op matchpoint, sloeg ik een naar mijn idee beslissende forehand. Met een triomfantelijk gevoel van voldoening zag ik de bal eerst één en toen twee keer kaatsen – om een fractie van een seconde later Mikes hand op mijn rug te voelen en hem 'Let' te horen mompelen. Woedend keerde ik me naar hem om. Mike Lewin deed nooit aan letballen, maar nu wel, op matchpoint. 'Dat kun je niet menen!' schreeuwde ik hem toe – en zelfs op dat moment al hoorde ik een vervormde echo van wat ik op het trottoir voor haar flat tegen Claire had gezegd. Maar Mike meende het wel degelijk, en stapte al in het serveervak om nog eens om het punt te spelen. Hij ging uit van het gegeven dat squash een sport voor 'gentlemen' was – dat de regels een erecode vormden, waarbij de deelnemers (zelfs de meest amateuristische) waren getraind in de algemeen aanvaarde beleefdheidsregels en verplicht waren om de onschendbaarheid van het eerlijke oordeel van de tegenstander te respecteren. Hij wist dat we nog eens om het punt zouden spelen. En daarom alleen, en alleen op dat moment, haatte ik hem. Een kwaadaardige woede stroomde mijn diepste wezen binnen vanuit alle kanalen die door de lange maanden van ontgoocheling waren gevormd. Voordat hij kon serveren sloeg ik met mijn vlakke hand drie keer tegen de met zwarte balvegen besmeurde witte muur – met het geluid van een reeks detonaties die als pistoolschoten door de zaal weergalmden. Mike keek me aan alsof hij me nooit eerder had gezien. Vervolgens serveerde hij en won de partij. Het was de laatste keer dat we tegen elkaar speelden.

De lente brak aan. Halverwege april liep ik na twee regendagen de Square op om een boodschap te doen.

De zon brak door. De langzaam opdrogende trottoirs zaten vol: met baardige slenteraars bij Out-of-Town-News, gepiercete skateboardende rijkeluiskinderen uit Newton en Brookline en hun koffie koesterende, op klokken tikkende schaakmeesters voor Au Bon Pain. De winter was voorbij, al was het maar voor vandaag, de lucht was fris en vervuld van een kakofonie van klanken, van mechanische en menselijke herkomst, van zakelijke en speelse oorsprong. Het geritsel van 'gevraagd'-advertenties op de kiosk bij de T-splitsing, het schuren en klappen van reclameborden tegen baksteen, een passerende gettoblaster, een claxon, het gitaarspel van een veelbelovend artiest voor Warburtons. De lucht was ook vervuld van geuren, van bosbessenmuffins, van hotdogs met mosterd, van de scherpe lucht van de regen die verdampte van het plaveisel, van de brakke, verkwikkende geur van een wind die de aroma's van de rivier, de haven en de oceaan met zich mee leek te voeren – de herinnering aan schepen.

Ik keek op mijn horloge – ik had vijfentwintig minuten om mijn baret en toga voor de afstudeerdag te bestellen en naar Littaur te gaan en nog op tijd te zijn voor mijn studenten – en ging haastig bij de COOP binnen.

Achteraan op de begane grond sloot ik aan in een rij vierdejaars doctoraalstudenten die stonden te wachten om hun toga's en baretten te kunnen bestellen. Het was een vrolijke groep, waarin velen elkaar leken te kennen: in de opgewekte tonen van hun gelach en gepraat kwam een besef van gemeenschappelijk succes tot uiting, een besef van voorspoed dat een band schiep. De zorgen waren voorbij, een gordijn was weggetrokken, een grenzeloze horizon was in zicht gekomen. Allemaal waren ze jong. Als een stramme oudere broer luisterde ik een paar minuten hun gesprekken af en vervolgens haalde ik een map uit mijn schoudertas en las mijn commentaar bij Peters afsluitende paper door:

Peter,
Laat je ten eerste niet ontmoedigen door alle potloodstrepen – over het geheel genomen is je werkstuk uitstekend geschreven. Dat is geen kleinigheid. Ten tweede ben ik vol bewondering voor de draagwijdte van wat je in je scriptie aansnijdt. Je hebt het aangedurfd, je

hebt niet op zeker gespeeld. In intellectueel opzicht voorspelt dat veel goeds, en ik ben trots op je.
Nu dat gezegd is, moet me van het hart dat je betoog dat T.R. in rassenkwesties toleranter was dan algemeen wordt aangenomen – barmhartig zelfs – me helaas niet kan overtuigen. Je lijkt volledig over het hoofd te hebben gezien...

De rij schoof door. Ik keek op mijn horloge. Er waren meer studenten aangekomen. Ik stond midden tussen hen in, tussen drie jongemannen die hun plannen voor na hun afstuderen bespraken – een reis naar Europa voor de eerste, de uitgeverscursus van Radcliffe voor de tweede, een baan bij Morgan Stanley voor de derde. Vooraan in de rij stonden twee modieuze dames geleund tegen een tafel waar een geduldige COOP-employé hoofden opmat en maten noteerde.

De rij schuifelde vooruit. Ik borg mijn papieren op, liep naar de tafel toe en noemde mijn naam, faculteit en te verwachten graad.

'Lengte?'

'Een drieëntachtig.'

'Mouwlengte?'

'Vierendertig.'

De COOP-employé noteerde dit, stond op en legde behendig een meetlint rond de omtrek van mijn hoofd. 'Zeven en een kwart,' zei hij en noteerde ook dat naast mijn naam. 'Gaat dat van uw lopende rekening bij ons af, of betaalt u contant of met een creditcard?'

Ik betaalde. De rij had zich weer aangevuld; er leek geen einde aan het enthousiasme van de wachtenden te komen. Ik keek nogmaals op mijn horloge, zag dat ik te laat dreigde te komen voor mijn cursus en spoedde me langs de kletsende studenten.

Halverwege bleef ik abrupt staan.

Op een onverklaarbare manier had ik het gevoel dat ik werd bekeken. Vreemd was evenwel dat het geen bedreigend, maar op de een of andere manier een vertrouwd en welkom gevoel was. Mijn hart ging tekeer terwijl ik met mijn ogen de zaak afzocht.

Toen zag ik haar. Ze stond aan de overkant van de grote ruimte naast planken met kantoorartikelen, op de onwrikbaar roerloze manier van iemand die zich geruime tijd niet heeft verplaatst.

Een minuut of langer staarden we elkaar aan. Toen kwam ze langzaam op me af.

Ze stond recht voor me. Ze was er anders uit gaan zien. Haar broek, trui en laarzen waren duur en van fraaie snit – een heel verschil met de verbleekte Levi's en de afgedragen trui van vorig jaar. Ze had lippenstift en eyeliner op en sieraden om – een diamanten verlovingsring, een gouden trouwring, nieuwe zilveren oorbellen en een nieuw horloge. Haar haren vielen bekoorlijk over haar rug in een lange vlecht. Haar lichaam en haar gezicht leken op subtiele wijze voller en vrouwelijker. Ze zag er absoluut niet meer als een studente uit. Ze oogde volgroeid, volwassen, getrouwd en welgesteld. En natuurlijk oogde ze al met al prachtig, meer dan ooit.

Ze begon te spreken maar haar stem stokte. Ze schraapte haar keel en begon opnieuw.

'Ik heb iets interessants ontdekt,' zei ze. 'Als je iemand wilt mijden is deze stad niet groter dan een postzegel. Maar als je iemand echt tegen het lijf wilt lopen, als je daar uit alle macht op hoopt, dan lijkt hij wel een oceaan.'

Ik zei niets. Het was een erg mooie openingszin, een zin die ze waarschijnlijk had voorbereid, misschien al maanden geleden, en dat wisten we allebei. We stonden in een flauwe hoek ten opzichte van elkaar en haar blik dwaalde langs mijn gezicht met een onzekerheid die ik niet met haar in verband kon brengen. Ik keek op mijn horloge. Ik zag dat ze het gebaar opvatte zoals het bedoeld was – alsof mijn afspraak belangrijker was dan dat ik haar weer was tegengekomen. Ik probeerde koel, stoïcijns en vastberaden te blijven. Maar ik had het gevoel dat de drukke zaak was leeggelopen, dat hij was veranderd in een grot voor ons tweeën, en mijn mond was droog geworden.

Gespannen zei ze: 'Je bent te laat. Waarschijnlijk moet je op allerlei plaatsen zijn.'

Ik stond naar haar te kijken. Er lagen zes maanden en een huwelijk tussen dit moment en hoe we waren geweest. Een heel leven. Er was meer veranderd dan haar kleren en haar haren. Ze maakte een onzekere indruk, haar oude zelfvertrouwen leek aangetast als door een ongeluk dat haar nog vers in het geheugen lag.

'Ik moet lesgeven,' zei ik.

'Ik wil je niet ophouden. Ik... ik ben blij je te zien, Julian. Dat wou ik zeggen.' Ze raakte mijn arm aan, draaide zich abrupt om en liep weg.

'Claire.'

Ze bleef zonder om te kijken staan.

'Het is vlakbij in Littaur. Als je het niet erg vindt om met me mee te lopen.'

We gingen naar buiten. Nerveus, met bonzende harten en verwarde hoofden. Het begon erg moeizaam met een stilte, alsof we waren vergeten hoe we met elkaar moesten praten, wat misschien ook zo was. Uiteindelijk waagde ze het erop, met een wanhopige klank in haar stem, en feliciteerde me met mijn promotie.

'Ik ben er nog niet,' bracht ik haar in herinnering. 'Ik ben het laatste hoofdstuk nog aan het schrijven. Misschien vindt Dixon het helemaal niks, en zelfs als hij het wel goed vindt moet ik me nog mondeling staande houden.'

'Je haalt het wel,' zei ze. Er was iets in haar toon – ik wist het niet helemaal zeker – van stille trots. Ze wendde haar blik van me af. 'Heb je... plannen?'

'Ik zou graag docent worden,' antwoordde ik. 'Maar ik heb nog geen baan, als je dat bedoelt.'

'Nee, ik...' Verward maakte ze haar zin niet af.

Een rood licht bij de oversteekplaats van de noordelijke poort naar de Yard; zwijgend wachtten we tot het groen werd en staken vervolgens Massachusetts Avenue over. Toen we voorbij het onlangs herbouwde wachthuisje net binnen de poort liepen, gebruikte Claire dat als een voorwendsel om een ander onderwerp aan te snijden, het opnieuw te proberen.

‘Wist je,’ vroeg ze me ongelovig en wijzend op het nieuwerwetse gebouwtje dat ongeveer de omvang had van een privaathuisje en waarin een geüniformeerde veiligheidsman stond, ‘hoeveel het gekost heeft om dat ding te bouwen?’

Ik zei haar dat ik geen idee had.

‘Vijfentwintigduizend dollar. Dat is toch niet te geloven? Het is net zoiets als die toiletten van achtduizend dollar die het Pentagon blijft bouwen. Harvard zou zich moeten schamen.’

Opeens verduisterde een oud gevoel van verbittering mijn emoties, en ik zei haar dat ik hier niets kon ontdekken om je voor te schamen, niet aan Harvard en evenmin ergens anders.

Opnieuw viel er een stilte. Hij hield aan tijdens onze wandeling door de Yard. In de verte, boven de hoge natuurstenen muur, kon ik de lichter gekleurde stenen gevel van Littaur al zien. We zouden er zo meteen zijn, dacht ik, hier zou een eind aan komen; over twee maanden zou ik mijn graad hebben en haar waarschijnlijk nooit meer zien. En dat is maar het beste, hield ik mezelf voor. Maar daar, voor ons, lag Littaur. Davis en de wereld die hij had gecreëerd. Zijn werkkamer met de hoge ramen, het uitzicht op de rechtenfaculteit, Kennedy’s schommelstoel en het koperen naambord op de deur. Ik dacht aan de dag waarop ik hem voor het eerst had ontmoet, die ook de eerste dag was dat ik haar had ontmoet.

Hij is haar man, dacht ik voor de duizendste keer. Haar man.

Ik bracht mezelf ertoe wat te zeggen en hoopte dat ik normaal en evenwichtig zou klinken. ‘Hoe gaat het met jou?’ vroeg ik. ‘Hoe gaat het met Burne-Jones?’

‘Die is en blijft een genie,’ antwoordde ze vaag.

Ik zei niets. Ik zag voor me hoe we samen in het café hadden gezeten, met haar boeken opengeslagen op de tafel voor haar.

‘Ja,’ ging ze verder, en haar stem werd wrang van zelfspot, ‘hij is en blijft inderdaad een genie. Maar ik niet. Ik heb verlof genomen.’

‘Wat?’

‘Ik ben van de universiteit gegaan.’

‘Waarom?’

Ze haalde haar schouders op en wendde haar blik af.

'Dat is een fout van je, Claire. Je was er goed in. Het was een passie van je.'

Haar blik ontmoette even de mijne en trok zich toen weer terug. 'Dat is het nog steeds,' zei ze. Ze zweeg even, zichtbaar van haar stuk gebracht. 'Het is gewoon een kwestie van timing. Snap je dat niet, Julian? Alles is een kwestie van timing.'

'Gelul, Claire. Daar geloof je zelf niet meer van dan ik. Ga terug en promoveer. Maak af waaraan je begonnen bent.'

'Dat ga ik ook doen,' zei ze zwakjes.

Maar haar toon was dubbelzinnig en suggereerde het tegenovergestelde. Ze keek me niet aan. En dat alarmeerde me en deed me pijn, meer dan alles wat ze had gezegd. Waar was haar oude karakter gebleven? De Claire die ik me herinnerde zou op zijn minst defensief hebben gereageerd wanneer ik haar verteld had wat ze moest doen en haar had uitgedaagd. Het was alsof haar zelfverzekerde masker van getrouwde vrouw niet meer was dan een dun laagje vernis; terwijl daaronder, niet gerepareerd en verwaarloosd, dezelfde scheuren en krassen lagen die haar altijd al hadden gekweld. Ze was geretoucheerd, dat was alles, en haar uitingen van een individuele geestesgesteldheid – 'ik zal dit' en 'ik ga dat' – waren niet meer dan woorden die het verschil moesten verhullen. Ze zou zich niet meer aan haar studie wijden, realiseerde ik me. Burne-Jones zou ineenschrompelen tot een willekeurig plaatjesboek op een tafel in haar fraaie nieuwe woning. Ze had haar aanspraak op hem laten varen, zij het niet de passie waaruit die was voortgekomen. En ze had al kwetsuren van dat verlies.

Zwijgend arriveerden we bij de trap van Littaur.

'Hoeveel ben je door mij te laat?' vroeg ze.

Ik keek op mijn horloge: een kwartier te laat. 'Vijf minuten.'

Een volgende minuut ging voorbij. We bleven elkaar aanstaren. In de atmosfeer tussen ons zinderden onuitgesproken woorden als golven van licht. Er raakte een streng los uit haar met zorg gevlochten haren, en ik bracht mijn hand naar haar toe en schoof hem achter haar linkeroor.

'Je kunt maar beter gaan.'

Geen van beiden kwamen we in beweging.

Ik tikte op mijn horloge en bracht het naar mijn oor. 'Misschien loopt het een beetje voor.'

Ze glimlachte. Ik voelde me licht in mijn hart. Toen vertrok haar mond zich, verloor ze haar zelfbeheersing en schoten haar ogen vol.

'Je hebt er geen idee van hoe ik je gemist heb,' zei ze, en ze begon te huilen.

2

Stel je voor dat iemand tegen je zou zeggen: dit zijn de gelukkigste dagen van je leven, en er komt al een einde aan. Wat zou je dan doen? Je zou een credo, een levensmotto voor jezelf kunnen formuleren; je zou de woorden VERGEET DIT NIET op een systeemkaart kunnen schrijven en die aan de muur boven je bureau kunnen hangen. Je zou kunnen gaan mediteren, om door het leegmaken van je geest die staat van geestelijke vervulling te bereiken waarin je je leven met zijn vele bijbehorende tegenspraken en inherente onmogelijkheden op een dag zou kunnen aanvaarden *zoals het is*, zonder je af te vragen of je het wel in de hand hebt en kunt controleren. Je zou daarin hopeloos kunnen falen. Je zou je bureau en de kaart met de aanroeping (of vervloeking) de rug toe kunnen keren, en daarmee je hele vastgeroeste, laffe bestaan aan dat bureau, enkel en alleen om te ontdekken dat er geen ander bestaan voor je komt, dat je niet geschikt bent voor een andere vorm van leven; en zo zou je voor de honderdste keer de moed kunnen verliezen en het opgeven. De kaart zou dan nog altijd aan de muur voor je klaarhangen. En vervolgens zou je, nogmaals over je schouder kijkend, kunnen zien hoe je gevoelens ontwaken om tot de ontdekking te komen dat je de gevangene bent van je bange herinneringen, totdat je algauw beseft dat al je liefdesgedichten voor haar grafredes zijn geworden en al je grafredes liefdesgedichten.

3

Toen ik terugkwam van college stond haar paraplu tegen de deur. Zij was er niet, alleen haar paraplu, boterbloemgeel. Ik schoof hem open, want vandaag was mijn geloof in mijn geluk sterker dan alle bijgeloof. Hij opende zich als een zon, en er viel een briefje uit:

Voor jou, een klein beetje beschutting van mij.
Waar je ook bent.
Ik hou van je.

Ik kende haar handschrift. Ik had het vaak gezien. Als intieme vriend had ik naast haar gezeten en over haar schouder meegekeken hoe ze gedachteloos en bedachtzaam had gekrabbeld en geschreven: cheques en sollicitaties, ansichtkaarten, Post-its en brieven.

En toch was het nieuw. Naar rechts overhellend, vloeiend op haar karakteristieke manier, met hoge t's, langwerpige, van lussen voorziene l'en en f'en, rare, een beetje ongelukkige r'en en s'en, en volmaakt ronde o's.

Onderaan stond, in compactere letters, haar adres.

Ik stond voor mijn deur, met mijn sleutel nog in mijn zak, en las het briefje nog eens. En nog eens. Ook al kende ik het al uit mijn hoofd.

4

We zochten weer onze toevlucht bij elkaar alsof we alle tijd van de wereld hadden en tegelijk geen enkele tijd. Dit weet ik wel: geen van ons beschouwde het als een buitenechtelijke verhouding. Het was geen breuk maar een voortzetting, een hernieuwing, de onvermijdelijke correctie van vroegere fouten, de hartstochtelijke en gerechtvaardigde voltooiing van wat onvoltooid was gebleven. De geschiedenis, de ernst en de waarheid stonden aan onze kant. We waren niet tegen iemand, maar voor onszelf. Davis was niet onze vijand. Als hij weg was – twee nachten per week veilig opgeborgen in het Jefferson Hotel in Washington – was hij in zekere zin onze bondgenoot. Als hij thuis was, was hij simpelweg een obstakel, een barrière, iets dat gemeden moest worden en dat voor ons even onpersoonlijk was als een omgevallen boom die we onderweg naar een privé-bestemming steeds weer moesten omzeilen. Dat hij niet wist wat hij was – en de kracht van de storm die hem had geveld nog niet had gevoeld – werd door ons niet besproken.

Ik lag half in slaap op bed en voelde dat zij opstond. De vloerplanken kraakten onder haar voeten. En terwijl het licht uit het raam als een vurige stralenkrans door de dunne plooien van mijn oogleden drong, zag ik haar compleet en duidelijk naakt voor mijn geestesoog. Vervolgens weerklonk door de open deur van de badkamer het ongegeneerde geluid van haar plassen, als de verborgen stem van haar jeugd.

Het toilet werd doorgespoeld en ze kwam terug in de kamer. Onder haar gewicht deukte het bed in alsof het kromboog. Ik lag op mijn buik en voelde haar zijdeachtige warmte tegen de achterkant van mijn dijen terwijl ze eerst schrijlings op me ging zitten en zich vervolgens net zo uitstrekte als ik, zodat haar lichaam op één lijn met het mijne lag en haar hart tegen me aan klopte. Haar gewicht voelde niet als gewicht.

Ten slotte gleed ze van me af. De zachte, koele lucht raakte de plekjes aan waar zij was geweest en bezorgde me kippenvel. Ik miste haar, draaide me om en vond haar weer terug.

Daarop volgde ze met haar vinger de omtrek van mijn mond. Ze prevelde erbij.

'Wat zou je doen als je mij nooit was tegengekomen?'

Ik schudde mijn hoofd. Dat leek ondenkbaar.

'Ik meen het.'

'Waarschijnlijk zou ik de rest van mijn leven ergens op een bankje zitten te piekeren dat ik iemand was die jou nooit was tegengekomen.'

'Dat klinkt stoïcijns.'

Ik kuste haar vingers, een voor een.

'Misschien.'

'En treurig.'

'Ja,' zei ik.

'En verder?'

'Dat kan ik me niet goed voorstellen. Ik zou een ander mens zijn. Met een andere naam.'

'Wat voor soort naam?'

Ik glimlachte. 'Een naam om meteen te vergeten.'

Ze raakte in gedachten verzonken. Ze begon me over mijn haar te strelen.

'Ik heb ooit eens iets gehoord. Van een oude man. Hij zei: "Als je wilt dat je later herinnerd wordt, moet je jezelf in een verhaal zetten."'

'Dat lijkt me een goed advies.'

Ze hield op me over mijn haren te strelen, en haar ogen zochten de mijne.

'Zet me in je verhaal, Julian.'

'Dat heb ik al gedaan.'

We gaven elkaar cadeautjes, onbeduidende voorwerpen met een persoonlijke geschiedenis. Alsof bij onze nieuwe rijkdom alleen verpauperde dingen voldeden, die waren ontdaan van alle glans en gevoelswaarde.

Dit is er een. Het ligt op mijn werktafel. Een klein grijs steentje met witte strepen erop.

Ze had het als kind gevonden toen ze samen met haar vader over een kiezelstrand liep. Later herinnerde ze zich hoe het net was geweest of het steentje haar vanuit een zee van stenen had toegeroepen, alsof het speciaal voor haar was bedoeld, en hoe ze haar vaders hand had losgelaten om het op te rapen.

Sinds die dag was het steentje overal met haar meegereisd – als vriendje, talisman of hiëroglief. Tot een ochtend waarop ze wakker was geworden uit een droom over ons tweeën.

We waren weer in Frankrijk, vertelde ze me. We stonden in de oude schuur voor de Ford-bestelwagen uit de jaren '50 – de koplampen waren aan, de motor liep en de uitlaat ging op en neer alsof hem levensadem werd ingeblazen. Het visioen boezemde haar angst in omdat er niemand in de wagen zat, en ze niet begreep hoe dat mogelijk was. Ze begon te huilen in de droom, terwijl ze met mij in de schuur stond. Ik pakte toen haar hand en zei dat ze vertrouwen moest hebben. Ik zei dat steeds opnieuw. En ten slotte, zo vertelde ze, kreeg ze vertrouwen. Een absoluut vertrouwen in mij. En daarom besloot ze die ochtend, toen ze zonder mij wakker werd in het huis van haar man, mij het grijze steentje met de witte strepen te geven, als blijk van het vertrouwen dat ik haar had ingeboezemd.

5

Op een bepaald plekje – links van de lange trap naar de Widener-bibliotheek, in het kleine ondergrondse hoekje bij de ingang van Pusey – spraken wij met elkaar af, om onmiddellijk na de promotieplechtigheid, verscholen voor feestvierders, stralende ouders en door de lucht vliegende baretten, en verborgen voor haar man en mijn familie, een heimelijk moment voor onszelf te hebben.

Toen ik er aankwam – als kersverse doctor in de politicologie, met mijn gehuurde zwarte toga met de karmozijnrode capuchon nog aan – was zij het trapje naar Pusey al afgegaan en stond ze met haar rug tegen de muur. Pas toen ze vlak voor me stond zag ik haar in een flits: een bleke vrouw, in elkaar gedoken alsof ze het koud had. Voordat ik haar evenwel beter kon bekijken, lag ze al in mijn armen en drukte haar gezicht tegen mijn nek.

'Hé,' zei ik met een lach.

Ze zweeg en hield me uit alle macht vast. Ik probeerde een stap terug te doen om haar beter te kunnen zien, maar ze wilde me niet loslaten.

'Wat is er?' vroeg ik.

'Niks,' mompelde ze tegen mijn nek. 'Ik heb je gemist.'

'Nou, ik jou ook.' Voorzichtig maakte ik me uit haar armen los en stapte naar achteren. Ze zag er niet goed uit. Haar gezicht was bleek, en het wit van haar ogen was rood dooraderd. Ik legde mijn hand op haar voorhoofd; ze voelde warm aan, mogelijk koortsig. 'Ben je ziek?'

'Misschien. Ik weet het niet.'

'Ben je bij de dokter geweest?'

Ze antwoordde niet.
'Claire?'
'Je kunt beter gaan.'
'Ik heb nog wel een minuutje.'
'Nee,' zei ze resoluut, bijna agressief nu, 'je kunt beter gaan.'
'Wacht een seconde.' Ik legde mijn handen op haar schouders en plotseling leek alle energie uit haar weg te vloeien. 'Vertel me nu eens wat er aan de hand is,' zei ik.
'Het gaat erom... het is moeilijk, Julian. Het is erg moeilijk.'
Ik probeerde een toekomstvooruitzicht te bedenken om haar gerust te stellen; een troostrijke waarheid. Maar er kwam niets bij me op. 'Ik weet het,' mompelde ik. 'Ik weet het.'
Haar greep op mijn armen werd strakker, maar ze zei niets meer.

Ik haastte me terug naar de plaats van de plechtigheid – waar mijn vader, door vier uur te vroeg te komen, goede plaatsen had weten veilig te stellen.

Intussen waren bijna al de duizenden mensen die de ceremonie hadden bijgewoond voor de uitreiking van de bullen uitgezwermd naar de huizen van de doctoraalstudenten en de bijbehorende faculteitsgebouwen. Het met karmozijnrood beklede podium voor Memorial Chapel was al leeg als een balzaal om twaalf uur 's middags, en het met guirlandes versierde vierkante terrein met zijn driehonderd jaar oude bomen was een zee van lege stoelen geworden; de atmosfeer, die slechts twintig minuten geleden nog zinderde van de jubelkreten, was treurig en mat.

Ik zag mijn familieleden: mijn moeder, die manifest met haar rug naar mijn vader stond toegekeerd, praatte met mijn zwager Ben, een computerprogrammeur uit Silicon Valley; een paar meter verderop stonden mijn vader en Judith ontspannen zwijgend bij elkaar.

Toen ik op hen toe liep begon een oude paniek op te spelen; op tien meter afstand bleef ik staan alsof ik een geest had gezien. Het was twee jaar geleden dat ik mijn moeder vijfentwintig minuten lang had gezien in een New Yorkse coffeeshop. Ons laatste gesprek – een nieuwjaarstelefoontje – was afgesloten met mijn verzoek aan haar om haar echtgenoot Mel niet naar Cambridge mee te nemen bij mijn promotie. Zij had toen opgehangen (wat ik haar niet kwalijk nam), en tot voor kort was ik ervan uitgegaan dat ze de gebeurtenis volledig zou boycotten. Maar daar stond ze: haar haren waren roodbruin geverfd en in een korte Texaanse coupe geknipt, haar taille was wat uitgedijd – en toch oogde ze, zelfs vanaf deze afstand, zichtbaar minder afgetobd dan toen ze nog bij ons woonde. Ze beweerde dat ze genoot van haar nieuwe bestaan. Er was geen reden om haar niet te geloven. Wat had dit verschil te betekenen? Ik voelde geen woede nu ik haar zag, zelfs geen schuld, maar veeleer een nerveuze verwarring vanwege mijn onvermogen om zelfs maar een beetje blij voor haar te kunnen zijn.

'Zo,' riep mijn vader. 'Daar is hij dan. De man van het moment.'

'Dag pap.' Ik overbrugde de resterende afstand naar hen, en mijn vader klopte me warm op mijn schouder.

'Wat een dag, zeg.' Zijn stem liep over van trots.

Judith strekte haar armen naar me uit. 'Moet je jou zien!'

'Hey, Jude.'

Ze moest altijd weer lachen om dit duffe grapje. We omhelsden elkaar lang en stevig, want dat was de enige manier waarop mijn zuster iemand kon omhelzen. Zij was in de familie degeen die gaf, een bankkluis vol warme liefde in een wereld van emotionele beknibbelaars. Soms vond ik dat angstaanjagend.

De omhelzing eindigde pas toen Ben – de keurige, kalende, bruinogige Ben – met een glimlach tussenbeide kwam. Hij schudde me warm de hand.

'Gefeliciteerd, Julian.'

'Dank je, Ben.'

Toen viel er een vreemde stilte onder mijn familieleden, alsof er een kraai overvloog.

'Hallo, Julian.'

'Dag mam.'

Een paar bedachtzame seconden stonden we elkaar op te nemen. Totdat we – in een capitulatie van beide partijen – ons vooroverbogen en ik de wang kuste die ze me aanbood.

'Mel is in zijn gevoelens gekwetst omdat hij van jou niet hier mocht zijn,' zei mijn moeder.

Ik deinsde terug.

'Mam,' waarschuwde Judith. 'Je hebt het beloofd.'

'Waarom mag ik dat niet zeggen? Is dit een tempel? Een altaar? Nee, ik laat me niet tot zwijgen brengen. Hoe vaak zie ik mijn zoon eigenlijk? En dus zeg ik de waarheid. Er zijn gevoelens gekwetst. Gevoelens. Mijn man is een gevoelig mens. Een goed mens. Hij koestert geen wrok. Waarom zou hij? Hij kreeg te horen dat hij hier ongewenst was, maar brengt toch zijn beste wensen over aan mijn zoon op zijn feestdag. En waarom? Omdat jij mijn zoon bent, Julian. Elke dag in mijn leven dank ik God voor Mel.'

'Je kon het niet laten, hè mam?' zei Judith bitter.

Mijn vader schraapte zijn keel. 'Nou, waarom vertrekken we niet met zijn allen? We willen niet te laat komen. Waar moeten we nu heen, Julian?'

Maar ik deed niet meer mee. Ik gaf niet thuis. Alles draaide nu om Claire. Ik zag haar voor me zoals ze zojuist was geweest, met haar zorgelijke bleekheid, haar heftige omhelzing, haar ongelukkige uitstraling. Ik stelde me allerlei verzwegen redenen en oorzaken voor, zoals ziekte of depressiviteit, of dingen die ik had gedaan of juist niet gedaan, fouten die ik had gemaakt. Ik stelde me voor dat ik haar kwijt zou raken. Een gevoel dat de mooie dag voor me deed betrekken als de doek over de camera van een portretfotograaf, zodat ik van het gebeuren werd afgesloten en stikte in mijn duisternis, niet bij machte om door de lens iets anders scherp in beeld te krijgen dan het beeld van haar leed.

Abrupt keek ik op. Mijn familie, vier paar ogen.

'Ik zal jullie daar straks wel treffen,' zei ik.

'Wat?' vroeg Judith. 'Waarom?'

'Je gaat ons waar treffen?' vroeg mijn vader.

'Een goede vriendin van mij is ziek. Ik moet haar nu thuis opzoeken.'

‘Nu?’ vroeg mijn moeder.
‘Het is belangrijk.’
‘Hoe ziek is ze dan wel?’
‘Jezus, zeg.’
‘En hoe moet het met je bul, Julian?’ vroeg mijn vader.
‘Ik zie jullie daar. Dat beloof ik.’
‘Dit is buitengewoon onbehoorlijk,’ zei mijn moeder kwaad.
‘Nee,’ wierp Judith tegen. ‘Het is in orde.’
Toen voelde ik Bens hand op mijn schouder. ‘Julian,’ zei hij kalm. ‘Zeg ons alleen hoe we daar moeten komen.’

Ik rende de Yard over en de poort door naar Massachusetts Avenue, en vloog de extra brede avenue op, waarbij de boord van mijn toga achter me aan fladderde als een rouwkleed. Ik rende langs de Hemenway Gym en de rechtenfaculteit, langs Nick’s Beef and Beer en het Chinese restaurant Chang-Sho, ging op Linnaien Street linksaf en op Humboldt Street naar rechts. Toen ik eindelijk bleef staan hapte ik naar adem. Ik stond met mijn handen op mijn knieën, nat van het zweet. Ik trok de toga over mijn hoofd en frommelde hem op in mijn hand.

Het was stil op straat. Aan beide kanten stonden hoge bomen. De huizen waren groot en fraai, met prachtige achtertuinen. Hier woonden hoogleraren, advocaten en ten minste één Nobelprijswinnaar. In juni bevonden zich in deze tuinen opblaasbare kinderzwembadjes, telescopen om naar de sterren te kijken, met driewielers en scheikundedozen ernaast.

Hun huis stond op de hoek. Het was een lichtgrijs houten huis met zwarte luiken. Ze waren er de week van hun huwelijk in getrokken. Het had vier slaapkamers, twee studeerkamers, een eetkamer voor officiële diners en een huiskamer die groot genoeg was voor de kostbare schilderijen die hij al bezat en de schilderijen die hij ooit nog van plan was te kopen. De tuin was even groot en verrukkelijk als die van de buren. Er stond één wilde appelboom en er lagen bedden met tulpen die Claire het afgelopen najaar had geplant, kort na de bruiloft. Ze stonden nu in bloei. Ik had ze gezien.

Ik ging de trap op naar de veranda. Op de dagen dat hij in Washington was en ze wist dat alleen ik kon komen, deed ze de voordeur niet op slot. *Ik wil dat je het gevoel hebt dat je altijd binnen kunt komen. Ik wil dat je weet dat ik altijd op je wacht.* Maar vandaag was hij, zoals iedereen wist, niet in Washington. Vandaag had hij uiterst zichtbaar met de andere hoogwaardigheidsbekleders van de faculteit op het podium gezeten, en zijn capuchon had feller en eerbiedwaardiger geleken dan die van alle anderen.

De deur zat op slot.

Ik liep om de zijkant van het huis heen, langs hun Volvo stationcar die op een rechthoekig stuk leikleurig gravel geparkeerd stond, en ging de tuin in.

De tulpen waren oranje, geel en wit. Ze stonden rechtop en vol in hun goedverzorgde bedden. De wilde appel zat vol met roze bloesems. Net toen ik haar zag bereikte de heerlijke geur mijn neus.

Drie houten treden leidden vanaf de achterdeur bij de keuken naar het gras. Ze zat op de middelste trede, met haar armen op haar knieën. Haar ogen waren opgezwollen en bloeddoorlopen. Ze had rode vlekken op haar wangen op de plekken waar ze haar gezicht had vastgehouden. Toen ze mij zag liet ze haar hoofd hangen, verder bewoog ze zich niet.

Ik stapte op haar af. Toen bleef ik staan. Ik keek naar mijn hand en zag de toga, opgefrommeld als een zwart vod. Ik liet hem op de grond vallen.

'Vertel het me,' zei ik.

Ze schudde haar hoofd. Ik had nooit iemand zo ongelukkig gezien als zij nu was, zo treurig en zo beklemd.

'Claire, je maakt me bang.'

'Julian, ik ben zwanger.'

Toen keek ze op. Haar gezicht was bruut in zijn openheid en duidelijkheid. Er was geen tijd om opgetogen te worden bij de gedachte dat het kind van ons kon zijn. Haar uitdrukking zei alles. Die was geknakt, zonder hoop, en ik wankelde achteruit alsof ik een klap had gekregen.

'Niet van hem.'

'Jawel.'

'Hoe kan dat? Hoe is dat gebeurd?'

'Dat weet ik niet.'

'Wat bedoel je? Praat tegen me. Hoe is het gebeurd? Wanneer?'

'Ik ben niet ongesteld geworden.' Ze zweeg even om zich te vermannen. 'Afgelopen maand ook niet. Ik merkte het toen nauwelijks op. Maar toen het de tweede keer gebeurde, raakte ik in paniek. Ik probeerde de weken terug te tellen, maar ik kon het niet laten kloppen met de tijd dat we weer bij elkaar zijn. Ik kon het niet kloppend krijgen. Ik heb het jou niet verteld omdat ik bang was. Ik heb een zwangerschapstest gedaan. Die was positief.'

'Die tests kunnen ernaast zitten.'

'Ik heb het twee keer gedaan. Het bleef positief.' Ze zweeg weer even, en haar ogen knepen zich samen alsof ze in het donker naar moed tastten. 'Gisteren heeft mijn gynaecoloog een echo gemaakt. Ik heb de baby gezien, Julian. Het hoofdje, de voetjes en de handjes. Ik heb het hartje gezien. Hij heeft de baby gemeten en me de datum van de verwekking genoemd. Het was 3 april, Julian. Twee weken voordat wij elkaar die dag op de Square ontmoetten.'

Het is een droom, een nachtmerrie die steeds weer terugkomt. Die dag, de straat, de tuin. Het middaguur, de zon hoog aan de hemel. De volmaakte tulpen. De geur van wilde appelbloesem. Mijn toga opgefrommeld op de grond als een verrotte bloem. Mijn onbeantwoorde vraag hangt in de lucht. Haar wanhopige gezicht: ze huilt weer, gezeten op het houten trapje.

Haar stilzwijgen is haar antwoord. Ze huilt nu zo hard dat ze opzij is gevallen en helemaal in elkaar is gekropen, als een bal. Ik zit op mijn knieën op het gras. En nog altijd heeft ze geen woord gezegd. Wat mij uiteindelijk doet begrijpen dat het kind van hem is.

En dus doe ik het enige dat onder deze omstandigheden voor mij mogelijk lijkt, als ik nog verder wil leven. Ik sta op en loop weg.

DEEL DRIE

I

De Yankee Clipper denderde South Station uit en begon aan zijn lange tocht door de Northeast Corridor. In New Haven moest ik, terwijl de stroom werd afgesneden zodat de motor kon worden vervangen, samen met de andere passagiers – studenten, zakenlieden en wazig kijkende jonge moeders die baby's naar familieleden brachten – afwachten in een benauwde duisternis. Toen de trein weer in beweging kwam voelde dat als een verlossing, een trage ademtocht die weer leven bracht. Vervolgens reden we verder naar Bridgeport en naar Stamford. Daar zag ik forensen op het betonnen perron staan, de gespiegelde toppen van kantoortorens en, voor mijn geestesoog, de dichtbebladerde bomen langs Willow Road.

De trein reed het station uit. Ik zat er nog altijd in. Het was eind juni, en algauw arriveerde ik in Manhattan, in de Upper West Side. Opnieuw deed mijn vader me open. Hij knikte, raakte schuchter mijn schouder aan en vroeg of het wel goed met me ging.

We vielen terug in ons oude patroon. Ik herinner me uit die zomer nog het geluid van zijn pantoffelstappen langs mijn deur als hij op weg was naar de keuken. Hij wilde elke ochtend graag degeen zijn die de koffie maakte en de kommen en dozen met cornflakes klaarzette.

Soms, als we de krant zaten te lezen, voelde ik vanaf de andere kant van de tafel zijn blik op me rusten. Ik keek dan op en zag hoe hij me aan zat te staren. Een uitdrukking van lichte gêne verdrong vervolgens de gebruikelijke zorgelijke trekken op zijn gezicht, zodat hij een ogenblik lang jaren jonger leek.

Toen ik op een morgen na het ontbijt het bed weer tot een bank omvormde, voelde ik zijn stille aanwezigheid in de deuropening achter me. Ik was al meer dan een maand bij hem, en al die tijd hadden we nog niet één keer gesproken over de ware reden van mijn abrupte vertrek uit Cambridge, in weerwil van mijn eerder aangekondigde plannen om daar te blijven. Ik had hem verteld dat ik op een docentschap uit was en alle mogelijkheden in en rond Boston al had geprobeerd. Hij had mijn uitleg geaccepteerd – of in elk geval besloten er niet op door te vragen; het was onze gewoonte elkaars privacy te respecteren. Nu reikte hij me het laatste kussen van de bank aan, hielp me met het opruimen van de kamer en zei troostend: 'Er komt wel een baan. Je moet geduld hebben.'

'Dat weet ik, pap.'

'Ik heb je dit nooit verteld. Na mijn studie, voor ik mijn baan bij Addison nam, werd me een functie als redactieassistent bij Harcourt aangeboden. Na drie maanden werd er bezuinigd en lieten ze mij vertrekken. Ik schaamde me. Ik was blut. Ik moest een paar maanden bij mijn ouders wonen, totdat er weer iets kwam.'

'Dat viel vast niet mee.'

Er viel een grijs licht door het beroete raam dat uitkeek op de luchtschacht. We stonden bij elkaar en maakten geen oogcontact. Zo ging dat bij ons. We waren twee mannen in een klein kamertje, en wat ons in liefde bijeenhield waren niet onze successen maar onze mislukkingen, zo scheen het me toen toe.

'Nou,' zei hij. 'Tot straks bij de lunch.'

Hij draaide zich om en bleef plotseling staan, terwijl hij zijn rug en zijn hoofd rechtte – alsof hij zojuist in de diepten van zijn geheugen iets opvallends had ontwaard.

'Ben je nog steeds verliefd op haar, Julian?'

'Wat?'

Ik had hem nooit over Claire verteld. Maar hij moest iets hebben aangevoeld, al was het maar de helft van het verhaal; op zijn gezicht herkende ik nu de hardnekkige hoop die hij voor mij koesterde.

'Ze is met een ander getrouwd, pap. Ze krijgt een kind van hem.'

Zijn mond zakte open. 'Het spijt me,' mompelde hij.

Haastig draaide hij zich om en liep het kamertje uit.

Ik droomde van haar. Wanneer ik in het donker op de slaapbank lag, met een geringe kans de slaap te vatten, en ik me afvroeg of ik haar ooit terug zou zien. Vervolgens was ik verrast, telkens wanneer het gebeurde. Soms was de droom erg vaag en had hij makkelijk onzichtbaar kunnen blijven, maar vielen er toch kleine fragmentjes vanaf, als waren ze er afgeschraapt door het botte mes van mijn verlangen. Deze fragmentjes droeg ik dagenlang verstopt in mijn zakken met me mee, om me er in stilte over te bekommeren. Bijvoorbeeld het moment waarop zij zich, gezeten op het trapje van de achterkant van haar huis naar de tuin, naar mij toekeert en zegt dat ze zich niet kan bewegen, dat haar benen het niet meer doen en dat ze te zwak is om naar beneden te komen.

Ik vraag haar niet waarom; ik til haar op. Dat doe ik. Ze is bijna gewichtloos. En ik draag haar in mijn armen het trapje af naar het gras – totdat opeens het beeld wegvalt, ik wakker ben en de voetstappen die van mijn vader zijn, in het witte ochtendlicht.

2

Toen ik op een broeierige ochtend boodschappen deed op Broadway, liep ik daar Toby Glickstein tegen het lijf, een oude klasgenoot van Cochrane School.

'Ik heb je op de reünie gemist,' zei hij, en hij schudde me de hand.

Cochrane was de jongensschool op West 78th Street met een reputatie voor eersteklas onderwijs en een leerlingenbestand dat de pienterste, in kostuum met stropdas gestoken joodse elitejongens omvatte. Toby en ik waren samen lid geweest van het debatingteam en hadden als vertegenwoordigers in een model-VN opgetreden (ik voor Malta, hij voor Pakistan). In werkelijkheid waren we nooit erg cool geweest, en evenmin elitejongens. Maar qua schoolprestaties hadden we het goed gedaan.

Evengoed was dat alweer tien jaar geleden; sindsdien had ik hem niet meer gezien. Fysiek was hij weinig veranderd: hij was klein van stuk, met kleine handen en voeten, en had kortgeknipt, weerbarstig haar en sproeten. Een geestdriftige figuur en een denker. Zijn neiging tot loensen gaf hem de bijziende uitstraling van een insectenonderzoeker of postzegelverzamelaar.

In het gebruikelijke steno wisselden we nieuwtjes over elkaar uit. Ik vertelde hem over mijn promotie en mijn streven naar een docentschap, waarbij ik het deed voorkomen of ik op dat moment aanbiedingen van diverse niet met name genoemde universiteiten in het noordwesten tegen elkaar afwoog. Vervolgens vroeg ik hem wat hij voor de kost deed. Het bleek dat Toby dicht bij huis was gebleven: hij was adjunct personeelschef van Cochrane School. Hij vertelde me dat mevrouw Hogan, die al lang directrice was, volgend jaar met pensioen zou gaan, en hij dacht dat hij goede kansen maakte om haar te kunnen opvolgen.

Ooit had ik, als zevendeklasser in een stomme lefgozersbui, een punaise laten vallen op een stoel waarop de gevreesde mevrouw Hogan net plaatsnam. Mijn vrienden en ik wachtten ademloos op haar kreet van verontwaardiging, maar tot onze teleurstelling en verbazing volgde er niets – zelfs geen zenuwtrek van haar dunne lippen – dat erop wees dat ze ook maar iets had gevoeld. Maar later, in de drukke gang tussen de lokalen, pikte ze mij eruit en eiste dat ik haar als een heer de hand zou drukken. Toen ik haar behoedzaam dat genoegen deed, greep ze mijn hand stevig vast. Tot mijn verbijstering voelde ik de scherpe punt van de punaise door het tere vlees tussen mijn duim en wijsvinger heengaan. 'Dat zal je leren!' siste ze in mijn oor, terwijl een angstaanjagende lach geen moment van haar lichtbesnorde gezicht week.

'Nu we het toch over met pensioen gaan hebben,' zei Toby, 'heb je gehoord dat we Maddox kwijt zijn? Hij is een paar maanden geleden zestig geworden en kondigde opeens aan dat hij er genoeg van had. Direct nadat de lessen afgelopen waren is hij naar Florida verhuisd.'

Dat was echt nieuws. Bill Maddox was zo'n dertig jaar lang een legendarische leraar op Cochrane geweest. Toen ik in mijn voorlaatste schooljaar zijn lessen over de Amerikaanse wetgeving volgde, had dat voor mij de eerste stap betekend op weg naar een besef van wat ik eens met mijn leven wilde gaan doen. Het hoogtepunt van de lessen bestond uit een reisje naar Washington, waar Maddox, die uit Georgia kwam, ongelofelijk goede connecties bleek te hebben. Terwijl zijn armen door de lucht maaiden en zijn zuidelijke accent door de gangen van het Capitool galmde, genoot hij niet alleen van de kans om ons voor te stellen aan mensen die in het echte leven de hefbomen van de macht bedienden, maar vervulde hij ons tevens van de nagalmende weerklank van zijn eigen passie voor de politiek met zijn geven en nemen, voor de Byzantijnse machinaties en de troebele praatjes van ons grootse democratische experiment.

'Maddox was de beste leraar die ik ooit heb gehad,' zei ik tegen Toby. 'Wie zou hem kunnen vervangen?'

'Iemand die goed is,' zei Toby. 'Ik zit in de commissie en er komt nu flink druk op de ketel.' Hij trok een visitekaartje uit het borstzakje van zijn shirt en gaf het aan mij. 'Hou contact met me, Julian. En laat het me weten als je een idee hebt.'

Nadat hij verder was gelopen, bekeek ik het kaartje. Het was beige, had een kreukel in het midden en was nog licht vochtig doordat het een ochtend in zijn borstzakje had gezeten. *Tobias Glickstein*, stond erop. *Cochrane School.* Er stond een telefoonnummer bij.

Ik draaide me om en liep over de avenue terug naar huis.

De gedachte aan Maddox en zijn gave voor het leraarschap had rudimentaire herinneringen aan studie en kennis bij me teruggeroepen – aan een tijd van betrekkelijke onschuld waarin een raamloos lokaal van vijf bij zeven met twaalf schoolbanken en een paar stukjes krijt groot genoeg was geweest om mijn nieuwsgierigheid ten volle te bevredigen. Aan een tijd waarin ik geloofde dat ik alles wat op aarde kon worden onderwezen onder de knie kon krijgen. Maddox wist natuurlijk wel beter. Hij was geen politicus, die ons met loze beloften probeerde te bedonderen. Evenmin was hij een egomane Harvard-grootheid zoals Davis, die alleen met zijn eigen prestaties te koop liep. Ik herinnerde me hem als een buitengewoon zeldzaam soort man: iemand die vertelde waar het werkelijk om ging, een goed geïnformeerd woordkunstenaar die in vervoering raakte als wij met grote ogen naar hem zaten te luisteren. Zijn manier van communiceren was het sediment van de democratie, de sluwe machinaties, de motor onder de kap en de onzichtbare handen die hem daar hadden aangebracht. In de loop der jaren had hij dit bescheiden materiaal uitgewerkt tot een glorierijk evangelie, en zoals alle waarachtige apostelen zou hij niet worden veronachtzaamd. Hij fladderde met zijn handen, hij smakte met zijn lippen, hij liet zijn tanden blinken. Hij was lang en enigszins peervormig; hij vond het heerlijk om te bulderen. Bliksemsnel pikte hij je eruit en wees van de andere kant van de klas met een dikke vinger (meestal zijn middelvinger) je kant uit: 'Julian! Vertel mij eens een verhaal over de grootste vrijbuiter in de geschiedenis van het godvergeten heelal... Toby! Vertel mij eens hoe Lyndon Johnson de wet op het kiesrecht erdoorheen joeg. Als ik me niet vergis, begon het op het herentoilet...'

Op een keer, toen hij wild met zijn armen zwaaide bij het naspelen van een paranoïde tirade die Nixon tot een van zijn medewerkers zou hebben gericht, gaf Maddox per ongeluk een leerling, Chuckie Klein, een klap in zijn gezicht. Het bloed gutste uit Chuckies neus. Een ogenblik waren leraar en leerling met stomheid geslagen en staarden met open mond naar de rode stroom die over de vloer droop. Vervolgens tastte Maddox in alle rust in zijn zak, trok er een niet al te schone zakdoek uit, gooide hem naar Chuckie toe en hervatte zijn betoog: 'Daar ziet u het, heren. Laat nooit een domkop proberen u wijs te maken dat de politiek geen slagveld is.'

Toen Toby nog geen uur later door mij werd gebeld met het verzoek om een sollicitatiegesprek voor de door Maddox vrijgekomen leraarsbaan, zei hij: 'Dat was al bij me opgekomen, Julian, maar je klonk alsof je al een hele hoop geweldige aanbiedingen had. Weet je zeker dat je dit wilt? Ik bedoel, Cochrane is een voortreffelijke school...'

'Ik weet het zeker.'

De volgende ochtend begon de sollicitatieprocedure. Hij duurde een week en al die tijd raakte ik de bizarre fantasie niet kwijt dat Maddox onder de barbecue achter zijn flat in Boca Raton lucht zou krijgen van mijn kandidatuur en de geest zou krijgen om naar New York terug te vliegen en me persoonlijk te ondervragen. Wat zouden we ons vermaken! Het pretlichtje in zijn ogen, de verhalen die we elkaar zouden vertellen: 'Zo meneer Rose, was Harvard niet goed genoeg voor u? Het kleine hondje komt triomfantelijk terug, net wanneer de oude jachthond naar de grazige weiden vertrekt?'

Maar Maddox verscheen niet. In plaats daarvan mocht ik als beloning voor alle moeite met mevrouw Hogan in een klein kamertje plaatsnemen.

De tijd was haar niet gunstig gezind geweest. Ze was zichtbaar gekrompen en haar snorharen hadden zich vermenigvuldigd, maar haar stem had nog dezelfde beklemmende, metalige klank als altijd.

'Wat een verrassing, Julian, om van Tobias te vernemen dat je plotseling interesse hebt om hier als docent terug te komen.'

Ze was het punaise-incident nog niet vergeten, zoveel was duidelijk.

Ik constateerde dat op haar werkkamer een ficus, verschillende delen van de *National Directory of Secondary Schools* en ingelijste foto's van haar man, haar twee blozende dochters en haar Siamees stonden. 'Mevrouw Hogan is ook maar een mens,' bleef ik mezelf als een soort mantra voorhouden terwijl er maar geen einde aan het gesprek wilde komen.

En ergens in mijn achterhoofd zei Maddox, gestoken in de opzichtige ruitjesbroek en het ruitjeshemd die zijn uitverkoren dracht vormden, op zachte, lijzige toon: 'Nou jongske, nou zit je er tot je nek aan toe middenin.' Terwijl tegelijkertijd op een heel andere plek in mijn hoofd – een hoofd dat volledig om leek te lopen – Davis verscheen, gehuld in een van zijn imposante donkere kostuums en met zijn handen losjes op zijn rug. Ook hij had het tegen mij, en hoewel ik zijn stem probeerde weg te dringen, sijpelden zijn woorden toch door: 'En als je haar niet voor jezelf meevraagt, doe het dan tenminste voor het algemeen belang. Want ik zeg het je maar, niets bevalt de oude jongens zo goed als een leuk gezichtje...'

Uiteindelijk kreeg ik de baan. Ik vond ook een woning, en op de eerste september huurden mijn vader en ik een busje en verhuisden mijn spullen naar een kleine studio op West 97th Street.

Zijn cadeau voor mijn nieuwe huis was de ribfluwelen slaapbank, tezamen met andere oude meubels uit zijn berghok in de kelder. Met hulp van de huismeester van mijn nieuwe pand kregen we alles de deur door en zetten het midden in het appartement neer.

Het was er verstikkend warm; allebei waren we drijfnat van

het zweet. Op mijn voorstel gingen we naar een bar om de hoek op Amsterdam Avenue die ik wel kende. We namen plaats achter de glas-in-loodramen en dronken flesjes koude Tecate. Het was een lekker koel plekje om uit te rusten. Door het getinte raam aan de voorkant keken we uit op de straat: een brandkraan was illegaal opengedraaid, en drie frivole, donkerogige kinderen renden heen en weer door de straal die eruit spoot. Toen kwam er een bus voorbij, die een hele massa vuil water naar het trottoir spatte, en de kinderen stoven lachend en Spaanse krachttermen schreeuwend uiteen.

In de bar hief mijn vader zijn flesje op en tikte het tegen het mijne aan.

'Op je nieuwe leven, Julian.'

Ik probeerde te glimlachen. 'Dus dat gaat dit worden?'

Ik kon me, nu we hier zo midden op de dag zaten, niet herinneren ooit met hem in een bar te zijn geweest. Hij zag er na onze zware inspanningen uitgeput en flets uit, en ik maakte me zorgen dat het te veel voor hem was geweest om mij in deze hitte te helpen verhuizen. Hij was geen jongeman meer. Opeens flitste langs mijn geestesoog een beeld van hem terwijl hij een hartaanval kreeg – hij zou dan net zo bleek zijn als nu –, en in de grotachtige schuilplaats van de bar voelde ik hoe een klompje hulpeloze liefde voor hem loskwam uit zijn verborgen ankerplaats en naar het oppervlak van mijn bewustzijn steeg.

'Heb ik je ooit verteld over het eerste appartement van je moeder en mij?' vroeg hij.

'Nee.' Hij had er me een of twee keer over verteld, maar om de een of andere reden wilde ik het verhaal nu nog eens van hem horen.

'Aan de andere kant van de stad, op de hoek van 89th Street en Second Avenue,' zei hij. 'Het was voor ons iets geweldigs – ons eerste appartement, en dan ook nog eens op de Upper East Side. Met al die rijkelui! Natuurlijk was de werkelijkheid een beetje anders. De huur was honderdtien dollar per maand, wat toen een behoorlijk deel van mijn salaris was. En de woning was nauwelijks groter dan jouw studio, behalve dan dat de huisbaas had besloten er alles uit te halen wat erin zat door hem in vier kamers op te delen.' Hij grijnsde. Er was weer kleur op zijn wangen gekomen, en opgeveerd door deze actieve daad van herinnering zat hij weer vief rechtop. 'Vier kasten waren het eigenlijk. We sliepen in de eerste, kookten in de tweede en aten in de derde. De vierde moest voor jullie worden als jullie er eindelijk zouden zijn.'

Met nog een flauw lachje om zijn lippen nam hij een slok bier. Hij keek uit over de straat en de kinderen die daar in de waterstraal aan het spelen waren.

Toen hij zich omdraaide had hij een weemoedige blik in zijn ogen en was zijn grijns verdwenen.

'Ik weet nog hoe ik die kamer opmat voor een stapelbed,' zei hij. 'We hadden alleen een oude meetlat. Ik legde hem op de grond, markeerde de plek met mijn duim en schoof hem verder. Zo deden we toen alles. Twee zestig bij één achtenzestig mat dat kamertje. Een kast was het. Maar groot genoeg voor een stapelbed. Groot genoeg voor kinderen.'

Hij dronk zijn bier op. Zijn blik vond de mijne in de rokerige spiegel boven de achterkant van de bar, en door de flessen tequila, Cointreau en triple sec zag hij hoe ik hem aankeek.

'Dat was mijn lievelingskamer, Julian. Mijn lievelingskamer. Alleen omdat ik wist dat jullie op een dag zouden komen en er zouden gaan slapen.'

Mijn eerste herinnering:

Ik zit in een badkuip die voor mijn gevoel zo groot is als een hele kamer. Hij zit op zijn knieën op de witbetegelde vloer en lacht naar me. Zijn gezicht lijkt wel een maan, zijn ellebogen rusten op de rand van de badkuip, zijn handen drijven in het warme water naast mijn benen en voeten. De ruggen van zijn handen zijn overdekt met korte, donkere haartjes: een onderwaterbos.

Ik pak met mijn beide handen zijn pols vast. 'Adem inhouden?' vraag ik.

Hij grijnst. Zijn tanden zijn wit. Hij is groter, jonger en optimistischer dan hij later ooit nog zal zijn. 'Tuurlijk,' zegt hij. 'Hou je adem maar in. Maar niet te lang.' Met zijn ene hand helpt hij me mijn neusgaten dicht te knijpen, om het water buiten te houden. De andere hand legt hij achter mijn hoofd. Ik sluit mijn ogen en haal zo diep adem dat mijn wangen worden opgeblazen als een ballon. 'Niet vergeten om weer boven te komen,' plaagt hij, en dan schuift hij me onder als een kind dat gedoopt wordt. Het warme water sluit zich over me heen. Onder water open ik mijn ogen. Zijn gezicht ziet op me neer door een halfduistere, golvende lichtplek. Zijn lippen bewegen.

'Ik zie je,' denk ik dat hij zegt. 'Ik zie je.'

Dit is de proef die ik voor mezelf heb bedacht, de enige die me kan leren wat ik moet weten. Mijn wangen doen hun uiterste best om genoeg levensadem vast te houden. Wanneer de zuurstof verdwijnt vullen mijn longen hem aan met moed. Mijn geest is overal en staat pas aan het begin. Ik hoor de wereld zoals hij zou kunnen zijn.

Ik betaalde de rekening. Hij bewoog zich stijf. Zijn lichaam was, gewricht voor gewricht, de pijnlijke plekken van morgen al in kaart aan het brengen. We gingen naar buiten, de kleffe hitte en de geur van verbrand vuil in. De kinderen waren vertrokken, maar het water stroomde nog uit de brandkraan.

Op de hoek namen we met een korte omhelzing afscheid van elkaar. We gingen nu ieder naar ons eigen huis. Ik stelde me de ordeloze hoop spullen voor die midden op de vloer lag en de ramen die potdicht zaten door een nieuwe laag verf.

3

Een hand ging omhoog. Een bleke hand met korte vingers, die toebehoorde aan een kleine, donkere jongen met een wilskrachtige maar verlegen blik in zijn ogen, waarmee hij mij op deze eerste schooldag nog niet recht aan kon kijken.

Na een blik op de lijst voor me kwam ik met een naam: David Glassman junior.

'Ja, David?'

'Ik heb gehoord dat uzelf ook op Cochrane hebt gezeten, meneer Rose.'

'Dat klopt.'

'Hoe beviel het u hier?'

'Goed genoeg om hier terug te komen als leraar.'

'Hoe lang was dat geleden?' vroeg een andere jongen, wiens das leek op een stuk touw.

'Laten we zeggen: een tijdje geleden.'

'Hoe lang dan? Ik bedoel, wie was er toen president?'

'Eisenhower.'

Een stilte.

'Heren,' zei ik bedaard. 'Dat was een grapje.'

David Glassman grijnsde. Hij was de enige. Toen zag ik hoe een paar andere jongens van opzij spottend naar hem grijnsden. Glassman nam dit ook waar; de grijns verdween van zijn gezicht, hij boog zijn hoofd en trok als een schildpad zijn nek in. Het pijnlijkst was de uitdrukking op zijn gezicht, die aangaf dat hij het stilzwijgend eens was met zijn kwelgeesten en zelfs genegenheid voor hen voelde – het Stockholm-syndroom, dacht ik, en instinctief vatte ik sympathie voor hem op.

Het was mijn eerste dag. En met angst en beven ontving je – of je nu jong of oud was, leerling of leraar – op de eerste schooldag buitensporig dankbaar alle beetjes aanmoediging en grootmoedigheid die op je weg kwamen. Dit was geen slijmerij, maar wederzijdse herkenning. In minder tijd dan nodig was geweest om de namen af te roepen en een doeltreffende grap te vertellen had ik me een beeld gevormd van een jongen die op een verkwikkende en hoopgevende manier overeenkwam met het beeld dat ik lang van mezelf had gekoesterd: donker en stil, verlegen maar zelfverzekerd, snel geneigd het hoofd te buigen maar altijd zorgvuldig luisterend; altijd bezig na te denken. Een jongen die misschien te veel uitsluitend op zijn verstandelijk vernuft vertrouwde om in het leven vooruit te komen. Een jongen die naarmate hij volwassen werd met wetenschappelijke precisie op een groot aantal vragen de juiste antwoorden zou vinden – en die er desondanks niet in zou slagen die antwoorden te vertalen ten behoeve van een dieper inzicht in zijn eigen persoonlijkheid. Een jongen die, bij ontstentenis van werkelijk mededogen met zijn eigen fijngevoeligheid, geneigd was zich aan de kant te scharen van degenen die er denigrerend over deden in plaats van aan de kant van hen die hem koesterden. Een jongen wiens ouders waarschijnlijk niet van elkaar hielden, wiens gezin niet voelde als een gezin. Een jongen, kortom, die op zoek was naar een mentor, een grote broer of een vader. Een jongen die hard onderwijs nodig had.

Ik richtte me tot de klas.

'Deze cursus bestaat uit twee delen,' legde ik uit. 'Het tweede deel gaat "Het bewerkstelligen van politieke veranderingen" heten en wordt een soort vergaarbak van politieke onderwerpen. Zo zullen we het onder meer hebben over verkiezingen, nieuwe communicatietechnologieën, patronen in het stemgedrag, mediagroepen – allerlei aspecten van het politieke leven die van belang zijn voor onze veranderende wereld. We zullen de politiek en haar mechanismen bespreken vanuit een politicologisch perspectief, niet vanuit een historisch perspectief. Maar het is mijn overtuiging – en tevens de overtuiging van meneer

Maddox toen ik hier op school zat – dat je, wanneer je zonder gedegen historische ondergrond over politicologie spreekt, je in de eerste plaats uit je nekharen staat te lullen.'

Hilariteit.

'En dat brengt ons op het huidige onderdeel, dat, zoals jullie ongetwijfeld weten, "Amerikaanse politieke instituties" heet. In dit onderdeel gaan we ons hoofdzakelijk daarmee bezighouden – met het ontwerp en de bedoelingen van de grondwet, het politieke en sociale milieu waarin de grondwet tot stand kwam en het denken van de opstellers van de grondwet zoals wij hen hebben leren kennen. Met aspecten van het federalisme. Jullie weten toch allemaal wat federalisme is? Ik ga er vanuit dat jullie de beginselen van de Amerikaanse geschiedenis kennen. Eh...' – opnieuw een snelle blik op de namenlijst – '... Brian Chen, zou jij voor mij het begrip federalisme kort en bondig kunnen definiëren?'

'Het federalisme was de benadering van de Federalistische partij.'

'De benadering?'

'Eh... de leer?'

'Ga verder.'

'Volgens mij was Alexander Hamilton er de leider van. Het idee was dat het land krachtig geregeerd moest worden en daarom voor de grondwet moest stemmen.'

'*Wie* moest er stemmen?'

Brian Chen keek naar het omslag van zijn dictaatcahier en probeerde onzichtbaar te worden. David Glassmans hand ging een paar centimeter omhoog en hield toen stil, in conflict met zichzelf.

'David, is dat een opgestoken vinger?'

'De staten,' zei David. 'De staten moesten stemmen.'

Opnieuw gegniffel, afkomstig uit dezelfde bron als kort tevoren.

'Is dat leuk... Liam Weisberg? Zijn de staten zo leuk? Welke dan in het bijzonder?'

'Delaware,' repliceerde Liam Weisberg, een roodharig brutaaltje, niet in het minst geïntimideerd. 'Dat is zelfs nog kleiner dan Central Park.'

'Met pejoratieve overdrijvingen zul je in deze lessen niets bereiken, Liam.'

'Wat betekent "pejoratief" ook alweer?'

'Geringschattend, kleinerend.'

'Nou, George Washington kwam uit Delaware en zelfs hij sprak er pejoratief over.'

'Is dat zo?'

'Ja. Daar heeft mijn vader me eens een verhaal over verteld.'

'Zoals ik al zei, Liam.'

'Sorry, meneer Rose.'

'De grondwet. Federalisme. Daarmee gaan we beginnen. Laten we eens proberen terug te gaan naar 1780 en nagaan of we ons kunnen voorstellen wat regeren toen inhield. Wat voor effect het had. Wat voor indruk het naliet in de geesten van gewone Amerikanen. Hoeveel gezag had de regering toentertijd? Waar zetelde dat gezag en hoe handhaafde het zich? Waarom zou dat gezag nodig zijn geweest? Eh... Jackson?'

Een derdeklasser met een bruine huid, lang en dun als een rietstengel. 'Om de mensen in bedwang te houden? Want anders kan de hel losbreken, weet je.'

'Precies. Dan kan de hel losbreken. En wat zegt dat over het karakter van macht die bij mensen berust?'

'Het is een teken van menselijke zwakte,' suggereerde Glassman.

'Ik dacht dat het een afrodisiacum was,' merkte Weisberg sarcastisch op.

'Daarom zitten jullie waarschijnlijk op een jongensschool, Liam.'

Hilariteit. Weisberg, en dat pleitte voor hem, lachte het hardst.

'Wacht even,' zei ik. 'Laten we hier even bij blijven. Macht als laboratorium van de menselijke feilbaarheid. En macht als natuurlijke bron van bezorgdheid bij een volk, in het bijzonder die Amerikanen uit 1780, die er, nadat ze zich eindelijk van de Britse heerschappij hadden bevrijd, nou niet direct tuk op waren zich weer onder een sterk gecentraliseerde overheid te plaatsen. Waar kun je macht in werking zien?'

'In de regering?'

'Ja. En waar nog meer?'

'In gezinnen.'

'Ja. Goed. En waar nog meer?'

'Overal. In de menselijke natuur.'

'Heel goed. Wie van jullie heeft de film *2001: A Space Odyssey* weleens gezien?' Er werden geen vingers opgestoken. 'Goed, niemand dus? Ga hem eens zien, als het kan. In de openingsscène zit een troepje prehistorische apen rond een poel op het kadaver van een zebra te knauwen. Net zo als jullie hier, om precies te zijn.'

'Als wij de apen zijn, bent u dan het kadaver van de zebra?'

'Niet slecht, Liam, niet slecht. Nu, om verder te gaan: het is een nogal kitscherige en amusante scène, totdat er een rivaliserende troep apen op de proppen komt die het eten en drinken voor zichzelf willen hebben en de eerste troep op brute manier aanvallen. Wat we vervolgens zien gebeuren, is dat, zoals Jackson het zo treffend uitdrukte, de hel losbreekt. Een bloedige moordpartij. Je zult niet gauw een betere metafoor van de menselijke natuur in zijn meest ongebreidelde vorm tegenkomen. Aap tegen aap als spiegel voor mens tegen mens. Het is zelfs beter dan al die oude hervertoningen van *Wild Kingdom*. Geen verkeerd motief om eens te gaan nadenken over de rol en de functie van een regering. Ten slotte zijn we waarschijnlijk dankzij onze hersenen gekomen waar we zijn, en hebben onze hersenen ons de rationele vermogens gegeven om onze anderszins dierlijke neigingen tot grof machtsmisbruik te beheersen. Wat ons op de 17de-eeuwse Engelse filosoof John Locke brengt, die jullie naar ik hoop allemaal grondiger zullen lezen als jullie naar de universiteit gaan, en die onder meer de noodzaak van een beperkend gezag bepleitte om de brute macht van de hufters op de wereld in bedwang te houden. En er bestaan nog steeds volop hufters. Als je me niet gelooft, moet je op een willekeurige dag in de week maar eens op de stadspagina's van de *New York Times* kijken.'

Brian Chen stak zijn vinger op.

'Brian.'

'U had het over hufters. Nou, ik ben vorige week beroofd.'

'Echt waar? Wat vreselijk.'

'Ze hebben me van mijn horloge beroofd,' zei Chen. 'En van veertien dollar.'

'Wat verschrikkelijk.'

'Ik ben de afgelopen vijf jaar al drie keer beroofd,' zei een andere jongen.

'En dat brengt ons op Madison,' hield ik vol. 'James Madison. Wie? David.'

'De vierde president van de Verenigde Staten en een van de auteurs van de Federalistische geschriften.'

'Heel goed. En Madison had zijn Locke gelezen, daar kun je staat op maken. Hij had Lockes *2nd Treatise* gelezen. Hij had heel veel gelezen. Hij kende Lockes teksten over de natuurlijke staat van binnen en van buiten, en met die kennis en zijn eigen observaties als politiek denker in een pasgevormde natie kon hij de gedachte ontwikkelen om de idee van de menselijke feilbaarheid, de menselijke zwakte, te gebruiken als deugd in een nieuw en noodzakelijk document – de grondwet –, waarin de relatie tussen het volk en de macht die het zijn regering had toevertrouwd systematisch zou worden vastgelegd. Het is iets schitterends, dat systeem van controlerende en elkaar in evenwicht houdende onderdelen. De drie hoofdmachten – de wetgevende, de uitvoerende en de rechterlijke macht – die alledrie optreden als initiator én als stabilisator...'

Plotseling steeg buiten ons lokaal een rumoer op, en weerklonken in de gang luide voetstappen en stemmen. In mijn vaart gestuit keek ik naar de klok aan de muur: het lesuur was voorbij.

'Goed, dat was het dan voor vandaag.' Ik ervoer de ontnuchterende verandering in het lokaal – de gemeenschappelijke afleiding, de prikkel om er vandoor te gaan. Een paar leerlingen hadden hun pen al neergelegd. 'Lees voor donderdag het eerste hoofdstuk uit *American Government* van James Q. Wilson en John DiIulio.'

'Hoe schrijf je dat?'

Ze sloegen cahiers dicht en pakten boekentassen in.

'Zoek dat maar op in de syllabus, Liam.'

Een minuut later waren ze allemaal weg, Liam, Brian en Jackson, en ook David Glassman, gretig om zich met zijn allen bij de onstuimige rivier van de jeugd te voegen die naar andere delen van het gebouw stroomde, naar andere leraren, vakken, woorden en dromen.

Ik stond in het stille lokaal en ervoer de schok van het verdwenen uur, de opluchting dat ik het heelhuids was doorgekomen en een hol, verdrietig gevoel van leegte.

4

Geheel volgens de traditie ging ik aan het eind van de cursus met mijn klas op reis naar Washington. De hoogtepunten waren een rondleiding door het Capitool, het geruime tijd bijwonen van een zitting van het Huis van Afgevaardigden tijdens een procedureel debat (over een amendement bij een wet over de houtkap), een ontmoeting van een kwartier met senator Daniel Patrick Moynihan uit New York en een wat langer durende ontmoeting met senator Barney Frank uit Massachusetts.

De jongens waren nieuwsgierig en enthousiast. Op onze tweede avond hadden we een feestelijk diner in een steakhouse uit een restaurantketen. Terwijl de coupes met chocoladeijs werden opgediend stond Liam Weisberg op, tikte met een lepel tegen zijn glas en kondigde zijn kandidatuur voor het presidentschap in 1992 aan. Hij besefte dat het nog wat aan de vroege kant was – over een jaar zouden de verkiezingen van '88 plaatsvinden – maar, zo zei hij, hij wilde het ons nu al laten weten, zodat we er zogezegd tijdig in konden stappen nu er nog fatsoenlijke posities in zijn kabinet te vergeven waren.

'Dat is heel attent van u, meneer Weisberg.'

'In ruil voor een hoog cijfer geef ik u Volksgezondheid, meneer Rose. Wat zegt u daarvan?'

Ik begon te lachen. 'Je bent een Caesar in de dop, Weisberg.'

'Caesar wist hoe hij zijn pr moest aanpakken, meneer Rose, dat moet ik hem nageven.'

'Julus Caesar is doodgestoken door zijn naaste medewerker, Liam.'

'Hufters!' riep Brian Chen op joviale toon.

Chens gezicht had, zo constateerde ik opeens, de kleur van rabarber; dat van Weisberg eveneens. Ik vroeg me af of ze voor het eten misschien een paar glazen hadden gedronken.

'Kun je wel zeggen, Brian.'

'En ik?' vroeg David Glassman. 'Welke positie krijg ik?'

'Het zendingswerk,' repliceerde Weisberg.

Algemene hilariteit. Glassman boog zijn hoofd, nam een hap van zijn ijscoupe en sprak de rest van de maaltijd niet meer.

We gingen terug naar ons hotel. Om elf uur precies zaten de jongens op hun kamers voor de nacht. Ik ging naar mijn eigen kamer, en zette de tv aan, waarop Larry King Susan Estrich interviewde, de leidster van Dukakis' campagne om te worden voorgedragen als Democratisch presidentskandidaat. Dukakis had nog geen fouten gemaakt. Zijn ster was nog altijd rijzende. Vanuit zijn standpunt moest de aarde plat lijken, ook al had hij op de lagere school het tegendeel geleerd; hij kon hem onder zijn hand laten verdwijnen. Zo veel zelfvertrouwen had hij destijds. En ook Estrich – de gevatte en stoere taal uitslaande aanvoerster van de hielenlikkers – meende dat de macht binnen bereik lag. Onbeschaamd zat ze tegenover Kings zelfgenoegzame facie.

Ik zette de tv uit en lag – met al mijn kleren en mijn schoenen nog aan – op de stille hotelkamer. Er was geen sprake van dat ik op korte termijn zou kunnen slapen.

Het was niet echt stil in die karakterloze kamer, er weerklonk een doordringend gezoem. Alsof er dicht in de buurt een generator stond, een raar apparaat dat ruis voortbracht met de bedoeling alle op de tv uitgezonden leugenpraatjes, dreinerige zelfbeschuldigingen en verleidelijke kletspraat te overstemmen.

Ik stond op en ging de kamer uit, met het plan om in de bar wat te gaan drinken.

Toen de liftdeuren in de lobby opengingen, botste ik bijna tegen David Glassman op.

'David! Wat doe jij hier beneden?'

Hij boog zijn hoofd. 'Ik...'

'De avondklok is al van kracht.'

'Dat weet ik, meneer Rose. Sorry.'

Hij boog opnieuw zijn hoofd, en dit keer ging er een flits van ergernis door me heen. Ik onderdrukte de aandrang om hem erop te wijzen, om hem uit te leggen dat tegenover andere jongeren zo'n tic – een oosterse buiging in miniatuur – zwakte of zelfs serviliteit kon uitdrukken, en dat jongeren onder bepaalde omstandigheden net zozeer op macht belust en meedogenloos konden zijn als volwassenen. Had hij *Heer der vliegen* soms niet gelezen?

'Alles goed, David?'

'Jawel, meneer Rose.' Hij staarde naar zijn voeten. De liftdeuren gingen weer dicht, maar ik hield ze tegen.

'David, kijk me aan.'

Het hoofd ging omhoog. De ogen waren bloeddoorlopen en de neusvleugels licht opgezwollen. Hij had gehuild.

'Je kunt slecht liegen, Glassman, weet je dat wel?' zei ik zo lichtvoetig als ik kon, en ik stapte de lift uit. 'Kom op, dan krijg je iets fris van me.'

Woordeloos volgde hij me door de lobby.

Het was een korte tocht – maar desondanks was er tijd genoeg om te overwegen of de leerling opluchting of alleen plichtsbesef voelde bij het vooruitzicht van een tête-à-tête met zijn leraar, hoezeer die ook met hem meeleefde; of de leraar werkelijk meende dat hij de leerling kon helpen met zijn problemen (wat die ook behelsden), of dat dit het zoveelste voorbeeld was van het onstuitbare egoïsme van de eenzame ziel.

We gingen naar binnen. Een hotelbar in, om half twaalf in de avond, en alle tafeltjes waren bezet. Deze stad was dan ook niet alleen de zetel van de regering, maar ook de hoofdader van alle congrescentra. Sliepen die mensen nooit? Hadden ze geen gezinnen waar ze naartoe konden? Al die onvermoeibare mannelijke congresgangers in kreukvrije grijze kostuums en witte overhemden die gebogen over stevige borrels naar een volgende portie nootjes graaiden. Al die vermoeide vrouwen met zware make-up, opgestijfde blouses en lintvormige dasjes wier vastgeroeste lachjes een beeld opriepen van een geforceerde mars die een eeuwigheid geleden in een andere woestijn was gestart. Een tafereel, zogezegd, om bij in tranen uit te barsten. Afgezien van het feit dat toen wij de bar betraden een paar hoofden onze kant uit draaiden, en ik in hun plotselinge nieuwsgierige blikken een glimp gespiegeld zag van het kleine docudrama dat ik onbewust regisseerde: een man en een jongen betreden 's avonds laat een bar. Een fout. De jongen was duidelijk te oud om mijn zoon te kunnen zijn. Wat speelde zich hier dan af? Niets goeds, verklaarden de stilzwijgende, oordelende gezichten.

Toch ging ik verder. Al was ik kwaad op mezelf – het was erg stom van me dat ik niet had bedacht wat voor indruk we zouden maken.

Het was te laat. Ik had niet vooruitgedacht, de blikken niet tijdig opgemerkt. Het laatste wat ik wilde was zijn problemen en zijn verdriet verergeren, zijn duidelijk al sterk ontwikkelde, zij het nog niet volledig uitgerijpte gevoel dat hij in de wereld tekortschoot. Nee, ik wilde hem juist zeggen: het moeilijke aan intelligent, verlegen en jong zijn is dat je het altijd beseft, dat je het niet *niet* kunt beseffen; dat je bent opgegroeid in de fictie van altijddurende verantwoordelijkheid en gelooft dat alle onvolkomenheden in je leven *jouw* onvolkomenheden zijn, dat alles jouw schuld kan zijn. Ik wilde hem vertellen dat dat wat hij niet zag hem niet kon krenken, terwijl dat wat hij wel zag hem de rest van zijn leven zou vergezellen. En hij zou altijd heel veel zien, behalve misschien wat hijzelf waard was.

We kwamen bij de bar van namaakmahonie. Achteraan stonden nog twee lege krukken. Ik schoof een van de krukken op, en David beklom de andere en streek er ongemakkelijk op neer. Hij zag er opeens verschrikkelijk jong uit.

De barkeeper kwam aangedrenteld. Hij had grijs haar, een weelderige walrussensnor en een dikke, pokdalige neus die ongetwijfeld al hele tijdperken lang getuige was geweest van de wanhoop, het plezier en de gezelligheid die zich voor en na congressen afspeelden. Zijn blik ging van mij naar David en toen weer naar mij, en toen pas vroeg hij wat ik wilde hebben.

Mijn bestelling van twee cola's leek hem gerust te stellen. Hij bracht zonder commentaar de frisdrank, en ging toen terug naar de andere kant van de bar.

'Nou,' zei ik, en ik keerde me naar David toe. 'Wil je me nu vertellen waarom je een halfuur na het ingaan van de avondklok in de lobby zat?'

'Het spijt me.'

'Ik weet dat het je spijt.'

Hij nam enkele slokken cola. Ik wachtte af.

'Ik gebruikte een van de telefoons,' zei hij ten slotte.

'Waarom?'

'Ik moest van mijn ouders beloven dat ik zou bellen.' Hij zweeg even. 'Ik wilde niet op de kamer bellen, meneer Rose. Niet waar iemand bij was.'

'Dat begrijp ik. Is er bij jullie thuis iets aan de hand?'

Hij keek me niet aan.

'David?'

'Ze gaan scheiden,' zei hij zachtjes, en hij keek naar de bar.

'Hoe lang weet je het al?'

'Sinds afgelopen weekend.'

Zijn blik was gefixeerd op zijn handen, die om het glas op de bar gevouwen waren; hij staarde naar zijn handen alsof er iets aan te zien viel dat hij voor het nageslacht aan het vastleggen was.

'Mijn moeder wil het,' zei hij. 'Ze zegt dat ze van een ander houdt.'

Toen zweeg hij en staarde naar zijn handen; ik kon hem horen ademen. Hij had jeugdpuistjes op zijn voorhoofd en zijn neus was hem vooruit gegroeid. Maar hij gedroeg zich als een man. Alles bleef binnen, wat het ook was.

Ik legde mijn hand op zijn rug. Verschillende koppen in de bar draaiden onze kant uit, maar hun blikken konden me niets meer schelen.

David bleef nog enkele ogenblikken onbeweeglijk zitten. Toen begon hij, stukje bij beetje, te huilen. Hij huilde stilletjes, zoals bij hem paste, gezeten op de hoge kruk, terwijl zijn handen het glas frisdrank omklemden.

Achterin, in het goedkope, sombere licht van de bar, had je hem niet kunnen horen terwijl je bezig was aan je derde of je achtste drankje. Je zou mijn jonge vriend hebben kunnen aanzien voor een volwassene, voor een tengere, frêle man, misschien voor een drinker. Je zou niet langer de leerling in hem hebben gezien, de opgroeiende jongen, de gretige strever naar kennis die tot voor een paar dagen, tot voor een paar minuten, ondanks zichzelf optimist was gebleven. Deze nieuwe pijn was een en al verwarring voor hem, een toon die weerklonk in het duister: hij wist dat de oorsprong ervan niets had veranderd, geen straaltje licht had gebracht.

5

Ze bleef terugkomen. Ze was nooit ver. Washington of New York, hotelkamer of goedkope studio, Riverside Park of Central Park, afhaalchinees of hotdogs om de hoek, James Madison of John Locke, mevrouw Hogan of meneer Maddox, Glassman, Jackson, Weisberg of Chen, mijn woorden of de hunne, lezen of lesgeven, lesgeven of met stomheid geslagen zijn. Het maakte geen verschil. Ze kwam elke dag, elke nacht. Ik was een wit scherm en zij was de enige film, en steeds weer opnieuw keek ik naar haar.

6

De volgende zomer luisterde de kleine, stugge gouverneur van Massachussetts, die het hoogste ambt van het land najoeg, naar een slechte raadgever, zette een olijfgroene legerhelm op die iedereen zou moeten passen en klom in een tank. Op dat ogenblik verloor hij het presidentschap, dat hij al zolang als hij zich kon heugen begeerde.

Uren later, met de eerste beelden in het avondnieuws, was alles voorbij – opgelost in een clowneske blunder, een onbedoelde grap, een met zoveel overmoedige en kleingeestige wanhoop opgevoerde pantomime dat alle andere indrukken van de man er met succes door werden uitgewist. Alles wat hij was geweest was voor altijd verdwenen. Dit was hij nu.

Het was november en de algemene verkiezingen moesten nog komen. In die laatste weken moet hij het gevoel hebben gehad dat hij langzaam maar zeker in het openbaar verdronk.

Op Cochrane begon een nieuw jaar. Ik was geen groentje meer; als ik tussen de lessen en tijdens de lunch door de gang liep, hoorde je: 'Dag, meneer Rose!' 'Hé, meneer Rose!' 'Meneer Rose – mijn *man*!' De enorme aantallen jongens, hun onversneden energie, hun rugzakken volgepakt met genoeg hoop en verlangen om een ruimteveer van de grond te krijgen.

De paradoxale beloning van het lesgeven is dat je er nooit mee klaar bent. Niemand zal ooit genoeg weten, en dat geldt met name voor de intelligentste leerlingen. Je kunt de provisiekast van de kennis nooit vol genoeg stouwen om voortdurende voeding te kunnen garanderen tijdens de lange onzekere winter die het leven is.

Bovendien geldt misschien nog het oude adagium dat docenten eeuwig jong blijven omdat hun leerlingen nooit ouder worden. Een vervorming van de tijd, met andere woorden. Alleen geloofde ik daar niet in.

In mijn minuscule appartementje was maar één spiegel aanwezig, ter grootte van een vel blocnotepapier. Groot genoeg om je bij te scheren. Groot genoeg om die paar zichtbare oppervlakken te weerspiegelen – een gezicht met betrekkelijk weinig rimpels, een hand met lange vingers – die in staat waren de komedie van jeugdigheid tegenover de buitenwereld vol te houden. Op mijn leeftijd was de huid nog veerkrachtig, zij het niet meer helemaal fris. Het droeg bij aan een uiterst natuurlijk ogende vermomming.

Het hart was uiteraard een ander verhaal.

Ik ging een paar keer met vrouwen uit. Maar net als in Cambridge ontbrak het me bij deze amoureuze probeersels aan overtuigingskracht en waren ze van korte duur.

Ik nam Carol, een roodharige lerares Engels, mee naar een restaurant op Columbus Avenue en vervolgens naar mijn appartement, waar we op mijn sofa wijn dronken en weinig gestructureerd over school en gemeenschappelijke leerlingen praatten. Geen bijzonder veeleisend afspraakje – maar erg eenvoudig bleek het ook niet. Ik had niet het verbale lef om haar te vertellen dat het merendeel van wat we tegen elkaar hadden gezegd mij verontrustend clichématig in de oren klonk, als een echo van andere, sprankelender gesprekken uit mijn herinnering, en dat haar achterwaartse hoofdbeweging en de manier waarop ze haar hand naar haar gezicht ophief me te vaak op schimmige wijze ogenblikken uit het verleden voor de geest riepen. Er waren geen oorspronkelijke gebaren meer, wilde ik haar vertellen, maar ik deed het niet.

En toen, op een gegeven moment, sloeg ik eenvoudigweg dicht. Het gebeurde tegen mijn wil; alsof ik het laatste exemplaar van mijn soort was, dat was vermalen door het bestaan en waarvan de noodlottige fouten flagrant aan het licht waren gekomen onder het koel-objectieve vergrootglas van de evolutie. Ik excuseerde me, ging naar de badkamer en boog me over de wastafel. Dat was alles. De kleine spiegel waarin ik mezelf zag deed het werk van een heel slopersteam.

Toen ik terugkwam, was Carol weg.

7

In februari gaf Toby Glickstein ter gelegenheid van mijn dertigste verjaardag een feestje voor mij.

Het sneeuwde die avond hevig. Toby woonde dicht bij Columbia University in een appartement met huurbescherming dat hij dankte aan een oom van hem. Ik liep West End Avenue op terwijl de sneeuw in dikke, kleverige vlokken tussen de appartementsgebouwen viel; het was windstil in de verstomde stad, die geel zag in de schaduwen van de straatlantaarns. De trottoirs waren bijna leeg: een andere wereld. De straat, die verder onzichtbaar was geworden, maakte zich kenbaar als twee olieachtige zwarte sporen, getrokken door de banden van een zojuist gepasseerde auto. Verder reed er tijdens mijn wandeling niets voorbij, en geleidelijk aan werden de sporen fluwelig wit. Algauw verdwenen ze.

'Jezus, Julian,' zei Toby toen hij opendeed. 'Je ziet er verdomme uit als een sneeuwpop. Nou, wel gefeliciteerd. Graag je jas in de badkuip leggen.'

In de huiskamer zaten acht mannen van ongeveer mijn leeftijd bijeen rond bakken tortillachips en Mexicaanse dipsaus. Ik kende dit gezelschap. We hadden allemaal op Cochrane gezeten. Menigeen was sinds die tijd wat langer geworden, maar contactlenzen, Clearasil noch haargel konden verbergen dat we ooit sukkels waren geweest.

Ik keek Toby aan en trok een wenkbrauw op. Hij liep achter mij aan weer naar binnen.

'Nou ja, je moet maar eens proberen in zo korte tijd een stel vrouwen bij elkaar te krijgen,' verdedigde hij zich. 'Maar geef er niet al te hard op af. Deze jongens zijn de laatste remedie tegen de zoveelste solistische avondvlucht met Captain Kirk.'

'Leuk geprobeerd, Toby, maar ik heb geen tv.'

'Vind je dat iets om prat op te gaan?' vroeg Toby. 'Dat is dieptriest, ventje. Zou je nou je jas niet eens uitdoen? Je staat op mijn tapijt te druppen.'

We vermanden ons. We dronken – rode wijn, bier en bourbon. We vraten ons vol met Chinees eten uit The Moon Palace en wisselden tien jaar oude slappe roddels uit als kostbare valuta. Aanwezig waren Muller, Goodman, Krebs, Piombo, Wolff, Scheinbart, Pleven en Yang. Krebs probeerde zijn eerste film te maken, Wolff was freelance journalist, Pleven zat in de computers, Yang was advocaat en Goodman werkte als olie- en gasanalist voor Solomon Brothers. Piombo had, onwaarschijnlijk genoeg, een kinderboek geschreven dat in het najaar zou worden uitgegeven (hij bekende dat hij het voor volwassenen had bedoeld). Scheinbart en Muller deden even niets en bespraken de mogelijkheid samen iets te beginnen, wellicht een yogastudio. Dit idee werd door alle anderen met spottend geloei begroet.

Na een paar uur, na de taart en het valse gezang, glipte ik naar de badkamer om even alleen te kunnen zijn. Ik had me redelijk vermaakt. Maar afgezien van de dagelijkse routine van het lesgeven was ik het, zo dacht ik, ontwend geraakt om wat langere tijd in gezelschap te verkeren.

Ik deed de deur dicht en ging op de rand van het bad zitten. Naast me lag mijn zware winterjas, die ik daar eerder te drogen had gelegd. De wol was nog vochtig. De sneeuw waarmee hij bedekt was geweest stond me nog wonderlijk levendig voor ogen, al was hij dan verdwenen. Voor mijn geestesoog zag ik hem nog vallen en voelde ik weer hoe hij zich op mijn hoofd en schouders nestelde. Ik sloeg mijn handen voor mijn gezicht.

Ik was dertig. Ik moest ophouden in mijn herinnering te leven, over mijn schouder te kijken en me van de kust weg te laten sleuren door een kolkende onderstroom van gevoel voor een vrouw die weg was en niet meer terug zou komen. Ze was nu moeder, moest ik aannemen. Ik wist niet of ze een jongen of een meisje had gekregen, maar stelde me een meisje voor, geschapen naar haar beeld. Ik zag het kind lopen, bijna struikelen... en Claire tilt haar op...

'Julian?'

Toby's stem, aan de andere kant van de deur, gevolgd door een aarzelend klopje.

Ik sprong overeind. 'Een minuutje.'

Hij klopte nog eens. Ik spoelde voor de vorm het toilet door en draaide de kraan open en weer dicht.

'Wat is er?' vroeg ik, en ik opende de deur.

Toby's ogen waren bloeddoorlopen van de drank. 'Ben je wel in orde?'

'Prima.'

'Je hebt toch niet zitten kotsen, hè?'

'Nee.'

Een ogenblik later kwam er een scheve grijns op zijn gezicht. 'Goed. Want we hebben gezelschap gekregen.'

Ik liep achter hem aan de slaapkamer en de gang door. In de huiskamer stonden drie vrouwen met gretige, nerveuze mannen om zich heen als op een middelbareschoolbal. Twee vrouwen lachten. De derde, die een beetje apart stond, was Laura, de zus van Marty Goodman.

Ze was knap, zij het op een ingetogen manier, en had kort, donkerblond haar, grijze ogen en een klein gezicht met fijne trekken. Jaren eerder had ik al van haar bestaan geweten zoals je – als puistige laatbloeier, opgesloten in de kerker van de puberteit – van de oudere zussen van je vrienden op de hoogte was: zij stonden door een ander rijpingsproces aan de overkant van een hopeloos onoverbrugbare kloof. Laura Goodman was een jaar ouder dan wij en toentertijd een flink stuk langer, en ze behoorde tot een andere, betere mensensoort. Toen we eens bij Marty op bezoek waren in het vorstelijke appartement van zijn ouders bij Central Park West (we waren met een heel stel, onder wie ook Toby, bij elkaar om een marathonpartij RISK te spelen), had ik een glimp opgevangen van zijn zus op haar kamer, die op haar bed met haar rug tegen de muur in *Jane Eyre* zat te lezen. Toen ze van haar boek opkeek zag ze dat ik haar door de halfopen deur stond te bespieden. Er volgde – zo stelde ik me het tenminste voor – een gezamenlijke erotische revelatie, waarin zij door de onbeduidende verpoppingsfase van mijn toenmalige fysieke verschijning heen de galante, gevleugelde man ontwaarde die in mij school. Meer dan ooit waande ik me klaar om op te stijgen.

Maar toen had zij de deur dichtgetrokken en was de zaak afgedaan.

Dit alles wilde ik haar nu als volwassene vertellen. Maar toen ze pas een paar minuten op het feestje was deed ze haar jas weer aan, duidelijk van plan om te vertrekken. In een impuls vroeg ik haar waar ze woonde; toen ze zei dat ze in de Upper West Side woonde, bood ik aan haar te vergezellen. Tot mijn verrassing accepteerde ze mijn aanbod.

Ik liep met haar terug door de West Side. Het was opgehouden met sneeuwen, de lucht stond als een bevroren vijver boven ons. Onze adem produceerde dampwolkjes in de avondlucht. De trottoirs waren evenwel niet meer ongerept, maar bezoedeld met voetafdrukken, hondenurine en roet. Een sneeuwploeg rolde de avenue op en schoof hopen grijze brij tegen de flanken van de stilstaande, geparkeerde auto's aan. Daarna was het asfalt weer zichtbaar, nat en glinsterend.

Ik vertelde haar over de laatste keer dat ik haar had gezien, vijftien jaar geleden. Toen ik op het punt was gekomen waar ze de deur in mijn gezicht dichtsloeg, lachte ze.

'Jullie waren allemaal zulke lastpakken!' zei ze.

'Dankjewel.'

'Je weet best wat ik bedoel.'

'Reken maar.'

'Toch was jij interessanter dan de anderen,' ging ze peinzend verder. 'Ik herinner me je nog.'

Door deze subtiele stimulans vertelde ik haar wat ik me verder nog herinnerde. De *Chorus Line*-poster aan de muur boven haar bed. De plank met boeken over paarden, de lichtblauwe sprei met donkere strepen en het oude knuffelpaard dat nog maar één oog had. Hoe ze, als ze een tijdschrift in plaats van een boek las, voorovergebogen in kleermakerszit zat met het tijdschrift op schoot en luidruchtig de bladzijden van onderaf omsloeg. Allemaal zonder betekenis, afgezien van het feit dat het nu, jaren later, door twee verschillende mensen kon worden gememoreerd.

'Ja,' zei ze, en ze keek me aan. 'Verschillend.'

Voor haar pand, in het zicht van de geüniformeerde portier, liet ze zich door mij kussen. We ademden rookwolken uit. Het oppervlak van haar lippen voelde als gepolijst gesteente. Maar daarachter proefde ik in haar een overvloed aan warmte.

Ik had te lang celibatair geleefd. Zonder fysiek contact, als een uit één persoon bestaande stam, had ik mijn eigen taal gepreveld en zonder enig nut mijn privé-rituelen voltrokken. Zonder te zorgen, te begeren of te bezitten. Ik had de maanden simpelweg laten verstrijken.

Nu, op straat, voelde ik door de dikke lagen van onze kleding het begin van weerklank van Laura's slanke lichaam, en ik drukte me tegen haar aan als een dier.

Zij drukte terug.

8

Vanaf die avond waren we een stel. Als ik thuiskwam van school knipperde het rode lampje op mijn antwoordapparaat. (Ook daaruit bleek haar bescheidenheid: ze begon haar boodschap altijd met: 'Hallo, ik ben het, Laura,' alsof ik in de tussenliggende twaalf uur de klank van haar stem was vergeten.) Of ik liep rechtstreeks naar haar appartement met één slaapkamer op de hoek van 89th Street en Columbus Avenue, waar zij enkele minuten eerder was thuisgekomen van haar bestuurlijke functie in het Lincoln Center. Vaak begroette ze me bij de deur met haar winterse werkkleding nog aan: een witte of blauwe blouse, een keurige grijsflanellen broek, een marineblauwe kasjmier blazer en zwarte enkellaarsjes. Ze hield van eenvoudige, elegante, goedgemaakte spullen. Ze had een welgestelde jeugd gehad, maar meestal spande ze zich in om dat niet te laten blijken. De contradicties in haar persoon beperkten zich hiertoe: ze was absoluut niet ijdel, maar plichtsgetrouw verzorgde ze zich voortreffelijk, alsof ze zich instinctief verplicht voelde de uiterlijke standaard hoog te houden waarmee ze was grootgebracht. Eens per maand ging ze naar een chique kapsalon in de East Side om haar haren te laten knippen. Opalen halvemaantjes sierden haar volmaakte, ongelakte nagels.

Ze was slank, tenger, en fysiek en emotioneel discreet. Uit mijn puberale gelonk naar haar door gangen, halfopen deuren en grote kamers had ik me een beeld van haar gevormd als een koele, eigenzinnige koningin. Maar ik had het fout. Laura bleek zachtaardig, vriendelijk en soms bedachtzaam op het passieve af. Pas na vijf weken kleedde ze zich voor mij uit met het licht aan (en toen schoot ze het bed in, als iemand die naakt door de kou rent). Toen we voor het eerst met elkaar sliepen en zij in het donker in haar eigen bed klaarkwam met haar armen zo ver mogelijk om me heen geslagen, klonk in haar korte, doordringende kreet iets van verrassing of verwarring door, alsof ze zojuist had ontdekt dat passie eigenlijk ook iets duizelingwekkends in zich had.

In het voorjaar trok ik bij haar in. Ik was een heremietkrab, die zijn eenkamer-appartement afdankte als een oude schelp en er energiek in zijwaartse pas uit wegklauterde. Geen tranen, geen herinneringen van betekenis. Mijn meubels, de ribfluwelen slaapbank, de oude ladekast van mijn moeder met het gewicht van een buffel – dit alles werd op een morgen op 97th Street neergezet en was bij het vallen van de avond verdwenen.

Ze woonde, verrassend genoeg, in een van die kort voordien gebouwde yuppietorens, een hoogbouwflat in kleurloze baksteen – die verder echter tjokvol voorzieningen zat, bijvoorbeeld een eigen fitnesscentrum, en die was ontworpen met het oog op het leger jonge bankmedewerkers die de afgelopen jaren in de buurt waren neergestreken. Maar op de veertiende verdieping was het zo verkeerd nog niet. Laura's appartement lag op het westen en kreeg volop middaglicht.

Er stonden een gerieflijke bank en een leren leesfauteuil. Ze had er een indrukwekkende collectie opera-cd's en haar boeken, romans van de gezusters Brontë, Henry James en Ford Maddox Ford, de verhalen van Tsjechov, Alice Munro en William Trevor en de poëzie van Emily Dickinson. Ze had er haar paardrijbibliotheek, die nog intact was zoals ik me hem herinnerde, met handleidingen over hoe je in Engelse stijl moest rijden en kon leren springen, een encyclopedie van de paardenrassen en een catalogus met zeldzame, handgemaakte zadels. Van deze en andere titels waren de stofomslagen door het veelvuldig gebruik in haar jeugd helemaal gladgesleten – het gevoel van het verleden.

Ik voegde mijn bezittingen bij de hare. Ze stimuleerde dat. Ze maakte meer dan alleen maar ruimte voor me: ze stelde haar leven helemaal voor me open. Het geldt tegenwoordig misschien als belachelijk om iemands manieren ter sprake te brengen, maar naar mijn idee kwamen in Laura's manieren haar ware aard, haar fijngevoeligheid, haar bescheidenheid en haar zorgzame instelling even voortreffelijk tot uiting als in alles wat ze me ooit had gezegd of beloofd. Ze loog niet, in woord noch gebaar. Ze flirtte en plaagde niet. Niet zonder reden vertrouwden dieren, vooral honden en paarden, haar onvoorwaardelijk en kwamen ze vaak op haar af terwijl ze aan het spelen, rennen of eten waren om hun natte neuzen tegen haar handpalm aan te drukken, en soms om zich zomaar tegen haar aan te vlijen.

Ze was met andere woorden een goed mens. Iemand die ondanks haar eigen innerlijke reserves en angsten de moed had om zichzelf helemaal te geven, die met heel haar hart en zonder enige terughoudendheid liefhad.

9

Op een avond in mei stond mijn vader met een boeket witte chrysanten bij ons voor de deur. Hij droeg een tweed sportcolbert met een stropdas en oogde zenuwachtig als een schooljongen.

'Zo,' zei hij behoedzaam. 'Hoe gaat het met je?'

'Met mij gaat het goed.'

'Je ziet er ook goed uit.'

We knikten elkaar toe en wendden vervolgens onze blikken af. Hij stapte, met de bloemen nog in zijn handen, naar binnen, liet zijn blik door de huiskamer gaan en bekeek de boeken in de kast (paarden? kon ik hem bijna horen denken; paarden zijn iets voor de East Side), de stapels dubbel-cd's met opera's en de kostbare leren fauteuil. Uiterlijke kentekenen, veronderstelde ik, waaraan hij iets over mijn nieuwe bestaan kon aflezen. Hij was hier nooit eerder geweest en had de vrouw met wie ik nu samenleefde nooit ontmoet. Ik had hem de afgelopen maanden zelfs nauwelijks gezien.

'Laura is zo uitgedoucht,' zei ik. 'Kan ik je iets te drinken aanbieden? Een glas wijn?'

Maar hij was te zeer in beslag genomen door wat hij zag om mij te kunnen horen. Hij stond vlak voor de cd's; iets had daar zijn aandacht getrokken. Ik volgde zijn gefixeerde blik naar de bovenkant van een van de stapels en een hoesfoto van een beeldschone vrouw met donker haar.

'Ze is nog in de Met geweest,' mompelde hij.

'Wie?'

'Callas,' zei hij resoluter, maar zonder me aan te kijken, nog helemaal in zijn eigen wereld. 'December '56, *Lucia di Lammermoor*. Ze was toen al *de* grote naam in de operawereld. Je kunt je niet voorstellen hoe die stem op zijn best klonk. Een stem die de tijd kon stilzetten. Ik heb uren in de rij gestaan, alleen voor een staanplaats. Die avond stond er naast me in de stalles een vrouw die ongeveer even oud was als ik. Ze was fantastisch. Donker haar, grote donkere ogen. Ik zei haar dat ze op La Divina zelf leek. De uitvoering was nog niet begonnen. We stonden daar op die staanplaatsen samengepakt als vee, vlak naast elkaar, maar zij keurde me geen blik waardig. Ze haalde haar neus voor me op, met die hautaine blik van de joodse prinses die zichzelf iets veel beters waardig acht. Ik herkende die blik, jazeker. God, wat was ze evengoed mooi! Maar intussen kwam er die avond niet zomaar iemand zingen. Het was Callas. En toen de muziek inzette vergat ik die vrouw naast me compleet. Callas zong de eerste aria. En ik zeg je: al heel gauw stonden de mensen, volwassen mannen en vrouwen, te huilen omdat het zo mooi was. De tranen liepen hun over de wangen. Onder de muziek kon je het geluid van het huilen horen als een klaagzang. Alsof er werd gezongen door een stem die te mooi was om menselijk of echt te kunnen zijn. Toen hield ze op, Callas hield op, na alleen die eerste aria, en er was een pauze als één enkele gezamenlijke ademtocht, een pulsering, en toen kon het publiek – drieduizend mannen en vrouwen, de rijken op de zitplaatsen, de middenklasse op de staanplaatsen en de armen thuis voor de radio – zich niet meer inhouden. O, het was een gekkenhuis, absolute vervoering. En die vrouw naast mij, die koele schoonheid daar naast me, jouw moeder, die huilde ook en pakte mijn hand vast. Ze pakte hem zomaar vast. Vanwege de muziek. Vanwege die stem. Het was het meest fantastische moment van mijn leven.'

Mijn vader keek op en merkte dat ik hem stond aan te staren.

Ik stond daar en wilde weten waar die man was gebleven. De man die na een uitvoering als eerste applaudisseerde, die huilde door de klank van een stem, die zijn verlangens kende en niet bang was om te worden opgemerkt. Een man die *zichtbaar* was, in zijn zwakte en in zijn kracht. Een man met wie je medelijden kon hebben en die je toch kon bewonderen, die had gegokt en verloren maar die tenminste de wil had gehad, een gewonde veteraan van de liefde. Waar was hij in mijn jeugd geweest? Het was alsof hij, als een vrek, het beste allemaal voor zichzelf had opgepot.

Van achter in het appartement weerklonken Laura's voetstappen op de kale hardhouten vloer. Net op het moment dat ze de kamer binnenkwam draaiden we ons om.

Ik schraapte mijn keel. 'Pap, dit is Laura Goodman. Laura, dit is mijn vader, Arthur Rose.'

Ze stapte glimlachend op hem af. Haar korte haren waren nog nat van de douche en uit haar gezicht naar achteren gestreken. Haar jurk had dezelfde zachtgrijze kleur als haar ogen en reikte tot net onder haar knieën. Ze had een eenvoudige parelketting om – in zijn onversierde eenvoud benadrukte hij haar lach en haar goede bedoelingen, die ze hem nu met natuurlijke gratie presenteerde. Ze liep de kamer door en kuste hem ter verwelkoming op zijn wang.

'We wilden alles eerst op orde hebben,' vertelde ze hem, 'voordat we jou hier wilden vragen.'

Haar warmte miste zijn uitwerking op ons beiden niet. Met vaardige vrouwelijke vingers maakte ze ons los uit de krachtige greep van het verleden; ze hief ons eruit op. Ik voelde hoe het gebeurde. Ik zag mijn vader er ook aan ontstijgen. Hij legde zijn tegenslagen in elk geval dat moment van zich af, bloosde, glimlachte en zei dat hij hoe dan ook blij was hier te zijn. Haar charme was de toverdrank die we zo hard nodig hadden – opeens was hij een klunzige jongen, en niet de vermoeide man die zijn dagen had gesleten met het redigeren van leerboeken op academisch niveau over gedragswetenschap, de Eerste Wereldoorlog en de opkomst en ondergang van het oude Griekenland.

Hij herinnerde zich de chrysanten. 'Die zijn voor jou.'

'Dank je, Arthur. Ze zijn prachtig.'

Zij schikte de bloemen in de Tiffany-vaas van haar grootmoeder terwijl ik de wijn inschonk. Daarop volgde een rondgang door het appartement, al was het niet groot en was er niet veel om door rond te gaan. Ik bleef in de keuken en deed olijven in een kommetje met de geur van Laura's geroosterde lamskotelet (een recept van haar moeder), polenta, en in boter gesauteerde cherrytomaatjes in mijn neus. In mijn studio op West 97th Street was nooit zo'n maaltijd klaargemaakt. Ze waren nu in de slaapkamer, hij en zij, en ik hoorde het openen van de kastdeur, haar ironisch beknopte architectonische beschrijving ('muurkast'), vervolgens weer voetstappen en haar prettige stem: 'Ik wou dat we twee badkamers hadden, maar die hebben we niet.'

'Je kunt er wel een van mij lenen,' antwoordde Arthur Rose een beetje lichtzinnig. 'Ik weet toch niet hoe ik ze allebei moet gebruiken.'

Laura lachte uitbundig om dit rare grapje. En in de keuken lachte ook ik, opgelucht, gelukkig en bijna onherkenbaar voor mezelf.

Na het eten bleef Laura in het appartement om te beginnen met opruimen, terwijl ik mijn vader uitgeleide deed door de lange gang naar de lift. Mijn stemming zakte na het hoogtepunt van de maaltijd alweer in op een manier die ik niet helemaal bevatte. De zijne misschien ook. We waren weer alleen. Het felgroene tapijt, de eenvormige verlichting die nooit helemaal deugde – het was een van die gebouwen die langzaam maar zeker onze grote steden van hun ziel beroven. We passeerden de ene deur na de andere, aan weerskanten; en door veel van die deuren weerklonken de geluidserupties uit de kijkkast: ingeblikt gelach, auto's met piepende remmen en ruiten die werden verbrijzeld. Zoveel hilariteit en dramatiek dat onze echte levens er, als we niet oppasten, erg onbeduidend door gingen lijken.

We bereikten de lift en ik drukte op de oproepknop.

Op een toon van zorgvuldig ingehouden optimisme vroeg hij: 'Denk je dat zij de ware is, Julian?'

'Ik weet het niet, pap.'

De dissonante stemmen bleven tot ons komen door de gesloten deuren van de buren, als een Grieks tragediekoor dat LSD had geslikt. De lift was nog nergens te bekennen, en ik porde met mijn vinger op de knop. Mijn vader wachtte even en bracht toen het onderwerp nogmaals ter sprake.

'Maar dat wil je toch wel, hè?'

'Natuurlijk. Anders zou ik toch niet bij haar ingetrokken zijn.'

Hij knikte. Peinzend liet hij zijn handen langs de mouwen van zijn tweedjasje gaan; ik kon zien dat hij nadacht. Hij maakte opeens een rusteloze indruk, misschien beleefde hij het diner opnieuw en leidde hij er een beeld van mijn toekomst uit af: Laura's elegante manieren, de kus die ze hem had gegeven, het heerlijke eten dat ze had klaargemaakt.

Opeens vielen zijn handen stil, hij liet ze naast zijn lichaam hangen. Het waren de handen van een lezer, van een redacteur, met afgebeten nagels, een blauwe inktvlek op de linkerduim en nog een vlek op de ringvinger. Zijn gouden trouwring droeg hij nog, het laatste glanzende symbool van de hoop die hij eens voor zichzelf had gekoesterd.

Hij schraapte zijn keel. 'Een mooi appartement,' zei hij. Hij knikte zwakjes terwijl hij naar zijn voeten staarde. 'Een thuis.'

Voor ons beiden een geruststellend oordeel; maar op zijn gezicht was een melancholieke uitdrukking verschenen. Zonder te weten waarom was ik er zeker van dat hij aan mijn moeder dacht.

Op dat moment bespeurde ik, diep onder in de schacht, de eerste klanken van een naderende lift.

'Al haar boeken,' mompelde hij met neergeslagen ogen. 'Haar platen, haar hoeden, haar paraplu's...' Hij schudde zijn hoofd in machteloos ongeloof. 'Waarom heeft ze zoveel achtergelaten? Dat kan ik niet begrijpen.'

'Pap, alsjeblieft.'

Hij keek op. Zijn lichte ogen staarden nog steeds met een wazige blik naar een punt in de verte, namelijk het ondoorgrondelijke hart van een ander. Hij kon niet begrijpen dat hij haar ondanks al zijn liefde niet had behouden. In een impuls pakte ik zijn hand. Bij mijn aanraking werd zijn blik weer scherper, en tegelijk lieten zijn hardnekkige herinneringen hem los en keerde hij terug naar het hier en nu, en naar mij.

De lift arriveerde. Ik kuste hem op zijn wang, omhelsde hem extra lang en liet hem weer los. Toen stapte hij in de fel verlichte cabine en sloten de deuren zich voor hem.

Ze was in de badkamer, waar ik haar niet kon zien. De deur was open en de kraan liep. Het geluid van het vallende water werd met tussenpozen onderbroken door het gespat en gespetter van haar handen.

In de aangrenzende kamer zat ik op de rand van het bed, met een schoen in mijn hand. De andere schoen zat nog aan mijn voet. Ze zei iets, maar vanwege het water kon ik alleen een vaag geprevel van haar van nature zachte stem onderscheiden. Toen ging de kraan uit en verscheen ze in een witte peignoir. Ze droogde haar gezicht af met een handdoek.

'Hoorde je wat ik zei?' vroeg ze luchtig.

'Nee,' zei ik.

'Was het vanavond anders voor je dan andere keren dat je vriendinnen aan je vader voorstelde? Of was het net zo?'

'Er zijn nooit andere keren geweest.'

Ze kreeg een ontnuchterde, ongelovige blik in haar ogen. Maar het was de waarheid: ik had Claire nooit aan mijn vader voorgesteld; en van de anderen was er niet één belangrijk genoeg geweest. Ik boog me voorover om mijn schoenveters los te maken.

Ze liep voor me langs, met een wolk citroenverbena-geur van haar Franse zeep achter zich aan, ging naar haar kant van het bed en haalde het witte katoenen nachthemd onder haar kussen vandaan dat ze daar die ochtend opgevouwen had neergelegd. Met haar rug naar me toegekeerd liet ze de peignoir op het bed vallen. Haar ongerepte naaktheid bracht iets bloemachtigs fris in de kamer, en ik ging rechtop zitten. Vervolgens liet ze, met een snelle, geoefende beweging haar nachthemd over haar hoofd glijden en bedekte zichzelf.

Ik had mijn tweede schoen uitgetrokken. Ik stond op en zette het paar op de grond tegen de muur klaar voor de volgende dag.

'Ben je dan nooit verliefd geweest?'

Ik draaide me om. Laura keek me aan met een intens kwetsbare blik die ik nooit eerder bij haar had gezien en die onmiddellijk alle luchtigheid deed verdwijnen waarmee het gesprek was begonnen.

Dit was onontgonnen terrein voor ons. We waren allebei gesloten over onszelf, en hadden elkaar voor we gingen samenwonen minder beloften gedaan dan de meeste stellen en elkaar ook weinig indringende vragen gesteld.

'Eén keer,' zei ik.

'En wanneer was dat dan?'

'Toen ik aan Harvard studeerde.'

'Hoe heette ze?'

Ik gaf niet meteen antwoord, en Laura's doordringende blik liet me geen moment los.

'Ze heette Claire Marvel,' zei ik.

Een enkel, traag knikje, alsof de naam iets voor haar betekende.

'Hoe zag ze eruit?'

Ik schudde mijn hoofd.

'Was ze mooi?'

'Ja.'

'Hoe lang zijn jullie bij elkaar geweest?'

'Niet lang. Het grootste deel van de tijd waren we met elkaar bevriend.'

'Maar je hield van haar.'

Ik zweeg even. 'Ja. Ik hield van haar.'

'Hoe is het afgelopen? Als het al is afgelopen.'

'Het is afgelopen, Laura. Ze is met een ander getrouwd.'

'Hou je nog van haar?'

'Hoe kun je dat zelfs maar vragen?'

Haar stem kreeg een hardere klank. 'Hou je nog van haar, Julian?'

'Nee,' zei ik. 'Nee.'

Er verstreken enkele ogenblikken. Laura sloeg haar ogen neer. Vervolgens plofte ze op het bed neer alsof ze buiten adem was.

Op gedesillusioneerde toon zei ze, terwijl ze met haar hand doelloos het dekbed gladstreek: 'Ik denk dat ik hier eens goed over na moet denken.'

'Je hoeft nergens over na te denken,' zei ik. 'Ik ben nu bij jou. Wij zijn bij elkaar.'

'Het is aardig dat je dat zegt, Julian. Het is vol van goede bedoelingen. Maar ik weet nog niet zo zeker of ik dat ook in je stem heb gehoord.'

Ze kroop onder het dekbed. Ze draaide zich op haar zij, van mij af, en trok haar knieën op totdat haar lichaam onder het dekbed klein en nauwelijks zichtbaar was, niet groter dan een klein meisje.

Ze sloot haar ogen. 'Zou je het licht uit willen doen?'

Ik deed wat ze vroeg; het licht ging uit. En ik zat met mijn ogen te knipperen, bijna in paniek. In het oneindige donker kwam de kamer me niet langer vertrouwd voor. Ik kon haar zelfs niet terugvinden.

'Laura.'

Ze antwoordde niet.

'Laura, ik hou van je.'

Ik wachtte, maar er kwam geen antwoord. Alleen haar stilzwijgen als een grote, trage druppel. Ze ademde maar ik kon haar niet horen; ze lag te luisteren. Opeens was ik bijna in tranen, en in het donker zocht ik op de tast naar de deur.

Een geluid hield me tegen: haar hand die het dekbed optilde. Toen klonk op fluistertoon: 'Schat, kom in bed.'

Midden in de nacht, terwijl ik slapeloos naast haar lag, had ik een visioen.

Het was een visioen van dingen die begonnen en eindigden; een enorm, ragfijn web van met elkaar vervlochten verwachtingen dat hele werelden omvatte, waaronder de mijne.

Een visioen van wat in het verschiet lag, tot een bepaald punt.

Op een frisse, onbewolkte najaarsdag, op een bankje bij het hondenweitje in Riverside Park, zou ik Laura ten huwelijk vragen. En ze zou ja zeggen.

Op een warme, heldere dag in het daaropvolgende voorjaar, op het gazon achter het huis van haar ouders in Westchester, zou ik, met mijn vader als getuige, onder een *choppe* zo rond als de zon een glas breken, waarna wij getrouwd zouden zijn.

Daarna kus ik mijn vrouw, wier glimlach op deze dag een wattage heeft dat helemaal nieuw voor me is; ze gloeit letterlijk. Ik kus haar opnieuw. En later, na het aansnijden van de taart, als het dansen al begonnen is en ik niet zonder problemen aan haar verontwaardigde oudtante aan moederskant uitleg dat ik nooit in Israël ben geweest en nooit voet in een kibboets heb gezet, verschijnt Laura. 'Neem me niet kwalijk, ik heb hem eventjes nodig,' zegt ze en ze trekt me mee naar buiten door de zijkant van de enorme tent, het gazon over, langs het zwembad, het huis in, de trap op en de overloop over naar de hoekkamer die altijd van haar is geweest.

De deur gaat achter ons dicht; voor het eerst zijn we alleen met elkaar als man en vrouw. En ik ben me ervan bewust dat ze alles wat ze als kind heeft gedaan, hier heeft gedaan; alles wat ze heeft gedacht, heeft ze hier gedacht. Mijn vrouw. Ik weet niet wat deze persoonlijke geschiedenis betekent of wat voor gevolgen hij zal hebben, maar opeens ervaar ik het immense, onvoorstelbare gewicht ervan en besef ik dat hij vandaag voor ons verdere leven aan mij is toevertrouwd.

'Ik wou dit samen met jou bekijken,' zegt Laura, en ze leidt me naar het raam.

Onder ons staat de tent. De doeken zijn opgerold en we kunnen de muziek naar buiten horen stromen en het helverlichte interieur in kijken, waar iedereen uit ons gedeelde leven danst op de muziek van een middelmatige bruiloftsband en onze vrienden en familieleden elkaar omhelzen, in elkaars oren prevelen, grapjes tegen elkaar maken, het glas heffen en onze verbintenis vieren, ook al bevinden wij ons op dit ogenblik niet in hun midden. En terwijl ik toekijk glimlach ik. Het is mooi, onschuldig, genereus, vriendelijk en boven alles hoopvol, en bij dit beeld lijken Laura en ik tijdelijk twee engelen, die deze zeldzame kans hebben gekregen om hun voorspoed op aarde te aanschouwen.

Onder de gasten is David Glassman, intussen acht centimeter langer en eerstejaars op Swarthmore. Hij lijkt een beetje minder verlegen, hij is wat meer zichzelf geworden – op een gegeven moment wordt hij zelfs op de dansvloer gesignaleerd onder 'Signed, Sealed, Delivered' van Stevie Wonder...

Vervolgens slaat het visioen om en keert de tijd op zijn schreden terug; het is nu veel eerder, het is pas een maand later, en David is geslaagd voor het eindexamen op de Cochrane School. Met een gevoel van trots in mijn borstkas kijk ik toe hoe hij zijn diploma krijgt uitgereikt, alsmede de prijs voor het beste opstel. Wanneer zijn naam wordt afgeroepen applaudisseer ik zo hard als was ik een oom van hem. En wanneer hij na afloop op de receptie zijn ouders, die nog nauwelijks een woord met elkaar wisselen, aan mij voorstelt, schud ik hun de hand en vertel hun wat een intelligente, voortreffelijke zoon ze hebben, en hoe bevoorrecht ik me voel dat ik les aan hem heb mogen geven. Mijn keel schiet vol, en een ogenblik lang kan ik niets zeggen van ontroering...

Dan slaat het visioen nog eens om – het is tenslotte maar een visioen en niet het ware leven – en is de receptie voorbij. De galmende hal is leeg, iedereen is weg. Maar het gevoel is gebleven, al die hoop vermengd met al dat verdriet, een fragiel net van alle verlangens van vroeger en nu...

Toen werd ik moe, en uiteindelijk viel ik in slaap.

DEEL VIER

I

Ik zou u kunnen vertellen dat we een goed huwelijk hadden. Ik zou u kunnen vertellen dat Laura en ik acht en een half jaar meer dan alleen elkaars vreedzame kameraden waren. Ik zou u kunnen vertellen dat we man en vrouw waren, dat we samen een leven deelden met boeken, eten, muziek, theater, vrienden en rustige avonden. Dat we elke dag met elkaar praatten, dat we elkaar verhalen vertelden, dingen aan elkaar uitlegden en met elkaar bediscussieerden, elkaar raad gaven en elkaar troostten – in een milde atmosfeer. Dat we zelden erge ruzies of serieuze klachten over elkaar hadden. Dat we elkaar 's nachts met steeds bedrevener en begripvoller hand streelden. Dat liefde en vertrouwen onze valuta, ons spaargeld en onze goudreserve vormden, het wezen van alles wat we samen tot stand hadden gebracht, en dat we die tot het einde toe geen van beiden met opzet verkwistten.

Het zou allemaal waar zijn.

Ik zou u kunnen vertellen dat we na bijna zeven jaar huwelijk besloten te proberen een kind te verwekken. Dat Laura toen negenendertig was en ik achtendertig, en dat we het er al jaren over hadden gehad, maar het steeds hadden uitgesteld vanwege ons werk, vooral dat van Laura. Dat in die bewuste jaren, waarin de meesten van onze vrienden links en rechts kinderen kregen, Laura drie keer promotie maakte op het Lincoln Center en uiteindelijk werd benoemd tot directrice van de verkoopbevordering. Toen pas, zo zei ze, had ze het gevoel dat ze het had verdiend om een jaar vrij te nemen en een kind te krijgen. Van dat moment af keek ze met kalme, maar niet aflatende passie uit naar het moederschap.

Ik zou u kunnen vertellen dat ik uiteindelijk op mijn manier volstrekt niet minder sterk naar een kind ging verlangen dan Laura. Het duurde alleen langer voor ik erachter was. Omringd als ik voortdurend was door tienerjongens, die ik lesgaf, vragen stelde en tot de volwassenen van de toekomst moest vormen, sleet ik mijn dagen in een oefenruimte voor het vaderschap. Die jongens waren kinderen. Ze kwamen uit alle mogelijke milieus en gezinnen. Hun individuele behoeften verschilden niet minder dan hun namen, hun gezichten en de manieren waarop ze lachten. Sommige leerlingen hadden het hart op de tong, terwijl andere gesloten waren. Voor ieder van hen moest er een geheim wachtwoord bestaan, alleen moest ik het wel kunnen achterhalen.

Ik zou u kunnen vertellen dat David Glassman allang in andere sferen verkeerde. Hij was toentertijd bezig voor zijn doctoraal in de geschiedenis aan de University of Chicago. Geregeld kreeg ik een e-mail van hem. Het ging goed met hem, hij woonde samen met een vriendin. Het studieprogramma was goed – maar het onderwijs, merkte hij vriendelijk op, kon qua inspiratie nog niet tippen aan het niveau dat hem nog zo levendig voor de geest stond uit zijn tijd op Cochrane. Zijn ouders waren allebei hertrouwd; hij had nu een halfzusje van drie en een half. 'Dit is blijkbaar het moderne gezin,' had hij droogjes in zijn laatste mailtje geschreven. 'En in mijn geval doet dat je nog een keer extra nadenken over de hele idee van de menselijke vooruitgang.'

Op de plaats die David in mijn leven had ingenomen was een kwijnend gevoel overgebleven, een behoefte om te zorgen, te onderrichten en te behoeden die te diep lag om alleen te kunnen worden verklaard als een reactie; het was, ging ik geleidelijk bevroeden, iets biologisch, misschien zelfs iets spiritueels.

En dus zou ik u kunnen vertellen dat toen Laura en ik eindelijk pogingen deden om een kind te verwekken, dat oprecht, zonder reserves en hoopvol gebeurde. We sloegen er boeken op na, hielden ons aan de kalender, namen vijf keer per dag haar temperatuur op en gaven het gebruik van alcohol en koffie op.

De dagen werden bepaald door een reeks fysiologische signalen die moesten worden geïnterpreteerd en waarnaar moest worden gehandeld; het menselijk lichaam bleek tegelijk primitiever en mysterieuzer dan ik had kunnen denken. Evengoed was het de baas en bracht het via mijn vrouw zijn weinig sentimentele eisen over. Meer dan eens werd ik op lunchtijd op mijn werkkamer gebeld met de opdracht om het thuis zogezegd te komen opstarten. Wat ik uiteraard ook deed.

Gezamenlijk en ieder apart richtten we onze blik op de toekomst.

Ik zou u verder kunnen vertellen dat toen, na anderhalf jaar proberen, Laura nog steeds niet zwanger was, we met toenemende angst een vruchtbaarheidsspecialist raadpleegden. Er werden onderzoeken gedaan. Na een week van gespannen afwachten, kwamen de uitslagen: de hoeveelheden ei- en zaadcellen leken allebei normaal, verzekerde de dokter ons. We moesten gewoon volhouden. Soms duurde het een flinke tijd, zeker op onze 'gevorderde' leeftijd.

Die dag gingen Laura en ik zonder het te bespreken naar huis terug en vervolgens direct naar de slaapkamer. We gingen vrijen, het nog eens proberen. Het zou ook dit keer niet lukken, maar dat konden we niet weten. Het proberen telde nu, zo had de dokter ons bemoedigd.

Wat we volgens mij die dag allebei op onze eigen manier ervoeren, was dankbaarheid. We hadden respijt gekregen. Nee, meer nog: terwijl ik bij de dokter in de wachtkamer in angst zat voor het onweerlegbare bewijs van de onderzoeksresultaten, had mijn verlangen om vader te worden – om boven mezelf uit te groeien – zich eindelijk aan me geopenbaard. Hier, in de kans die bijna verloren leek, lagen de kiemen voor het leven dat ik altijd had gewild en niet had geleefd.

2

In december 1998 stond ik een kwartier voor de aanvang van James Levines all-starproductie van *De bruiloft van Figaro* in het Metropolitan Opera House boven een fonteintje van geruwd aluminium. Een premièrepubliek in goeden doen vulde de corridor. Men converseerde op gedempte maar opgewonden toon en schreed met bovennatuurlijke kalmte over het dikke karmozijnrode tapijt. Laura was vooruitgegaan naar onze plaatsen. Ik stapte bij het fonteintje vandaan en net toen ik een lelijke watervlek op mijn nieuwe zijden das ontdekte, mompelde een man achter me op sarcastische toon: 'Nou, nou.'

Door het beklemde gevoel in mijn hart wist ik wie het was. Ik draaide me om.

In avondkleding gestoken oogde Carl Davis imposanter en zelfverzekerder dan ik me hem herinnerde. Met het voortschrijden van de jaren leek zijn vorstelijke attitude zo mogelijk alleen maar sterker te zijn geworden. Hij was lang en nog altijd knap, met zijn ogen die zo hard hemelsblauw waren dat ze achter zijn randloze bril schitterden als stukjes bevroren lucht. Met zijn zilvergrijze kop leek hij nu werkelijk op een ontembare leeuw; zelfs zes jaar presidentschap van Clinton hadden de straling van zijn Republikeinse ster niet verzwakt. Misschien kwam het door de comeback van Kissinger: een man die voortdurend op perverse wijze in de publieke opinie werd opgehemeld, niet ondanks maar dankzij zijn morele tekortkomingen.

'Hoe lang is dat geleden, Julian?' vroeg hij met dezelfde bijtende maar verfijnde stem, retorisch als altijd.

'Elf jaar,' antwoordde ik kil en zonder aarzeling. En zelfs al toen ik die woorden uitsprak riepen ze het simpele, onthutsende bewustzijn bij me op dat als Davis hier stond, Claire er naar alle waarschijnlijkheid ook was. Misschien bevond ze zich binnen mijn gezichtsveld. Misschien kwam ze op dit moment zelfs naar me toe. Mijn hart begon te bonzen, en ik zocht met mijn blik de corridor af of ik een glimp van haar kon opvangen.

'Elf jaar,' herhaalde Davis op bestudeerd trage toon. Zijn stentorstem attendeerde me weer op hem – net zoals zijn eigen blik met de onfeilbare precisie van een sluipschutter op mijn met water bespatte das viel. Er verscheen een klein, afstandelijk lachje om zijn lippen. 'En wat brengt jou hier?'

'Mozart.'

'Nog altijd de gevatte jongen, zie ik.'

'Je herinnert het je verkeerd, Carl. Ik ben nooit een gevatte jongen geweest. Dat was mijn probleem.'

De glimlach verdween, de ogen leken donkerder te worden.

'En wat is er van je geworden, Julian?' vroeg hij op harde toon. 'Charlie Dixon zegt dat je van de aardbodem bent verdwenen.'

'Ik denk niet dat Dixon vaak Cambridge uit komt.'

'Die vriendelijke woorden zal ik zeker aan hem doorgeven.'

'Ik heb in New York gezeten, Carl. Al die tijd. Ik ben docent.'

'Docent? Werkelijk? En waar dan wel?'

'Aan de Cochrane School.'

'De Cochrane School?' Bij dit nieuwtje kwam er een zelfgenoegzame tevredenheid over hem, die zijn mond tegelijk verzachtte en wreder maakte. Het was de uitdrukking van een zelfvoldane *winner*, en ik wilde hem van zijn gezicht af slaan. 'Lijkt me zeer de moeite waard,' merkte hij op, en de minachting droop ervan af.

'Dat is het ook.'

Toen beet ik op mijn tong; dit leidde tot niets. Kwaad, bezorgd en hoopvol keerde ik me naar de mensen die in rijen langskwamen en door de lange, afhellende gangen naar hun plaatsen liepen. Vervolgens veranderde hij van houding als een bokser die de wedstrijd al in zijn zak heeft maar nog één rake klap wil uitdelen.

‘Nou,’ zei hij, en er klonk iets zeer autoritairs in zijn stem door (dat er altijd al was geweest, bedacht ik), ‘daarmee is het allemaal wel gezegd. Het heeft geen zin om door te gaan op teleurstellingen van vroeger.’ Hij zweeg even, tilde met een beslist gebaar zijn bril op en zette hem weer op zijn neus. ‘Ik zal in elk geval mijn vrouw de groeten van je doen.’

‘Doe dat.’

Toen liep hij weg. Ik keek zijn lange gestalte met de zilvergrijze haardos ingespannen na totdat hij, te vlug, werd opgeslokt door de menigte. Zij was nergens te bekennen.

Enkele ogenblikken bleef ik staan waar ik stond, in een woelige zee van vreemdelingen. Ik kon de gedachte niet onderdrukken dat Davis er zelfs hier, onder mensen zoals hijzelf, uitsprong als een koning – wat op de een of andere manier paste bij de optocht van bedaarde, chic geklede mensen, het gedempte stemmen van de instrumenten in de orkestbak en het weelderige tapijt dat iedereen die zo bevoorrecht was erover te mogen lopen, de geluidloze tred der gekroonde hoofden verleende.

In een verdwaasde toestand keerde ik naar onze zitplaatsen terug. Laura zat in haar programma te bladeren. Ze vroeg me waar ik al die tijd was geweest – maar op dat moment gingen de lichten uit en viel het publiek stil, en ik gebruikte dat als excuus om haar geen antwoord te hoeven geven.

Met een onhoorbaar gebaar van Levines dirigeerstokje begon de muziek. De Prelude. Die bevatte het instrumentale refrein van de hele opera, dat opnieuw te horen was in het tweede bedrijf, het derde bedrijf en de finale; en in je hoofd wanneer je door de sneeuw naar huis liep of in bad lag weg te dromen; wanneer je je de komende weken krabde, je schoor of een glas wijn dronk en wanneer je met je vrouw lag te vrijen – die uitbundige, komische, bitterzoete, absurde, liefdesdronken snoeren van eenvoudige noten, die op deze wijze en met dit hogere doel verweven, een gobelin van gewaarwordingen met eeuwigheidswaarde vormden.

Ik keek naar Laura. Van deze opera hield ze gevoelsmatig het meest. Ze kon hele stukken uit Da Pontes libretto uit haar hoofd in het Italiaans voordragen, was vertrouwd met de intrige, de timing, het kwikzilverachtige opkomen en afgaan, en het verstoppertje spelen van de personages. Ze zat op het puntje van haar stoel ingespannen te luisteren met haar ogen op het toneel gefixeerd, in afwachting van het opengaan van de goudkleurige gordijnen – als iemand die op het punt staat een cadeau uit te pakken.

Toen gebeurde het. Het gordijn opende zich. Ik keek eerst naar Laura en toen naar het toneel. De tijd viel weg en ging op in muziek en verhaal: *een schaars gemeubileerd vertrek, met een gemakkelijke stoel in het midden. Figaro met een meetlint in zijn hand, Susanna past voor de spiegel een met een bloemmotief versierde hoed. Figaro somt getallen op: vijf... tien... twintig... dertig... zesendertig... drieënveertig. Susanna zegt dat de kamer niet geschikt is om de liefde in te bedrijven, wanneer de graaf in het naburig vertrek klaar staat om binnen te vallen. Figaro zingt zijn plan om de graaf tegen te houden...* Het was een farce, het was een tragedie. De kostuums en de vermommingen, de ondoordachte boodschappen, het chronisch gebrek aan inzicht, de elkaar toeroepende stemmen, de misverstanden en abusievelijke herkenningen, de gebroken harten die zeker zullen helen. De dwaze graaf die wil dat zijn vrouw een ander is.

Toen kon ik mijn aandacht er niet meer bij houden en belandde ik weer in de realiteit zoals een jongen die van zijn fiets valt. Ik raakte de draad van de muziek en het verhaal kwijt. Alsof mijn gehoor plotseling uitviel en mijn blik zich, verblind door de toneelverlichting, naar binnen keerde, naar de verblijfplaats van mijn diepste en ondoordringbaarste gedachten, en spoedig alleen nog zag wat daar werd uitgebeeld. En dat waren niet deze gekostumeerde personages. En evenmin mijn vrouw, van wie ik hield, die hier naast me zat en geluidloos de tekst meezong.

Claire is hier, dacht ik. Ze is hier, ergens vlakbij, ze zit ook hier in het donker.

3

Ik stond op toen het zaallicht aanging voor de pauze. Er weerklonk nog verspreid applaus toen ik mijn overjas van de stoelleuning pakte. Laura keek me vragend aan, en ik mompelde dat ik me niet lekker voelde. Ik had een benauwd gevoel op mijn borst en mijn gezicht gloeide. Ik had koele, frisse lucht nodig, de ontnuchterende inwerking van het weer waardoor alle herinneringen en gevoelens uit mijn hoofd zouden worden verdreven.

'Ik ga wel met je mee,' bood Laura aan en ze pakte ook haar jas.

Ik baande me langzaam door de roezemoezende menigte een weg over het gangpad naar boven, met Laura achter me aan. We bereikten de al volgelopen corridor en toen ik me door de stroming heen naar de trap toe werkte, hoorde ik dat Laura mijn naam riep. Ik keek om en zag haar naast de voortschuifelende menigte staan met een verzorgd ogende, goedgeklede man van in de vijftig. Ze gebaarde me naar hen toe te komen.

'Ken je Colin Weeks nog?' vroeg ze toen ik me bij hen voegde.

Ik bekeek de man.

'Colin nam jaren geleden de gok om mij in dienst te nemen,' zei Laura.

'Dat was nauwelijks een gok te noemen,' merkte Weeks vrolijk tegen mij op. 'En het kan ook niet zo lang geleden zijn geweest – Laura ziet er nog steeds uit als iemand van vijfentwintig. Hallo Julian, Colin Weeks. We hebben elkaar meen ik vorig jaar bij Amanda Baird al eens ontmoet.'

Ik kon me hem niet herinneren. Hij had zijn hand uitgestoken en ik drukte die. Vervolgens vroeg hij beleefd of ik van de voorstelling genoot. Op die vraag gaf ik een zo kort en onzinnig antwoord dat er een ongemakkelijke pauze op volgde, een zak dode lucht die Laura trachtte op te vullen met de opmerking dat naar haar idee Bartoli's mezzosopraan de zaal gemakkelijk aankon. Waarop Weeks peinzend antwoordde dat Bartoli over een schitterende stem beschikte, daarover kon geen twijfel bestaan, maar dat het wat hem betrof nog geen uitgemaakte zaak was of die stem voldoende bereik had voor de opera.

Ik mompelde een excuus en liep weg terwijl zij verder praatten. Ik ging de brede, bochtige trap af. Toen ik de glazen deuren naar de plaza openduwde sloeg een vlaag ijskoude lucht me in het gezicht; direct begonnen mijn wangen te prikken en mijn ogen te tranen. Dicht in de buurt stond een stel operafanaten bij elkaar, voor affiches van toekomstige producties. Ik liep hen voorbij, knoopte mijn jas dicht en zette mijn kraag op. Voor me lag de fontein, met een verlichting die niet onderdeed voor welk monument in Parijs dan ook. Soms speelde er op milde zomeravonden een jazzband ballroom- en swingmelodieën, en dansten er paartjes van alle leeftijden onder sterren die ze niet konden zien. Laura had me er nooit toe kunnen overhalen dat ook te doen. Ik was geen danser, had ik haar verschillende keren uitgelegd; ik had zelfs op onze bruiloft niet gedanst.

De plaza was nu bijna leeg. Ik kwam bij de fontein. Als ik mijn hoofd op een bepaalde manier hield was het water goedkoop blauw, zoals in een zwembad; als ik het op een andere manier hield was het goudkleurig. Mijn adem verdampte in de avondlucht. Door de zware stenen plavuizen en de zolen van mijn beste paar schoenen heen trok de kou in me op. De fontein stroomde en sproeide en vormde een nevel waarin het licht een regenboog deed ontstaan. Rond de fontein was, op de punten waar het water op het steen had gespat, de blauwige glans zichtbaar van plassen ter grootte van een hand, bedekt met dunne laagjes ijs. Ik herinnerde me hoe ik eens in een ander land had gedanst. Hoe traag we ons hadden bewogen. Ik kon elk nummer op die plaat opnoemen, en de volgorde van de nummers, hoewel ik hem sindsdien niet meer had beluisterd. Ik herinnerde me hoe het net was geweest of haar hoofd mijn schouder ondersteunde, in plaats van andersom. Hoe ik naar ons spiegelbeeld in het vensterglas had gekeken en ons samen had zien bewegen, zwevend op het glas. Het beeld was korrelig van het stof, maar lichtte van binnenuit op alsof wij twee spoken waren.

Ik draaide me om, en daar was de Met – hectares goudkleurig verlicht glas. Het licht viel tot ver over de plaza. En in het licht stond nu een vertrouwd silhouet.

Claire kwam naar voren, weg van het licht, haar hakken tikten op het koude steen. Bij elke stap werd ze minder schimmig. En met mijn hart begeleidde ik haar, en mijn gevoel besteeg een ladder die lang niet was gebruikt, als iets wat vergeten op een zolder lag weggeborgen. Eerst kwam, als een geestverschijning, haar bleke gezicht. Vervolgens kwam haar blanke hals, die verdween in de diepten van een zwarte overjas. Haar haren waren nog even lang als altijd en vielen over haar rug. Haar blik bleef voortdurend op mijn gezicht rusten. Ze kwam op me toe en bleef voor me staan. De afstand tussen ons bedroeg nu, na elf jaar, nog maar een meter.

'Waar beginnen we?' vroeg ze op kalme toon.

Mijn mond was zo droog dat ik niet kon praten, en ik schudde mijn hoofd.

'Betekent dat dat we niet beginnen? Of dat je geen idee hebt waar je moet beginnen?'

'Ik weet niet wat het betekent.' Mijn stem klonk me schor en zwak in de oren.

'En jij niet alleen.' Ze fronste haar voorhoofd, alsof ze niet gelukkig was over die woorden. Haar nervositeit leek eerder groter dan kleiner te worden.

'Het is goed,' zei ik. En daarop zei het ik het nog eens.

Mijn woorden leken haar te kalmeren. We stonden elkaar aan te kijken, en onze ademwolkjes waren als kleine rooksignalen die ontstonden en weer oplosten in de lucht tussen ons in. Toen deed ze een nieuwe poging.

'Hij zei dat je leraar bent. Waar geef je les in?'

'Ik geef les op een middelbare school. In politicologie en geschiedenis.'

'Bevalt het je?'

'Ja.'

'Dan ben ik blij voor je.' Haar stem klonk zacht en gelijkmatig, maar haar ogen glinsterden – misschien waren het tranen, misschien licht dat werd gereflecteerd door de fontein achter me. 'Ben je getrouwd?' vroeg ze.

'Ja,' zei ik.

Ik keek toe hoe ze dat opnam; ze kromp in elkaar.

'Heb je kinderen?'

'Nee,' zei ik aarzelend. 'Nog niet.'

'Wil je...'

'Ik denk dat we met mij nu wel klaar zijn.'

Voor het eerst glimlachte ze. 'O nee,' zei ze, en haar oude ironie flitste even op. 'Met jou zijn we nooit klaar.'

We glimlachten elkaar toe. En vervolgens, na een poosje, wendden we onze blikken af.

'En nu jij,' zei ik.

'Ik?' reageerde ze afwijzend. 'Ik ben weer gaan studeren en heb mijn graad gehaald.'

'Goed van je.'

'Ik ben weer gaan studeren en heb Burne-Jones naar mijn beste kunnen doen herleven,' zei ze, en haar toon werd met elk woord somberder. 'Je probeert de mensen te laten zien wat schoonheid is, dat het meer leeft dan wijzelf, dat het het beste van ons is. Je wilt als een soort profeet het evangelie uitdragen. Maar na een tijdje krijg je het gevoel dat je in het niets staat te schreeuwen. Je krijgt het zekere gevoel dat er toch niemand luistert.' Ze wuifde met haar hand, en toen was ze klaar met zichzelf. '*C'est tout.*'

'Daar had je je redenen voor.'

'Weet ik veel. Huisvrouw zijn is een reden van niks.'

'Je bent ook moeder.'

Zoals de woorden mijn mond uitkwamen klonken ze redelijk en niet speciaal verbitterd. Ik was bijna trots dat ik mezelf ertoe had gebracht ze uit te spreken, alsof ik daarmee eindelijk bewees dat ik niet in het verleden was blijven steken.

Maar toen zag ik wat voor uitwerking mijn woorden op haar hadden: ze was roerloos, haar gezicht stond uitdrukkingsloos.

'Ik ben geen moeder,' zei ze bedaard.

Ik staarde haar aan, mijn hart voelde als een vogel die de lucht uit was gesleurd.

'Ik heb de eerste keer een miskraam gekregen,' vervolgde ze op dezelfde bedaarde toon. 'En daarna nog twee.'

'Dat heb je mij nooit verteld.'

Ze schudde haar hoofd alsof ze aan zaken uit het verleden niets meer kon doen, maar zei niets.

Ik keerde me van haar af. Vanuit mijn ooghoek leek de fontein op een vlammende brandstapel. Ik probeerde diep adem te halen, maar leek niet genoeg lucht te kunnen krijgen.

Ik keerde me weer naar haar toe en zag dat de glinstering in haar ogen terug was gekomen; ze probeerde die met haar hand weg te wissen. Toch vielen er geluidloos een paar tranen, die lichtreflecties opvingen en haar gezicht beschilderden met bleke veegjes kleur. Op bedroefde toon zei ze: 'Ik had je al te erg gekwetst. Ik moest je wel laten gaan.'

Ik stak mijn hand op om haar tot zwijgen te manen. Ik kon het niet meer verdragen. Haar mond ging open maar ze bracht geen geluid voort, en vervolgens bedekte ze haar mond met haar hand, alsof ze zo de gedachten die ze op het punt stond te gaan uitspreken, een halt wilde toeroepen.

'Ik moet gaan,' zei ik. 'Mijn vrouw zit op me te wachten.'

Haar kin kwam omhoog. Haar tranen stroomden nu onbelemmerd. Ik sloeg mijn ogen neer en liep langs haar heen naar het operagebouw.

Vier maanden later was ze dood.

4

Het was tien uur op een ochtend in april. Laura was een uur eerder naar haar werk gegaan. Ik zat aan de eettafel in de *New York Times* te lezen toen de intercom begon te zoemen en de portier meedeelde dat Kate Daniels in de lobby stond.

Ik aarzelde een ogenblik terwijl mijn hersenen de naam van Claires oude kamergenote probeerden te plaatsen, die ik in geen twaalf jaar had gezien. Maar alleen een ogenblik: de flits van herkenning ging vergezeld van een duidelijk beeld van Kates sterke gezicht en chloorgebleekte haar, en vervolgens van de eens zo vertrouwde klank van haar hese stem.

Ze stapte de lift uit, draaide zich om en zag mij aan het eind van de gang staan. We keken elkaar aan. Er verscheen een ongemakkelijke glimlach op haar gezicht – de uitdrukking van iemand die vastbesloten is van de hoge te duiken en er enthousiast bij probeert te kijken – die vervolgens weer verdween. Ze schudde haar hoofd en vermande zichzelf.

'Ik had eerst moeten bellen.'

Ik zei haar dat het niet erg was. Ze liep de gang door en we omhelsden elkaar. Haar haren waren kort en al grijs, haar lichaam was slanker en minder uitgesproken atletisch dan in mijn herinnering, maar nog goed in vorm. Terwijl ze de deur in stapte bleef ze even staan om mij nog eens zorgvuldig op te nemen.

'Je ziet er goed uit, Julian. Een beetje mager misschien, maar goed.'

Ik liet haar in de huiskamer achter en ging naar de keuken om koffie te halen. Toen ik haar inschonk en mijn eigen mok opnieuw vulde, stak een treurig gevoel van onbehagen de kop bij me op: ergens in de winter hadden Laura en ik, zonder het ooit te bespreken, de adviezen van de boekjes over hoe je zwanger moest worden aan onze laars gelapt, ook al probeerden we ogenschijnlijk nog een kind te verwekken. We hadden over twee weken een afspraak met een nieuwe vruchtbaarheidsspecialist staan. Maar we dronken weer wijn en koffie, Laura nam niet meer regelmatig haar lichaamstemperatuur op, en onze vrijfrequentie was teruggezakt tot nauwelijks meer dan één keer per week.

Ik liep met de mokken door de gang naar de huiskamer terug. Kate stond met haar hoofd omlaag bij het raam, diep in gedachten verzonken. Toen ze opkeek sprak uit haar onverholen gelaatsuitdrukking een mengsel van verdriet en ongerustheid dat ik niet begreep, maar dat de sfeer al begon te bepalen.

'Je vraagt je misschien af hoe ik kon weten dat je op een doordeweekse morgen thuis zou zijn,' zei ze.

Ik glimlachte en haalde mijn schouders op. 'Het is voorjaarsvakantie. Maar eerlijk gezegd zijn er een hoop dingen die ik me afvraag.'

'Ik kon het weten, want ik geef ook les. Op een openbare school in Betlehem in Pennsylvania. Mijn alma mater. Ik geef er maatschappijleer.'

'Hoe weet je dat ik lesgeef?'

Er viel een stilte. Ze keek me niet rechtstreeks maar schuins aan, nog half naar het raam toegekeerd. 'Van Claire.' Kate sloeg me gade. Toen ik bleef zwijgen ging ze verder: 'Uit een brief.'

'Hoe gaat het met haar?' vroeg ik, en zelf hoorde ik hoe mat mijn toon was.

Kate haalde diep adem en keerde zich naar me toe. 'Ze is dood.'

Ik hoorde haar eerst niet. Of misschien hoorde ik haar wel, maar voelde ik niets.

'Julian,' zei Kate voorzichtig, 'Claire heeft zelfmoord gepleegd.'

In mijn lichaam was niets merkbaar van wat ik besefte te hebben gehoord. Ik was volkomen ontregeld. Alsof haar woorden niet echt waren geweest, alsof het allemaal een spelletje was. Ik zat te wachten op de echte woorden, die de echte betekenis zouden overdragen. In de hoop dat ik dan iets zou voelen. En toen kwam het, bruut, bot en snel. In mijn maag vlamde misselijkheid op, en mijn gezicht werd koud.

'Ze zat in Frankrijk,' ging Kate onverbiddelijk verder. 'De politie heeft haar in een rivier gevonden, niet ver van het huis waar jullie samen hebben gezeten. Ze had spullen in haar zakken. Zware spullen. De Franse politie zegt dat ze zich heeft verdronken.'

'Wanneer?' hoorde ik mezelf zeggen.

Kate vermande zich. Haar blik, die neergeslagen was geweest toen ze sprak, zocht nu de mijne. 'Tien dagen geleden hebben ze haar lichaam gevonden. Ze woonde daar. Ze was vlak voor de kerst bij Carl weggegaan.'

Ze stopte, zichtbaar wachtend op een vraag, op een reactie. Maar ik was sprakeloos.

'Ik was waarschijnlijk de enige die wist waar ze zat,' vervolgde Kate. 'Ze schreef me afgelopen maand vanuit Frankrijk. Om je de waarheid te zeggen was ik verrast om iets van haar te horen. We hadden de laatste paar jaar niet veel contact meer. Niet omdat we het niet met elkaar konden vinden, maar meer omdat we uit elkaar waren gedreven. Carl en ik hadden problemen met elkaar. En toen kreeg ik zomaar opeens een brief van haar met dat adres er achterop. De Lot. Toen ik het zag dacht ik dat Carl en zij op vakantie waren. Ik herinnerde me dat jullie er samen heen waren geweest. En ik vond dat het niet goed was dat ze hem daar mee naartoe nam, ook al waren ze getrouwd. Ook al heb ik Carl nooit gemogen, ik werd er toch verdrietig van. Maar evengoed was ze met hem getrouwd, en ik heb een tijdlang mijn best gedaan om goede vriendinnen met haar te blijven.'

Ze zweeg weer en probeerde haar gedachten te ordenen.

'De brief was gedateerd op de achttiende maart. Hij was geschreven op dunne velletjes blauw luchtpostpapier, en daarvan had ze vijf kantjes bijna helemaal volgepend. Alleen al door de aanblik van haar handschrift moest ik glimlachen. Op dat moment had ik er nog geen idee van dat ze bij hem weg was gegaan en dat ze het land uit was. Toen las ik die brief. Hij was warm, maar vreemd zakelijk over wat er gebeurd was. Ze was vertrokken terwijl hij voor een van zijn reisjes in Washington zat. Ze pakte alles wat ze mee kon nemen in twee koffers en liet de rest achter. Ze heeft nooit omgekeken. Ze had zelfs geen briefje voor hem achtergelaten. Je zou bijna met hem te doen krijgen. In de brief schreef ze dat ze het niet had gepland, ze wist gewoon dat ze op moest stappen. De volgende morgen was ze al met de trein uit Parijs vertrokken. Die avond zat ze in een hotelletje in de Lot. Ze vond het huis waar jullie hebben gezeten, dat leegstond, en vijf dagen later was ze erin getrokken. Ze wist de eigenares op te sporen en haalde haar over om het aan haar te verhuren. Het was goedkoop omdat de verwarming weinig voorstelde. Ze bracht haar koffers erheen en na een paar weken werd ze ziek. Ze dacht dat ze alleen verkouden was en schonk er niet veel aandacht aan. Hoe dan ook, ze zat daar alleen, ze kende er niemand, ze wilde ook met niemand te maken hebben en kon bij niemand terecht. Het bleek dat ze longontsteking had. Ze schreef er in die brief niet veel over, alleen dat ze heel erg ziek was, dat het vijf weken had geduurd en dat de eigenares van het huis, die in de buurt woonde, erg goed voor haar was geweest. "Ze heeft me het leven gered," schreef ze woordelijk. "Ze heeft me het leven gered."'

Kates mond verstrakte en haar ogen knepen zich samen. 'Ach Jezus. Ik praat veel te veel over allerlei dingen die nu toch niks meer uitmaken.'

'Dat doen ze wel,' zei ik. 'Het is erg belangrijk voor me dat je verder vertelt.'

Onze blikken ontmoetten elkaar.

'Alsjeblieft.'

Ze haalde diep adem. 'Er valt niet veel meer te vertellen. Ze schreef die brief ongeveer zes weken na haar ziekte. Ze was er overheen, ze was op een nieuw punt in haar leven gekomen, al wist ze zelf misschien niet waar. Maar alles ging een beetje beter dan het gegaan was, en zeker niet slechter. Het was bijna lente. En ze had een vriendin, een soort vriendin, in de oude vrouw van wie ze het huis had gehuurd. Ze was eenzaam, maar vrij.'

Plotseling vertrok Kates gezicht zich van woede. 'Luister niet naar mij. Dat zijn niet haar woorden, maar de mijne en ik weet er verdomme helemaal niks van. Ik probeer weer eens haar voor jou te verklaren alsof ik een soort deskundige ben. De vorige keer deed ik dat ook al niet zo best, toch.'

'Je deed het uitstekend,' zei ik. 'Je was een goede vriendin voor haar. Dat ben je nog steeds.'

Ze haalde zwakjes haar schouders op, alsof ze uitgeput was.

'Vertel me de rest,' zei ik.

'Daarmee eindigde het zo ongeveer. Ze schreef dat Carl niet wist waar ze zat en dat ze ook niet wilde dat hij het zou weten. Of ik dus alsjeblieft niemand wilde vertellen dat ik wat van haar had gehoord en niemand haar adres wilde geven. Als ze kon zou ze weer schrijven. Het speet haar dat we zo lang geen contact hadden gehad, maar door haar fouten en doordat ze zo ongelukkig was, was ze zowat versteend. Ze hoopte dat ik haar kon vergeven. Ze hoopte dat iedereen haar kon vergeven. En toen alleen "liefs" en haar naam. En onder haar naam stond nog een laatste stuk over jou. Het was geen PS. Het stond helemaal op zichzelf onder aan het vel, zo'n beetje de enige tekst in die hele dicht op elkaar geschreven brief met een beetje ruimte eromheen, als een eilandje op het papier. Ze schreef dat je lesgaf in Manhattan en wilde weten of ik je misschien van tijd tot tijd zou willen opzoeken en haar daarover zou willen berichten. Maar alleen op voorwaarde dat ik zou beloven je niet te vertellen dat ik het voor haar deed.'

's Middags vertrok Kate weer. Ze nam de trein terug naar Pennsylvania, waar ze een appartement deelde met de vriendin die ze al jaren had. Die avond gaven haar ouders een groot diner, met al haar broers en hun vrouwen erbij. 'Marcy en ik zijn net zo'n stel als de andere,' verklaarde Kate droogjes. 'Alleen zijn we toevallig beter in sport.'

We stonden op de hoek van de straat, keken uit naar een taxi en praatten over alledaagse dingen. Drie uur lang hadden we in mijn huiskamer herinneringen aan Kate opgehaald. Want dat doe je met de doden: je wekt ze moment voor moment op, in de hoop dat eens hun geest zal huizen in het gebouw dat je optrekt; tegelijk weet je dat dat niet zal gebeuren. Verder is het een kwestie van geloof en pijn. We legden de grondvesten voor de manier waarop we altijd over haar zouden blijven praten. En vervolgens raakten we vermoeid en kwamen zonder het met zoveel woorden te zeggen overeen om op andere onderwerpen over te gaan.

Er kwam een taxi. Kate en ik omhelsden elkaar en ik zag haar wegrijden.

Ik bleef nog even op straat staan. Nu, in april, was de lucht helder, maar er zat een kou in de lucht die je tot op het bot verkilde. Ik keek omhoog naar het gebouw waarin ik al bijna tien jaar woonde en zag dat het lelijk was en de zon tegenhield. Het hulde de avenue en de mensen die er liepen in een voortdurende schaduw.

Voor me ging een snorder, op jacht naar een vrachtje, langzamer rijden en boos wuifde ik hem weg. Hij stak zijn middelvinger naar me op en reed verder.

Ik draaide me om en ging het gebouw weer in.

Ik had Kate niets verteld over de speciale geheimpjes, de intieme weetjes en de herinneringen die volledig waren gesublimeerd, als zonlicht dat gevangen zat in een glas. Hoe zou ik dat hebben moeten doen? En in wat voor bewoordingen? Claire was de enige die had geweten hoeveel ik van haar had gehouden. Ze was ook de enige voor wie die wetenschap bestemd was.

5

'Julian?'

Laura stond in haar witte nachthemd op de drempel van de donkere huiskamer en leek wel een spook; alleen haar stem was helder. Het was in het holst van de nacht. Ik staarde haar aan vanuit de stoel aan de andere kant van de kamer, waar ik al ik weet niet hoe lang zat.

'Gaat het wel goed met je?' vroeg ze.

Ik was niet in staat haar te antwoorden. In het donker tastte ik naar mijn glas op de vloer en nam een slok waterige whisky. De ijsblokjes tinkelden tegen het glas.

'Julian.'

'Ga terug naar bed, Laura.'

'Nee,' zei ze. 'Dat doe ik niet.'

Ze haalde een schakelaar aan de muur over en de kamer werd overspoeld met licht.

Ik zat heftig te knipperen en probeerde mijn ogen af te schermen met mijn arm. Langzamerhand pasten mijn ogen zich aan en bracht ik mijn arm omlaag. Vanuit de andere kant van de kamer staarde Laura me aan. Haar aandacht ging niet uit naar het hoge whiskyglas, besefte ik, of naar de dikke wollen trui die ik in het donker uit onze slaapkamer had gevist en over mijn pyjama had aangetrokken. Ze keek naar mijn gezicht.

'Ik heb je nooit eerder zien huilen.'

'Laat me met rust, Laura.'

Een ogenblik leek ze met stomheid geslagen door wat ze zag. Toen, zichtbaar voor zichzelf een besluit nemend, kwam ze verder de kamer in. Ik boog mijn hoofd – het evenbeeld van David

Glassman – en voelde enkele ogenblikken later haar handen op mijn schouders, die probeerden me vast te houden en te troosten. Ik duwde haar van me af en zonder een woord te zeggen ging ze weg; haar voetstappen verdwenen de gang in terwijl ik bleef waar ik was, roerloos en met een gevoel van opkomende pijn in mijn borst, mijn keel en mijn ogen. Ik wilde weer dat het donker was. Toen hoorde ik haar terugkomen.

Elegant, teder en praktisch bracht ze me een doosje Kleenex. Ze wachtte geduldig op de bank af terwijl ik mijn gezwollen ogen afveegde en mijn neus snoot. Maar toen ik klaar was voegde een diepere, ijzige stilte zich bij ons in de kamer. Wij zaten in zijn reusachtige schaduw.

Ten slotte slaakte ze een lange, hevige zucht. 'Het wordt hier een eenzame bedoening, Julian. Dat moet je in de gaten hebben.'

'Het spijt me,' mompelde ik, naar mijn handen kijkend.

'Ik wil geen excuus van je. Ik wil dat je met me praat.'

'Zo simpel is het niet.'

'Ja, dat is het wel,' zei Laura op volhardender toon. 'Ja,dat is het wèl. Je bent mijn man. Ik hou van je. En ik wil dat je met me praat. Zo simpel is het.' Ze boog naar voren, pakte mijn pols vast en schudde hem heen en weer. 'Praat met me, Julian. Je wordt opgevreten door iets vreselijks. En ik moet dat zomaar aanzien? Ik moet hier blijven en me stil houden? Afwachten tot jij je herinnert hoe hard je me nodig hebt? Nou, vergeet het maar. Ik ben niet blind, ook al denk je misschien van wel. En ik ben ook niet doof of stom. En mijn geduld is niet oneindig.'

Het was doodstil in de kamer.

'Een vriendin van me heeft zelfmoord gepleegd,' zei ik.

Laura liet langzaam mijn pols los en leunde achterover.

'Welke vriendin?'

'Jij kende haar niet.'

Er viel een lange stilte.

'Welke vriendin?' vroeg Laura nogmaals.

Ik wreef met mijn hand over mijn gezicht. 'Claire Marvel.'

Ze verstijfde. Het was tien jaar geleden dat de naam Claire in ons huis was gevallen, maar op het gezicht van mijn vrouw zag ik nu een uitdrukking van onmiddellijke herkenning, alsof de naam altijd in haar aanwezig was geweest, als een zandkorrel die haar chronisch geestelijk kwelde.

Een poosje spraken we geen van beiden. Vanaf de straat diep onder ons weerklonk een zwak, galmend lawaai, van een vuilnisbak die omver werd gegooid. Mijn gedachten, die een uitvlucht zochten, gingen op een matte manier uit naar dit verre rumoer. Ik stelde me een dakloze voor die het afval door zijn handen liet gaan, op zoek naar flessen en blikjes.

Toen zei Laura zachtjes: 'Ik vind het heel erg. Ze moet vreselijk hebben geleden om zoiets te doen.' Ze haalde een tissue uit de doos. Ze moest blijkbaar iets met haar handen doen, vouwde de tissue in vieren, legde hem op de salontafel tussen ons in en keek er niet meer naar om. 'Ik heb je die avond bij de opera met haar zien praten,' zei ze. 'Ik zag jullie daar op de plaza. Ik wist dat zij het was.'

Haar stem was nauwelijks meer een stem; ik kon haar er niet meer in herkennen. Er kwam een behoefte in me op om contact met haar te maken – maar toen was haar uitdrukking al veranderd, verhard, en lichtte er een bittere en hooghartige woede in haar blik op.

'Dat was de enige keer dat ik haar heb gezien, Laura.'

'Zeg dat niet tegen me,' snauwde ze. 'In je hart, Julian, diep in je hart, heb je alleen maar oog voor haar gehad. Je hebt alleen maar oprecht van haar gehouden. Zeker niet van mij. Niet op die manier.'

Ze stond op. Met onverbiddelijke vastberadenheid liep ze de kamer door. Toen ze zich uiteindelijk naar mij toe keerde, stond ze op het punt in tranen uit te barsten.

'Jij en ik hebben geprobeerd een kind te verwekken. Alweer een hele, hele tijd...' Laura's stem trilde en dreigde het te begeven; ze wachtte, met haar vuist tegen haar mond gedrukt, tot ze haar zelfbeheersing terug zou krijgen. 'We hebben ons hart erin gelegd. Meer dan ons hart. We hebben geprobeerd samen een leven te scheppen, een nieuw leven op deze wereld te brengen. En waarom deden we dat, als we niet van elkaar hielden? Vertel me dat eens, Julian? Waarom?'

6

Breek iemands hart en je wordt een soort moordenaar zonder geheugen. Alle gevoel dat je voor anderen bezit wordt tijdelijk opgeschort terwijl je je met inzet van al je krachten op je eigen emotionele overleving richt. Je denkt dat je doet wat onvermijdelijk is. Je leeft gewoon.

Dan is het voorbij, en te midden van de puinhopen van je leven herinner je het je.

Laura en ik probeerden samen verder te gaan.

's Ochtends ging ze eerder naar haar werk dan gebruikelijk, en ze kwam later thuis. Vaak dineerde ze met collega's. In de zeldzame uren waarop we tegelijkertijd in ons appartement wakker waren, sprak ze tegen me als dat nodig was en was ze beleefd als altijd, maar bleef ze verder gesloten. Het leek niet zozeer vijandigheid als wel uitputting, vermengd met een bijna spookachtig voorgevoel van verdriet; een bewustwordingsproces van emotionele schade als voorspel van de rouw, zo voelde ik.

Ik bracht steeds meer tijd op school door. Er was geen lerarenvergadering, hoe oninteressant ook, of ik woonde hem bij, er was geen probleem van een leerling of geen vraag over de stof, hoe klein ook, of ik probeerde ze op te lossen. Alsof de tijd opeens onbegrensd was geworden; alsof er geen andere realiteit meer was dan het heden. Wat in zekere zin ironisch was. Want ik voelde me juist, zonder het te begrijpen of me ervoor te schamen, meer dan wat ook een gebroken zandloper, waarvan het zand over de grond stroomde.

7

Op een wolkeloze zaterdag in juni zat ik met mijn vader op een bankje met uitzicht op het hondenweitje in Riverside Park. Het hondenweitje bestond uit niet meer dan een smalle strook tot zand kaalgetrapt gras. Bekeken door hun baasjes renden daarover zo'n tien honden in verschillende soorten en maten die elkaar in tomeloze vreugde achternazaten, een wilde kluwen van trajecten beschrijvend. Een dun stofgordijn steeg op van de grond. Vanaf de Westside Highway drong het geraas van onzichtbaar verkeer door.

Mijn vader droeg een keurig geperste kakibroek, een shirt met korte mouwen en een gerafelde kraag, en een beige hoed tegen de zon. Zijn overhemdzakje stond bol van een zwarte brillenkoker, en ook glinsterde er de gouden clip van een Crossball-point in, voor de kruiswoordpuzzel in de *New York Times*.

Op zijn vijfenzeventigste voelde hij zich goed. Misschien wel beter. Voor iemand die in zijn leven nooit meer beweging had genomen dan de wandeling van zeventien stratenblokken naar zijn kantoor en, sinds zijn pensionering, naar de bioscoop en op zondag naar Zabars, was zijn hart in een behoorlijke conditie. Een lichte chronische piep in zijn longen wees, volgens zijn arts, op een zekere afname van zijn ademhalingscapaciteit. En zijn prostaat vertoonde een lichte zwelling, kenmerkend voor een man van zijn leeftijd. Maar verder was zijn lichaam opmerkelijk goed in vorm. En de onvermijdelijke rimpels hadden het paradoxale effect gehad dat een inderdaad wat saai gezicht er interessanter op was geworden. Zijn ogen, die licht waren als maanstenen, leken evenwel nog steeds, zij het op milde wijze, op zoek naar aanknopingspunten voor de grote puzzel.

Niet dat hij mijn moeder was vergeten of niet meer wilde dat ze het leven met hem deelde. Maar in de afgelopen jaren was er een schijn van vrede over hem gekomen. Het was langzaam en haast stiekem gegaan, van de grond af, zoals klimop tegen een muur op groeit. Totdat hij op een dag door de mysterieuze wildgroei heen naar een landschap keek dat hem geen angst meer aanjoeg. De argwaan viel weg, zodat hij lichter in het leven stond. Op een gegeven moment had hij simpelweg zijn pogingen eraan gegeven om de talloze lacunes in zijn begrip voor haar op te vullen. Zij was een ander mens. En wat jarenlang had aangevoeld als een vernietigend oordeel over zijn ziel, beschouwde hij nu terecht als een brute manifestatie van de persoonlijke keuzevrijheid. Het was, bij God, niet de keuze die híj zou hebben gemaakt, maar hij kon hem accepteren. En op de een of andere manier had die acceptatie, hoe onbeduidend en verborgen ook, hem zijn waardigheid terugbezorgd.

Ik dacht intensief over hem na. En vervolgens was ik plotseling weer terug bij mezelf; een onwelkome verandering, die op de een of andere manier werd veroorzaakt door de vertrouwde kaalheid van het hondenweitje. Alle levende groen was er tot stof vergaan.

Sinds kort was mijn slapeloosheid weer op volle sterkte terug. Ik had geen probleem met het in slaap vallen, maar met het in slaap blijven. Wanneer je om drie uur in de ochtend wakker wordt, elke nacht weer exact op die tijd, worden de resterende uren een toendra, een door vermoeidheid en een vage onbeheerste paniek onscherp geheel; een landschap dat langzaam in het donker moet worden bereisd, een lange mars naar de zonsopgang. Alle spijtgevoelens die je jezelf niet kunt toestaan, prijken als sterren aan de hemel boven je. Je weet alleen dat je niet omhoog moet kijken en niet moet denken, want dan zul je de overkant nooit halen.

Laura was echter een goede, diepe slaapster. Wanneer je haar ’s nachts in bed bekeek, vanaf het uitgaan van het licht tot de eerste ritmische maten van haar ademhaling als ze sliep, was je getuige van een schitterende paradox: van een overgave die tevens een omhelzing was. Eens, in de begintijd van ons huwelijk, had ik had haar glimlachend in slaap zien vallen – niet vanwege iets dat verband hield met mij, meende ik zeker te weten, maar vanwege iets diep persoonlijks en onuitsprekelijks, zoals de opwinding die een parachutist beleeft wanneer hij alleen door de ether stort. Haar uitdrukking had je kunnen doen geloven dat de essentie van het verhaal van mijn vrouw precies lag op dat overgangspunt – bij de onzichtbare X waar het rustige meisje haar veilige rust liet varen en de passie van haar verborgen ik opeiste. Maar je zou erg goed naar dat verhaal moeten zoeken. Je zou de toestand van haar ziel moeten willen kennen. Je zou moeten wachten op het moment van overgave en omhelzing, moeten luisteren naar haar ademhaling en haar gezicht moeten bestuderen wanneer de last van het bewustzijn ervan afgleed. Je zou toegewijd genoeg moeten zijn om je volledige verbeeldingskracht los te laten op dat moment van haar diep persoonlijke verlangen. Je zou haar moeten liefhebben alsof ze de liefde van je leven was.

Op het veld gooide iemand een tennisbal weg. Twee zwarte labradors vlogen erachteraan. De bal zeilde door de lucht en stuitte hoog op. De beide honden renden eronderdoor en stormden er op hetzelfde moment op af, met hun bekken bijtklaar en hun lijven gestroomlijnd als panters in de door de warmte glazige lucht. Ze misten elkaar op een paar centimeter na. Ze misten alles, en terwijl ze elkaar toeblaften rolde de bal weg en werd hij geapporteerd door een teckel.

'Wat leer je daarvan?' luidde het droge commentaar van mijn vader. 'De kleine man heeft gewonnen.'

We bleven daar een uur, zonder veel te zeggen.

Enkele honden, die in alle vrolijkheid de hele dag zouden hebben doorgespeeld, werden algauw door hun baasjes meegenomen. Er kwamen nieuwe honden, die hun mensen achter zich aan sleepten en die leefden voor het moment waarop de riem van hun halsband zou worden losgeklikt en zij vrijuit zouden kunnen rennen, de welig tierende, snuivende, blaffende maalstroom van hun soortgenoten in.

Ik ging me er weer jong door voelen, en oud tegelijk. Ik herinnerde me hoe ik als jongetje aan de hand van mijn vader door dit park had gelopen. Het veld was toen nog met gras begroeid. Een grote Deense dog loopt er soepel overheen. Ik wijs op de enorme, prachtige hond, die zwart is als antraciet en loopt als een veulen, en probeer iets te zeggen. Maar ik ben sprakeloos. Niet van angst. Ik blijf maar wijzen. Totdat ik, gefrustreerd door mijn onvermogen om de verwondering die ik voel te verwoorden, in tranen uitbarst. 'Wat is er nou?' vraagt mijn vader luchtig, terwijl hij neerhurkt en zijn handen op mijn schouders legt. 'Wat is er nou, ventje van me?' vraagt hij.

Nu zei hij: 'Je maakt een ongelukkige indruk.' Hij praatte langzaam en woog zorgvuldig zijn woorden af terwijl hij naar het hondenweitje keek. 'Feitelijk maak je al een hele tijd een ongelukkige indruk.'

Ik staarde hem aan.

'Het is maar een indruk van mij,' voegde hij eraan toe, nog altijd recht voor zich uit kijkend.

'Er was een meisje in Cambridge,' zei ik. 'Ik was verliefd op haar. Je hebt ooit eens naar haar gevraagd, en toen heb ik je verteld dat ze met een ander getrouwd was.' Ik zweeg even. 'Misschien herinner je het je niet meer.'

'Ik herinner het me nog wel.'

'Ze heeft zelfmoord gepleegd.'

Hij keerde zich naar mij toe. Er was kleur op zijn wangen gekomen. Ik zat te wachten totdat hij iets zou zeggen, terwijl de honden op het veld holden, renden, speelden en naar elkaar hapten.

Maar mijn vader bleef zwijgen en ten slotte verwachtte ik niets meer van hem.

Toen, terwijl ik me afwendde, voelde ik zijn hand op mijn schouder. Hij kneep er hard en langdurig in, en de druk die onder in mijn keel opkwam was bijna ondraaglijk.

Op benauwde toon zei ik: 'Ik denk niet dat ik er nog overheen kom.'

Hij knikte en keek me recht in de ogen. '*Wil* je eroverheen komen?'

Ik dacht na en schudde vervolgens mijn hoofd.

'Wat ga je doen?' vroeg hij na een poosje.

'Op het laatst woonde ze ergens in Frankrijk waar wij samen zijn geweest. Waar we gelukkig zijn geweest.' Ik voelde de druk achter mijn ogen aanzwellen en zweeg weer, herhaaldelijk slikkend. 'Ik denk dat ik daarheen moet.'

'Voor hoe lang?'

'Dat weet ik niet.'

'Heb je het aan Laura verteld?'

Ik schudde mijn hoofd.

'Dat zal moeilijk voor haar zijn,' zei hij. Hij was van het begin af aan dol op Laura geweest.

'De hele geschiedenis is moeilijk voor haar geweest.'

De teckel was bezig te vertrekken. Hij volgde zijn baasje op de hielen, met opgeheven kop voorttrippelend als droeg hij een onzichtbare cape.

'Daar gaat de kleine man,' zei mijn vader zachtjes.

Zijn glimlach was peinzend en treurig. Hoogstwaarschijnlijk, dacht ik, wist hij niet hoe hij me had getroost, alleen door met me op dat bankje te zitten. Al hoopte ik wel dat hij het besefte.

8

Het was een heldere, zonnige middag en ik was bang van mezelf.

Nadat ik mijn vader bij zijn gebouw had afgezet, ging ik niet direct naar huis. Ik dwaalde een tijdlang doelloos door de Upper West Side, waar ik naar etalages staarde. Toen ik later, aan het eind van de middag, voorbij het bioscoopcomplex op het kruispunt van 84th Street en Broadway kwam, constateerde ik dat een tiener-horrorfilm die me niet interesseerde zo meteen zou beginnen. Ik kocht een kaartje en ging naar binnen. Er verstreken twee uur met veel gekrijs en namaakbloed in een idioot zomerkamp waar het spookte. Het was haast een opluchting om in het donker te zitten met het geloof dat ik wist wat ik moest doen.

Aan het begin van de avond keerde ik terug naar ons appartement. Ik opende de deur en bleef staan. Ik keek naar de andere kant van de huiskamer. Door de ramen reikte het uitzicht in westelijke richting over de daken heen tot de Hudson en New Jersey. Aan de punt van de einder hing een oranje zon, die felle kleuren uitstraalde over de fabrieken en de verlaten terminals die zich tot bij de rivier uitstrekten. De kamer stond in vuur en vlam door dat licht, en ik voelde een beklemming in mijn hart, alsof ik op het punt stond te gaan stikken. In de gedachte dat ik alleen was liet ik een geluid ontsnappen dat het midden hield tussen een kreun en een zucht.

'Je vader heeft een poosje geleden gebeld,' zei Laura.

Geschrokken keek ik omlaag. Ze zat op de bank en keek net als ik naar de zonsondergang. Ze had zich niet omgedraaid. Ik zag alleen de achterkant van haar hoofd, een silhouet dat sprak met haar stem. Die stem was nog niet helemaal verwezenlijkt, alsof ze de woorden al in haar hoofd had gezegd en ze alleen uit de tweede hand herhaalde, bij wijze van objectief verslag. Zij bracht mij haar nieuws, bedacht ik treurig, net zoals ik de gewoonte had opgevat haar mijn nieuws te brengen. Nieuws in ruil voor nieuws. Daar kwam het nu op neer.

Ik liep langzaam om de bank heen en ging op de leren fauteuil zitten.

'Wat zei hij?'

'Hij zei dat hij mij wilde laten weten dat hij van me hield als van een dochter. Ik heb gezegd dat ik het net zo voel. Maar op het eind was het een beetje ongemakkelijk. Hij dacht namelijk dat jij al terug was en mij had verteld wat je me moet vertellen.'

Ik kon nu haar gezicht zien, haar jukbeenderen die zwak de vuurzee van buiten weerspiegelden. Ik kon haar ogen zien, maar hun uitdrukking niet.

'Het spijt me,' zei ik, en ik betreurde die woorden al op het moment dat ze mijn mond uit waren.

'Het *spijt* je?'

Het was doodstil in de kamer. De zon zette zijn nauwelijks waarneembare neergang voort. Het licht werd dieper: roze, gebrande omber, oranje, bloedrood.

'Herinner je je mijn grootvader nog?' vroeg Laura, en opeens was haar toon bijna monter, zij het hard als een kogel. 'Hij was de man in de rolstoel bij onze bruiloft. Nierkanker. Opa George, de oude grootvorst van Wall Street. Misschien herinner je je hem niet. Hij is twee maanden later overleden. Nou, nu zal ik je vertellen wat je waarschijnlijk nooit over hem te weten was gekomen, zelfs als je het graag had gewild. Het soort kennis dat je alleen zou hebben als je met hem getrouwd was. Die arme oude George was een grote klootzak. Hij heeft mijn grootmoeder vijfenvijftig jaar genegeerd, hij heeft haar nooit een spatje liefde gegeven, nooit alsjeblieft of dankjewel tegen haar gezegd, nooit: wat heb je een leuke jurk aan, of: wat zit je haar leuk. Hij heeft haar haast nooit gekust. Hij heeft haast nooit een woord tegen haar gezegd, behalve dat zijn overhemd niet goed was gestreken of dat het vlees te doorbakken was. Ze gaf te veel van zijn geld uit. Ze was te breed in haar heupen. Ze was broodmager. Ze was te luidruchtig. Ze was te saai. Soms stelde hij de retorische vraag waarom hij eigenlijk met haar was getrouwd. Ze moest niet vergeten dat hij op de universiteit alle meiden kon krijgen. Hij was verdomme niet zomaar iemand. Maar hij was met haar getrouwd, hij had haar eruit gepikt en uitverkoren, en daarvoor mocht ze haar goede gesternte wel heel erg dankbaar zijn.'

Ze zweeg even. De woorden waren in een stortvloed naar boven gekomen, en ik kon haar nu in de stille kamer horen ademen.

'Hij is gestorven op de operatietafel,' zei Laura. 'Zijn laatste nier gaf er de brui aan. Hij is op dezelfde manier gestorven als ieder ander mens, misschien wel op een beroerdere manier. Hij zag het aankomen. Opa George was sluw als hij voor zichzelf moest zorgen. Zijn nageslacht was voor hem van belang. Misschien dacht hij daaraan toen hij op een brancard zijn ziekenhuiskamer uit werd gereden. Mijn grootmoeder liep ernaast en hield zijn ijskoude hand vast. Weet je wat het laatste was dat hij tegen haar zei, vlak voordat ze hem de lift in reden? Waarschijnlijk het laatste wat hij heeft uitgebracht. Eén woord maar. Hij was altijd heel efficiënt, mijn grootvader. Eén woordje om een heel leven goed te maken. Hij zei: "Sorry." Het speet hem. Hij zei haar dat het hem speet, en toen ging hij dood.'

Ik keek op. De zon was achter New Jersey weggezakt, de kleuren waren zo goed als verdwenen. We veranderden ter plaatse in schimmen.

'Laura...'

'Ik ben nog niet klaar,' zei Laura. 'Ik heb me stil gehouden. Jij denkt dat ik stil ben, en dat is ook zo. Maar ik ben het zat om stil te zijn. Ik ben het zat om zo stil te zijn dat jij soms vergeet dat ik ook nog in de kamer zit. Ik ben het zat om jou zoveel ruimte te geven dat je me na een poosje niet eens meer opmerkt. Vraag je jezelf ooit weleens af wat dat vlekje daar in de verte is? Dat ben ik, Julian. Dat ben ik. Hoewel ik hier vlak naast je zit. En ik ben het zat om alleen door een woestijn te moeten lopen. Het is er overdag te heet en 's nachts te koud. Ik ben het zat om afgemeten te worden aan iemand die ik nooit heb ontmoet en die zelfs niet meer op deze wereld is. Ik ben het zat om te moeten lijden omdat jij je niet kunt herinneren of ze wel voldoende van je hield. Wat is voldoende, Julian? Zal er voor jou ooit iets voldoende zijn? Nou, ik ga me niet langer het gevoel laten bezorgen dat ik niet voldoende ben. Ik ben voldoende. Ik ben meer dan voldoende. Is het niet voor jou, dan maar voor iemand anders.'

Ze huilde. Haar arm ging omhoog om haar gezicht af te schermen, en ze kroop in elkaar op de bank, in een poging zichzelf onzichtbaar te maken. Deze aanblik was meer dan ik kon verdragen. Ik stond op en pakte haar vast. Ze probeerde me weg te duwen, maar ik sloeg mijn armen krachtig om haar heen, en ze ging harder huilen. Haar lichaam schokte tegen mijn borstkas aan. En toen kwamen ook mijn tranen en hielden we elkaar vast met een heftigheid die we in de lange, rustige periode van ons huwelijk nooit hadden gekend. Haar vuisten hamerden op mijn rug, en haar mond was bij mijn oor en murmelde op een door verdriet vervormde toon dat ze me haatte en dat het nooit haar keuze was geweest om van mij te houden.

DEEL VIJF

I

Hetzelfde en toch weer niet hetzelfde land. Het was nu zomer, geen voorjaar. Dezelfde huurauto – een Peugeot – die toch helemaal anders was; van alles waren alle modellen veranderd. In de afgelopen dertien jaar had de Franse overheid de autoroute door een groot deel van de Quercy doorgetrokken, zodat de rit vanuit Parijs met een uur was bekort. Tenzij je mij was. Als je mij was en nerveus door de voorruit zat te turen met een wegenatlas op schoot, zou je ergens in de *banlieue* van Parijs verdwalen en zou de tocht vanaf het vliegveld naar het zuiden twee uur langer duren dan die andere keer, toen de kaart was beschreven met namen die alleen zij kon uitspreken.

Nu was alles anders. Ik nam onderweg kleine kopjes bittere koffie en een *croque-monsieur*. Rond Châteauroux begonnen de open akkers met omgeploegde aarde, felgeel en koel groen, terrein te verliezen en werd het landschap complexer, geometrischer en bultiger; het werd de Limousin, het oude heuvelland met zijn natuurstenen muren en rode pannendaken. Vervolgens ging ik van de autoroute af, kleine, bochtige, stijgende en dalende wegen op. De lage heuvels waren al verdord en deels bruingebakken onder de volle zomerhitte, schapen met arendsneuzen stonden als zalmen opeengepakt in smalle wiggen van schaduw afkomstig van een enkele pruimen- of walnotenboom, zwaluwen zaten als ongebruikte leestekens op telefoondraden. De weinige koeien waren toonbeelden van herkauwende rust. De vallei en de smalle grijsblauwe rivier, de kilometerslange grillige kalkstenen muren, de gehuchtjes met hun eenvoudige witte borden, het marktstadje met de deels houten gevels op het plein, de levensmiddelenwinkels waar zij haar tong rond de woorden had gekruld en ze verrukkelijk had gemaakt.

Ik volgde het riviertje het stadje uit, totdat het uit mijn zicht verdween. Ik reed de weg tegen de berghelling op. En in mijn spiegeltje werden de brede vallei en het riviertje weer voor me uitgespreid.

Ik was sneller gaan ademen en gaan zweten. Bovenaan, op het plateau, sloeg ik linksaf, van de met schapenkeutels bezaaide eenbaansweg af die naar het huis toe liep waar Claire en ik dertien jaar geleden hadden verbleven.

Het dichtstbijzijnde dorp lag op drie kilometer afstand op de top van de berg. Zonder twijfel was het ooit een plaats van betekenis geweest, met versterkte muren die recht in de berghelling waren gebouwd en weidse uitzichten over de vallei. Maar nu was het onherstelbaar gekrompen en vele maten te klein geworden voor zijn eigen geschiedenis. De samenstellende delen waren teruggebracht tot een *alimentaire* met een bordje FERMÉ aan de glazen deur, een *auberge* met acht kamers en een roedel uitgemergelde honden die begonnen te blaffen bij het zien van mijn auto. Er was zelfs geen café.

Ik parkeerde op het kleine plein onder een rigoureus gesnoeide kastanjeboom en ging de Auberge du Soleil binnen.

Achter de balie stond, voorovergeleund alsof hij erop steunde, een stevig gebouwde oude man. Hij richtte zich op toen hij mij zag.

'*Monsieur, bonsoir.*'

Mijn Frans was op zijn best gebrekkig te noemen. Ik vroeg om een kamer.

Ik bofte, maakte ik uit zijn woorden op. Meestal waren er in deze tijd van het jaar geen kamers vrij. Maar door een annulering was er nu één beschikbaar. Een van de betere. *Avec la vue*, zei hij, maar de prijs was natuurlijk redelijk. En mocht hij vragen hoe lang ik zou blijven?

Ik zei dat ik dat niet wist. De vermoeidheid sloeg toe; het was lastig om welke taal dan ook te spreken. Terwijl hij mijn creditcard aannam informeerde hij of ik weleens eerder in deze streek was geweest. Eén keer, mompelde ik, heel lang geleden. Hij wachtte tot ik meer zou zeggen, maar ik schudde mijn hoofd en opende mijn handen in een machteloos gebaar. Op een stoel in de buurt ontwaakte een grijze, sjofele hond uit zijn dutje en nam mij belangstellend op. Vervolgens ging de man me met korte, afgemeten passen met mijn bagage voor op de trap naar mijn kamer. Er was geen lift.

Het was een kleine kamer: een bed, een ladekast, een stoel, een wastafel die nauwelijks diep genoeg was voor allebei je handen, en het toilet en het bad in het halletje. Hij deed het licht aan en opende de luiken. De gele muren waren versierd met ingelijste foto's van het stadje met zijn natuurstenen fortificaties en schitterende vergezichten, en van Rocamadour en het befaamde verweerde beeld van de Zwarte Maagd dat Claire en ik nooit hadden gezien.

We bleven daar even staan, lieten onze blik door de kamer dwalen en keken door het raam met 'la vue'. De schemering viel in. Aan de overkant van de vallei waren de lichten aangegaan, die ons als aardse sterren toetwinkelden. Hij vroeg of ik nog iets verlangde. Hij leek nog niet te willen vertrekken. Hij gedroeg zich formeel maar vriendelijk. Hij glimlachte niet, maar was bijzonder aandachtig; dit leek niet zozeer ingegeven door zijn werk als door het gezelschap. Zo nu en dan wreef hij in zijn handen alsof hij ze simpelweg even moest voelen. Het waren door het gebruik getekende handen, handen met een dikke huid waarmee hard was gewerkt. Ze hadden de kleur van oud teakhout, en in de stilte die tussen ons hing kreeg het geluid van hun wrijven op de een of andere manier iets zeer welsprekends over zich. Ik begon op een wonderlijke manier ontroerd door hem te raken. In de diepe, verweerde plooien van zijn voorhoofd en de waterige blik in zijn ogen ervoer ik iets verlatens, een uitgedoofde berusting als een gelofte die tot het eind toe was nageleefd maar niet meer werd beantwoord.

'*J'espère que vous serez bien content ici, Monsieur.*'

Ik was te moe om te kunnen antwoorden. Evengoed was ik

dankbaar dat hij het had gezegd. En toen hij mij met een laatste handenwrijven en een hoofdknik alleen had gelaten voor de nacht, voelde ik zijn afwezigheid en vond ik het jammer dat hij weg was.

Vervolgens ging ik op het bed zitten, en binnen enkele ogenblikken zakte ik weg in een droomloze slaap.

2

Tegen elven, toen ik de beschaduwde koelte van de auberge uit stapte, was het kleine dorpsplein al een oven. Gedeeltelijk verblind stond ik in het felle zonlicht met mijn ogen te knipperen. Er waren geen mensen te bekennen. De warmte van het plaveisel steeg door de dunne zolen van mijn schoenen omhoog, en het constante gezoem van vliegen klonk alsof ergens een brommende elektrische leiding liep.

Vlakbij stonden drie stenen huizen van onbestemde ouderdom, waarvan de luiken waren gesloten tegen het verblindende licht. Het middelste huis had op de begane grond een groot raam – een vitrine, zonder luiken – en leek een soort winkel te zijn; maar er was geen uithangbord, en binnen bevonden zich alleen één stoel met lattenrug, een roestige gieter en een volstrekt roerloze zwart-witte kat die ik voor opgezet had gehouden als hij zijn ogen niet had opgeslagen om mij te bekijken. Ik draaide me om. Aan de overkant van het plein kwamen twee smalle wegen samen. De ene liep omlaag de vallei in; de andere was een korte doodlopende straat naar een groepje oude stenen huizen, die horizontaal werd doorsneden door een voetpad met kinderhoofdjes. Het geheel werd omgeven door de oude verdedigingsmuur aan de rand van de rotswand.

Terwijl ik daar zo stond sjokte er een stevig gebouwde vrouw voorbij met een zware zak meel op haar schouder. Ze droeg een bruine huisjurk en bestofte zwarte schoenen. Haar schouders waren breed en haar stappen weergalmden dof van het plaveisel. Ze liep het pad met de kinderhoofdjes op en verdween uit het zicht.

Ik dwong mezelf in actie te komen en liep langs de zijkant van de auberge naar de alimentaire. Vandaag stond er *OUVERT* op het bordje op de glazen deur. Ik ging er naar binnen. Het was een klein, uit één vertrek bestaand winkeltje, waar de van de vloer tot het plafond reikende schappen waren volgestouwd op basis van een esoterische theorie over praktische indeling: dozen met rattengif stonden naast blikjes groene erwten, pakken houdbare melk stonden naast donkere, stoffige flessen Cahors. Achter een geïmproviseerde toonbank was een deuropening met daarin een vliegengordijn van groene plastic kralen. De zaak was leeg; er was geen bel. Ik overwoog te vertrekken toen ik voetstappen hoorde – en vervolgens stapte de oude man uit de auberge door het vliegengordijn, met een blauwe stofjas over de kleren die hij de vorige avond aan had gehad. Om hem heen dansten en tikten de lange strengen kralen tegen elkaar aan. Met een knikje van zijn grotendeels kale hoofd en een gebaar met halfopen handpalm in de richting van de schappen begroette hij mij.

'*Monsieur?*' zei hij.

Ik vroeg of hij koffie had.

'*Oui. Voilà le café.*' Zijn handpalm opende zich volledig terwijl hij me beleefd naar de pakken koffie op zijn schappen dirigeerde.

Ik schudde mijn hoofd. '*Ah, non.*' Ik probeerde mimisch een klein kopje bittere koffie uit te beelden en hoe ik er met genoegen van dronk – koffie die al was gezet. Halverwege mijn voorstelling leek zijn mond een lachje te overwegen, maar zich er nog niet aan te wagen.

'*Attendez,*' zei hij ten slotte en verdween weer achter het gordijn.

Ik wachtte. Ik vond het niet erg. Het was bijna koel in het winkeltje, en er waren de schappen met zoveel doodgewone dingen die je kon bekijken en benoemen. Hier kon je de kluts niet kwijtraken.

Vervolgens zag ik door de glazen deur heen de sjofele hond van de oude man over het plein heen trippelen, met zijn aandacht gespitst en zijn neus vooruitgestoken met de zekerheid van een kompasnaald. Dit was voor hem geen dorp, maar een koninkrijk vol onbegrensde mogelijkheden. Op een onverklaarbare manier voelde ik een prikkeling in mijn borstkas. Toen verscheen de oude man weer. Om de een of andere reden liep hij achteruit, en de lange kralenstrengen weken voor hem uiteen als een goedkope plastic kunstzee.

Hij draaide zich om. Hij had een grootmoedige blik in zijn ogen. Op een rond dienblaadje stonden twee kleine kopjes koffie op schoteltjes.

'*Voilà le café*,' zei hij.

Staand in zijn winkeltje dronken we de koffie.

Hij heette Delpon – wat, naar ik uit zijn woorden opmaakte, in het oude streekdialect 'van de brug' betekende. Hij was geboren op nog geen tien kilometer afstand van de plek waar we nu stonden. Een oom en een oudere broer van hem hadden tijdens 'la guerre' in het verzet gezeten. Zijn broer was alweer vijftien jaar dood. Ook zijn vrouw was dood. *Ma pauvre femme*, zei Delpon in een frase van onweerlegbare eenvoud.

Hij vroeg of ik als toerist naar de Lot was gekomen, want de Lot was erg mooi, en 's zomers zaten er veel toeristen in de streek. Vooral Engelsen en Amerikanen, maar ook wel wat Duitsers. Er zou een keer een Japans echtpaar op doorreis zijn geweest, maar dat was volgens Delpon slechts een gerucht, want hij had hen niet met eigen ogen aanschouwd.

Hij wachtte, liet het koffieresidu langs de bodem van het kopje wervelen om de resterende suiker op te nemen en dronk het vervolgens in één teug leeg.

Ik informeerde of hij misschien toevallig in de winter een Amerikaanse had ontmoet. In december, rond Kerstmis. Een Amerikaanse met lang bruin haar die in een auberge in de omgeving had gelogeerd en vervolgens een paar maanden in een klein huis in het dichtstbijzijnde gehuchtje had gewoond.

Dit alles vroeg ik in mijn trage, haperende Frans, zodat het even duurde.

Delpon zette zijn kopje neer. Hij zag dat het mijne ook leeg was en met verrassend lichte hand pakte hij het uit mijn vingers en zette het op het blad. Zijn uitdrukking was veranderd.

'Dat was hier,' zei hij in het Frans. 'Ze heeft hier gelogeerd.' Langzaam, in een respectvol gebaar, deed hij de blauwe stofjas uit, vouwde hem op en legde hem op de toonbank naast het blad. Hij legde zijn hand op mijn arm alsof hij me wilde kalmeren en voegde er toen op zachte toon aan toe: 'Ze is dood, weet u?'

Ik zei dat ik dat wist.

Hij schudde spijtig zijn hoofd. 'Ze was mooi.' Hij zweeg even. 'Dat was duidelijk,' zei hij. *C'était claire.*

Buiten reed een auto langs, op weg naar de vallei. De uit het niets opduikende dorpshonden gingen er blaffend achteraan, maar kwamen gauw weer tot stilstand. Het was alleen voor de show. Gedwee als konijnen kwamen ze teruggetrippeld en verdwenen weer, ieder naar zijn eigen hoek van het koninkrijk.

'En het huis waar ze woonde?' vroeg ik.

'Een eenvoudig huis,' zei hij. 'Karakteristiek voor de streek. Momenteel niet bewoond.'

'En de eigenaar?'

'Een vrouw uit de streek. Ik ken haar al jaren. Ze was getrouwd met een Amerikaan, maar hij is overleden. Ze woont alleen aan de overkant van de rivier.'

'Hoe heet ze?'

'Madame Conner.'

De naam vond weerklank in mijn geheugen: de vrouw van Leland Conner, de jeugdvriend van Lou Marvel. Het huis was dus nog steeds in het bezit van de familie.

'Ik zou het huis graag zien,' zei ik. 'Als dat mogelijk is.'

Delpon keek me aan. Het was stil in het winkeltje, dat met allerlei soorten waren gevuld was. Buiten stond de zon hoog aan de hemel, en in de verzengende hitte was geen levende ziel te bekennen. Zijn blik, getekend door zijn eigen rouw, leek de mijne moeiteloos te kunnen lezen.

'Ik zal zien wat er gedaan kan worden.'

3

Drie uur later werd er op de deur van mijn kamer geklopt.

'Ja?'

Eerst keek alleen zijn hoofd naar binnen, daarop volgde de rest. De blauwe stofjas was verdwenen.

Ik legde het lijvige manuscript waarin ik zat te lezen neer. Het was David Glassmans dissertatie over de geschiedenis van politieke radio-uitzendingen in Amerika.

'Stoor ik, monsieur?'

'Helemaal niet, monsieur.'

Delpon stond in de kamer en wreef zachtjes in zijn handen, met een ernstige gelaatsuitdrukking. 'Ik heb met een aantal mensen gesproken,' begreep ik dat hij zei. 'Preciezer gezegd heb ik gesproken met de man van de vrouw die weleens wat naaiwerk voor madame Conner heeft gedaan. En hij heeft met zijn vrouw gesproken, die hem heeft verteld dat madame Conner deze hele maand al weg is. Tot haar spijt weet ze niet waar madame is en wanneer ze weer terug zal komen.' Zijn handen staakten hun wrijven en lieten elkaar los, gegeneerd omdat ze leeg waren.

'Dank u,' zei ik.

Hij boog zijn hoofd en ik zag dat zijn blik op mijn grote koffers in de hoek van de kamer rustte. Na een ogenblik te hebben nagedacht zei hij: 'Kan ik u misschien een glas wijn aanbieden, monsieur Rose? Hij is door mijn schoonzoon gemaakt...' Hij kneep zijn lippen heel licht samen, misschien om te suggereren dat zijn schoonzoon niet helemaal was zoals hij had gehoopt. 'Maar hoe dan ook denk ik dat u de wijn heel behoorlijk zult vinden.'

'Dank u, monsieur Delpon. Dat is erg aardig van u. Misschien later. Nu moet ik even naar buiten.'

De eenbaansweg, de glinsterende schapenkeutels die die ochtend waren achtergelaten. Aan de rand van het gehucht stond een lelijk, kort geleden gebouwd huis van beton met een laag bruin pleisterwerk. Daarna kwamen de oude natuurstenen huizen. Een kruiwagen lag ondersteboven in het gras. Een donkerogig ezeltje, waarvan de snuit onder de laaghangende takken van een pruimenboom uitstak, overzag schrander de vijver van zijn eigen schaduw. Een oudere man met een blauw werkmansjasje en grote klompen aan schoffelde een stuk tuin en rechtte langzaam zijn rug om naar mijn voorbijrijdende auto te kijken.

Het was nog steeds het laatste huis, dat iets afgezonderd lag van de andere, achter een lage muur. Ik stopte, stapte uit de auto en bleef staan. Mijn hart was opeens rustig op het verdoofde af, wat me vreemd voorkwam. Toen ging ik de poort door.

De deuren en luiken waren gesloten, zoals ik had verwacht. Blijkbaar was er al enige tijd niemand geweest. Het dorre gras was zo'n vijftien centimeter hoog. De lucht trilde van het bijengegons, en vlinders trokken onvaste kleurlijnen met de wolkeloze hemel als achtergrond. Tegen de muren boven de stenen bank stonden de rozen uit mijn herinnering. Het was al te laat in het seizoen, en de bleekroze bloemen waren door de moordende hitte verzengd, zodat ze oogden als de fijne, ongelukkige gezichtjes van Franse schoolmeisjes. Van hun geur was niets meer over.

Ik wendde me af in de richting van de schuur. De dubbele deuren zaten niet op slot, en ik schoof ze over de kromme vloerplanken en stapte naar binnen. Pijlen wit licht priemden via de gaten in het dak door de duisternis en brachten in de intense hitte de zware, opgesloten lucht in beweging. Ze verlichtten de opwervelende stofdeeltjes als kolonies nietige, zwemmende wezentjes.

Dat was alles. Ik bleef daar staan en staarde naar de schaduwen en het licht. Vervolgens ging ik naar buiten en sloot de deuren achter me. Ik liep naar het huis terug en ging op de stenen bank zitten. Rond dit bijzondere plekje leek de lucht te zinderen van onzichtbaar leven. Verderop in de vallei weerklonk het geluid van een schaapsbel, alsof er met een lepel tegen een blikje werd geslagen, gevolgd door een refrein van eenzaam geblaat.

Ik probeerde aan Claire te denken, maar ik kon het niet.

Uiteindelijk moet ik zijn ingedommeld.

Ik droomde dat ik met wijdopen mond verdronk in een kilometersdikke laag zwart water. Ik wist niet hoe ik daarin terecht was gekomen. Ik riep aan één stuk door, maar maakte geen geluid. De zee vulde me.

Verdwaasd en zwetend werd ik wakker. Mijn hoofd was achterover tegen de blauwe luiken gevallen en mijn mond stond open, zoals in de droom. Maar dit was de echte dag – vol licht, heet en gonzend van het leven. En verderop een geluid, een kinderlijk gegiechel. Geschrokken keek ik die kant uit. Aan de andere kant van de muur stonden twee kleine meisjes me van een veilige afstand gade te slaan. Toen ze zagen dat ik wakker was, vielen ze abrupt stil. En vervolgens renden ze hand in hand weg.

4

Er verstreek een week, en nog één. Madame Conner kwam niet terug. De deuren en luiken van het kleine huis in het dichtstbijzijnde gehucht bleven dicht. Het bleef warm en droog. En algauw werd ik een soort meubelstuk in de Auberge du Soleil. Dat was niet zo moeilijk. Ondanks Delpons aanvankelijke beweringen van het tegendeel waren er maar weinig andere gasten. Ik zag er haast nooit iemand anders dan Delpon zelf en hoorde maar zelden een andere stem dan de zijne of de mijne. Een stille, vergeten plek.

Ik begon de lobby als privé-leeszaaltje te gebruiken. Ik schreef er een brief aan David Glassman, waarin ik hem vertelde dat zijn dissertatie volgens mij geschikt was voor publicatie, dat ik er trots op zou zijn geweest als ik hem zelf had geschreven, en dat ik me gelukkig prees hem niet alleen als leerling te hebben gehad maar hem ook als mijn vriend te mogen beschouwen. Je hebt het al ver geschopt, schreef ik, en je zult het nog verder schoppen. Ik drukte hem op het hart niet te vergeten ondertussen ook van het leven te genieten. Wat mezelf betrof, zo voegde ik eraan toe, ik zat nu op het Franse platteland. Ik had nog geen verdere plannen gemaakt.

In de lobby van de auberge las ik op een middag ook een briefje van Laura:

Ben je er ooit helemaal bij geweest? Zelfs op onze trouwdag, toen we elkaar omhelsden op mijn kamer? Dat blijf ik mezelf maar afvragen. Het is iets verschrikkelijks om degeen van wie je houdt niet te kunnen geloven. En dan nog die verlangens en gedachten, verdorie nog aan toe, hoe het zou zijn om jou helemaal te hebben.

Toen ik uitgelezen was kwam Delpon te voorschijn uit de Spartaans ingerichte vertrekken achter de balie waar hij woonde. Hij knikte me toe en ging naar buiten. De sjofele hond die Max heette trippelde achter hem aan, waarbij zijn nagels op de vloertegels tikten; een geluid dat deed denken aan het getik van de kralen in het vliegengordijn waar Delpon op mijn eerste dag in de alimentaire doorheen was gestapt. Zo gingen mijn indrukken in die dagen op een vreemde manier in kringetjes rond. Ik wist niet wat ze te betekenen hadden. Ik was als een vliegtuig dat voor onbepaalde tijd in de wacht is gezet en maar rondcirkelt in afwachting van de toestemming om te landen.

Het huis was gesloten. Het werd door niemand bewoond. Het enige dat ik kon doen, was zitten wachten. Als dit verdriet was, bedacht ik, dan verfoeide ik het, en mezelf ook. Elke dag waren er ogenblikken waarop ik vreesde in tranen te zullen uitbarsten. Talrijker waren de momenten waarop ik niet tot enig gevoel in staat was. Het was alsof ik op mijn zoektocht naar Claire deze enorme afstand had afgelegd en alleen maar verder van haar verwijderd was geraakt. Het leek wel of ik zelfs mijn liefde voor haar niet meer kon terugvinden, behalve in dromen en dagdromen die onvermijdelijk morbide en soms ook angstaanjagend waren, en die als spoken uit de muren van mijn geheugen opdoemden om elk vertrek dat ze betraden te verduisteren, en vervolgens spoorloos te verdwijnen.

Ik zat met de brief van mijn vrouw in mijn handen en vroeg me af hoe ik ooit in mezelf een persoon te voorschijn moest roepen die compleet genoeg was om naar haar te kunnen terugkeren.

Bij het vallen van de avond stond ik met Delpon voor de auberge van de scherp smakende rode wijn te drinken die door zijn schoonzoon was gemaakt.

Geruime tijd spraken we geen van beiden. In de twee weken dat we elkaar kenden had hij me geleerd in andermans gezelschap moeiteloos te zwijgen. Hij had mijn trouwring en mijn koffers gezien, en ongetwijfeld uit mijn manieren en mijn vragen over de Amerikaanse die hier vlak bij had gewoond zijn conclusies getrokken over wat ik week in week uit op mijn eentje uitvoerde in de Auberge du Soleil.

'De wijn is jong,' zei hij nu.

'Jong maar goed,' zei ik.

'Heel behoorlijk?' Het begin van een glimlach.

'Heel behoorlijk.'

Zijn schoonzoon had schulden, maakte ik uit zijn woorden op, maar was verder geen kwade jongen. Hij had een gescheiden dochter in Parijs. Hij had drie kleinkinderen, twee meisjes en een jongen. Ze woonden allemaal elders. Hij maakte zich zorgen over zijn dochter, die niet gelukkig was. Hij had gevraagd of ik kinderen had, en ik had geantwoord: nog niet.

Terwijl we daar zo stonden werd het donker in de vallei. Op de hoek van het plein ging automatisch een straatlantaarn aan (Delpon maakte een afkeurend geluid met zijn lippen). Vervolgens stortten kleine vleermuisjes zich in de doorschijnende waaier van licht en arriveerden ook de dorpshonden, onder wie Max, die heen en weer schoten als vissen in ondiep water.

Ik vroeg Delpon hoe lang zijn vrouw en hij voor haar dood bij elkaar waren geweest, en hij antwoordde zonder aarzeling: 'Achtenvijftig jaar.'

'Hoe hadden jullie elkaar leren kennen?'

'Op een dag kwam ze langs achter op de tractor van haar vader. Ik stond praktisch op hetzelfde punt als nu. Ze had een rode sjaal over haar hoofd, maar ik kon toch iets van haar haren zien. Haar haar was lang en donker, en toen ze mij zag kijken raakte ze het aan...' Hij bracht zijn stevige, door het werk getekende hand naar zijn schouder. 'Ze waren op weg naar de markt in Bretenoux,' zei hij. 'De tractor was niet zo snel. Ik volgde hem de hele weg naar de stad, tien kilometer, en als haar vader niet keek liep ik erheen en praatte met haar.'

Onder ons, voorbij een muur van natuursteen, kronkelde de verharde weg zich omlaag in zijn lange afdaling naar de vallei.

Een auto reed naar beneden, de gele koplampen tastten de beboste berghelling af, de donkere populieren en eiken, en wierpen schaduwen in de sepiakleur van de vervlogen tijd.

Delpon dronk zijn glas leeg. 'Je vergeet het niet,' zei hij zacht. 'Mijn God, je vergeet het niet.'

Toen floot hij naar zijn hond en ging de auberge weer in.

5

Ik ging opnieuw naar het huis. Ik ging er twee keer naartoe, en beide keren stond het er hetzelfde bij. Maar toen ik er op een middag nogmaals heen ging, zag ik dat de luiken geopend waren.

Ik stond buiten in het hoge gras. Met de luiken opengeklapt leek het een ander huis – ontwaakt, opgeëist, niet het bezit van Claire of van mij. Wekenlang had ik op de terugkeer van madame Conner gewacht, zo dacht ik; maar nu het wachten misschien voorbij was, werd me duidelijk dat ik een ernstige misrekening had gemaakt. Ik wilde niemand anders in dit huis zien. Ik wilde geen kleren van een ander in de kast aantreffen, geen tandenborstel in een glas en geen vaat in de gootsteen. Ik wilde niet direct worden geconfronteerd met het feit dat ik uiteindelijk niets van mijn verleden bezat, behalve mijn fragiele voorstelling van wat er was gebeurd. Dat wat ik had gehouden voor de geschiedenis van Claire en mij, en jarenlang als een soort onvervreemdbaar recht had gekoesterd, slechts iets fictiefs was – een droombeeld dat niet reëler of duurzamer was dan een vluchtige reflectie in een stoffige ruit, en dat hier werd uitgebeeld op een toneel dat vóór ons door anderen was gebruikt en nu klaarblijkelijk opnieuw aan anderen was toegevallen.

Dat bedacht ik op dat moment. Ik stond een poosje zo te denken, met een vreemd gevoel van kilte op die warme dag; toen liep ik naar de deur toe en klopte aan. Mijn handpalmen zweetten en mijn ademhaling versnelde. Er reageerde niemand. Het huis leek leeg, en ik klopte nog eens aan. Vervolgens, over mijn schouder een blik op de weg slaand, probeerde ik de deur. De klink gaf mee, de deur ging open en ik stapte naar binnen. Het daglicht vergezelde me, sloeg een bres in de kamer, stroomde om mijn lichaam heen en wierp mijn schaduw op de versleten stromatten. Het waren dezelfde matten als in mijn herinnering. Aan de randen waren ze aan flarden, en de kranten die er ter isolatie onder gepropt waren verkeerden in diverse stadia van ontbinding: het rook naar houtpulp, met mos begroeid brandhout, spinnenwebben, as en beschaduwde stenen. In de stenen hield zich de winter nog op, koud, vochtig en meedogenloos, zich niet bewust van de hitte buiten. Ik kreeg het opnieuw koud en leek niet genoeg lucht te kunnen krijgen. Links scheen het hoge zomerlicht door de glazen ruiten van de terrasdeur, in heldere stralen waarin enkel stof te zien was. Een paar slome vliegen zoemden door de lucht, talloze andere lagen dood op de vloer onder de ramen.

Ik liep de keuken in. Alles was er nog hetzelfde, tot de vliegenvanger in de hoek aan toe. Terwijl ik daar tussen de oude apparaten en het beschadigde porselein stond, steeg er een soort paniek in mijn borst op.

Ik ging de keuken uit en liep de steile, krakende trap naar de eerste verdieping op. Waar alles hetzelfde was: de badkamer met niets erin, het smalle kamertje met het schuine dak en het eenpersoonsbed, de grote kamer met de hoge ramen en het tweepersoonsbed. De kale, smoezelige matrassen. Er waren geen dekens, lakens, handdoeken of boeken. Er was niets van haar achtergebleven.

Ik ging terug naar beneden. Ik wist niet wat ik met mezelf aanmoest en stond weer midden in de grote open huiskamer, denkend aan de eerste keer. Na de reis die een nacht en een dag had geduurd had ze daar gestaan, heen en weer draaiend om alles te kunnen zien, met uitgebreide armen alsof ze zo haar evenwicht moest bewaren, en met op haar gezicht een uitdrukking van vervoering, verwondering en ontzag. Waarvoor? Ik wilde het nu weten. Voor dode vliegen, rottende kranten, kromgetrokken vloeren, gebroken spiegels en massa's stof. Voor dit saaie, doodgewone huis, waarvan de muren niets omsloten van de gevoelens uit mijn herinnering, maar wel al deze verwaarlozing.

Toen viel mijn oog op de muurkast bij de ingang van de keuken, en uit de nevels van mijn geheugen doemde als een baken een herinnering op. Ik liep naar de kast en maakte hem open. Een sterke schimmellucht drong mijn neus in. Voor me zag ik een stapel vertrouwde lp's en iets anders, dat in een verbleekte, door de motten aangevreten deken was gewikkeld. Ik trok een rand van de deken terug en las de merknaam: PHILIPS.

Toen ik de platenspeler van zijn plaats tilde, vond ik het enige dat zij in dat huis had achtergelaten: twee blocnotes met spiraalband. De ene was ouder, met een smoezelig en versleten omslag, en ik herkende hem onmiddellijk als de geïmproviseerde bloemlezing die ze had samengesteld uit de herinneringen van haar vader. De andere blocnote was van recenter datum, het omslag was nog smetteloos. Ze had ongeveer een derde deel van de bladzijden volgeschreven, zag ik, maar wel in een dicht handschrift.

Met trillende handen ging ik zitten en las.

6

6 januari 1999

Dit is aan jou gericht. Ik tril op dit moment, maar dat gaat wel weer over, uiteindelijk zal ik wel kalmeren. Ik weet niet waarom het zo angstwekkend is om iets te schrijven waarvan ik weet dat ik het nooit zal versturen en dat jij het nooit zult zien. Het is voor mij bedoeld, ik voel de behoefte om met jou te praten, en dat is alles.

Bijna veertien jaar lang heb ik in mijn hoofd elke dag met je gepraat. Elke dag hebben we gesprekken gevoerd, tegen elkaar gefluisterd en socratische dialogen gehouden. We hebben monologen en alleenspraken gehouden, en stukjes poëzie en regels uit liedjes voorgedragen. Er zijn zelfs stiltes gevallen, lange, sprekende stiltes. Jij bent daar goed in en ik vind het niet erg. In mijn intiemste gedachten ben je nooit weggegaan.

En dus schrijf ik.

10 januari

Vanmiddag kwam er een vrouw uit het gehuchtje langs met een mand met twee koolrapen, vier aardappels en vijf verse eieren. Ze was in de vijftig, met mooie, sterke boerenhanden en dat streekaccent dat rechtstreeks van de Troubadours afkomt. Een fatsoenlijke vrouw, ook al was ze er afgezien van haar liefdadige inborst vooral op uit in mijn leven rond te snuffelen ten behoeve van de anderen in de buurt. (De buurt? Dit is het Land Dat Door De Tijd Werd Vergeten.) Ze dacht dat ik Engels was, en daarom gaf ik haar een kop thee. Dat was zowat alles wat ik aan kon bieden, want ik heb mijn hoofd nog niet genoeg op orde gehad om boodschappen te doen. Ik denk eraan, maar dan komt er bijna meteen daarna een lethargie over me, ondanks de ijzige kou. Een lethargie of iets nog zwaarders, een stalen net, en je kunt dan alleen maar op bed gaan liggen vanwege de verpletterende zwaarte daarvan. Ik word heel goed in op bed liggen. Evengoed is het een ander soort zwaarte en een ander soort duisternis dan bij de migraineaanvallen die ik anders kreeg. Daar weet jij niets van. Ik kreeg de eerste ongeveer een maand nadat jij uit Cambridge was vertrokken.

Carl had een stel professoren en hun vrouwen uitgenodigd om te komen eten. Ik kon niet koken en moest het leren, maar ik heb het nooit geleerd, niet echt. Terwijl de kip werd gegrild dronken we een borrel in de huiskamer, waar de gebruikelijke gesprekken werden gevoerd over de Iran-Contra-kwestie. Carl had een roze overhemd met zilveren manchetknopen aan, en hij kreeg een rood hoofd als hij praatte, over Reagan en wat een visionaire figuur hij was en hoe hij werd beschimpt door zijn tegenstanders. Ik zat erbij en dacht rustig na over jou en de baby in mijn buik. Ik probeerde jullie tegen elkaar af te wegen met jou in mijn ene hand en de baby in de andere hand, zodat de balans goed uit zou vallen. Alsof ik een weegschaal was, oprecht, oud en wijs, een van die bijbelse weegschalen waarvan volgens het geloof van sommige mensen de armen die van God en zijn goddelijke gerechtigheid voorstelden, zodat ze licht konden brengen en het lot konden bepalen. Maar ik was het maar, snap je, en het ging niet erg goed met me, ik was min of meer verlamd van verdriet. Ik kon niet aan jou denken omdat ik dan begon te huilen, en huilen mocht niet in die kamer en dat bestaan, volgens de regels die ik mezelf had opgelegd. Dus probeerde ik me te concentreren op de baby, probeerde ik de baby te voelen, want de baby was heilig, de baby was wat ik had. Maar ik kon de baby toen niet voelen, hij bewoog of schopte niet, ik kon zijn beginnende gewicht wel voelen maar niet het leven dat in hem zat. Ik voelde me toen verschrikkelijk alleen, probeer ik te zeggen, en dat was angstaanjagend.

Ik voelde een dof kloppen in mijn hoofd, direct achter mijn

rechteroog, een geluid als van de golven, van een ruwe zee, wanneer je achter een hoog duin staat en de zee niet kunt zien maar wel weet dat hij er is. En ik zag licht, lichtplekken en lichtstrepen in de hoeken van mijn gezichtsveld. En ik werd misselijk. Ik stond op. Carl hield op met praten en keek naar me, ze zaten me als bavianen aan te gapen, en ik hield mijn hoofd in mijn handen en voelde het beuken van de golven die kwamen opzetten en zag het licht in mijn ooghoeken opflikkeren, zodat alles waar ik naar keek een akelig aureooltje kreeg. En ik dacht: de kip brandt aan en de aardappels branden aan, en daar had ik om kunnen lachen. Toen sloegen de golven allemaal tegelijk in, en ik liep struikelend de kamer uit, zwemmend in de pijn. Maar het speet me niet, want ik wist dat ik vrij was, zij het maar voor zolang als de pijn duurde. Ik hoefde toen aan niets anders te denken en nergens spijt van te hebben. Ik ging naar boven, deed de deur op slot en ging in het donker op bed liggen met een natte doek op mijn ogen.

Dat was de eerste keer.

11 januari

Sneeuw. Niets te vertellen.

14 januari

De stroom is uitgevallen, weet niet waarom. Ik schrijf dit bij het vuur en er is niet genoeg hout. Behalve hier is het overal in huis donker en ijskoud. Kort geleden ben ik met een zaklantaarn naar boven gegaan om wat dekens te halen, en op de terugweg verloor ik mijn evenwicht en ben ik bijna gevallen.

Nu heb ik een deken op schoot en een deken om mijn schouders. Ik moet niezen door het stof, ik heb een raar warm gevoel in mijn hoofd, de lucht is zwart, de zon heeft zich al dagen niet vertoond en de maan is een verdomde lafaard.

16 januari

Heb vandaag koorts, koude rillingen, voel me niet zo lekker. Schrijf dit in bed, onder stapels dekens en denk: stom, stom dat ik hier ben gekomen, schaam me om mezelf in deze toestand te zien. Was altijd trots op mijn moed, mijn intelligentie en mijn humor, maar nu is daar niets meer van te merken.

Op een keer, ongeveer een jaar nadat jij was vertrokken, ben ik een dagje naar New York gegaan. Stapte op mijn eentje op de trein, alleen om dicht bij jou te kunnen zijn, en zat in een coffeeshop en toen in Central Park, en probeerde moed te vatten. Ik vatte hem te laat. Ik zag die dag hele menigten mensen, maar niemand was jij.

Met mijn onverstuurde brieven zou je een boek kunnen vullen.

Meer sneeuw. Moe.

5 februari

Een vrouw heeft me het leven gered.

Dit huis is van Corinne Conner. Haar man Leland en mijn vader hebben elkaar bijna vijftig jaar gekend, zoals je misschien nog wel weet. Nou, Corinne zit hier nog steeds, al woont ze nu in een ander huis, in de vallei. Ze kwam even aanwippen, om een kijkje te nemen bij de nieuwe huurster – niemand doet hier zijn deur op slot –, en volgens haar trof ze me boven in bed terwijl ik als een waanzinnige in mezelf lag te murmelen. (Ik *ben* een waanzinnige, merkte ze dat niet?) Ik had meer dan veertig graden koorts, maar ik weet er niets meer van. Het enige dat ik nog echt weet is dat ik het gevoel had dat ik in een bel zat, dat ik geen greep meer op de wereld had en de wereld niet meer op mij. Iets was uit me weggetrokken en ik keek toe hoe dat gebeurde, dat was alles. Het was niet moeilijk. Het was makkelijk.

Ik zal wel nooit weten hoe ze me de trap af en haar auto in heeft gekregen. Ze is geen grote vrouw. Ik weet niet precies hoe oud ze is, maar ik schat haar op zeventig. Het dichtstbijzijnde ziekenhuis is een uur hiervandaan, en ik heb er een week gelegen. Daarna stuurden ze me naar Corinne toe om aan te sterken. Ze woont alleen in een huis aan de overkant van de rivier omdat Leland een paar jaar geleden is gestorven en ze geen kinderen hebben. Ze gaf me haar eigen kamer en daar zit ik nu, terwijl mijn gehoest in het hele huis te horen is. Ik ben erg afgevallen en zij maakt steeds maar stevige soepen en stoofschotels om me aan te laten komen, maar mijn eetlust wil niet terugkeren. Ze ging naar het andere huis om wat spullen van mij te halen, onder meer deze blocnote, en hier ben ik dus: wakker, mager en levend schrijf ik dit op en vraag ik me af hoe het zou zijn geweest om ermee uit te scheiden. Ik denk dat ik er geen spijt van zou hebben gehad. Ik zou jou niet meer missen. Maar ik sta nu zwaar in het krijt bij die vrouw die ik nauwelijks ken, en ik wil niet dat zij merkt dat ik me opnieuw wanhopig begin te voelen, nu de koorts en de rare dromen weg zijn en ik weer op mijn oude zelf ben teruggeworpen. Dat ik wel gered maar niet herboren ben. Daar heeft de medische wetenschap nog niets op gevonden. Ik ben het nog steeds die hier zit, en ik houd mijn karakter en mijn daden genadeloos tegen het licht: wat ik heb gedaan en nagelaten, de keuzes die ik heb gemaakt, mijn onverklaarbare fouten. Ik geloof niet dat ik je ooit zo erg heb gemist als nu. Als je je hand in mij zou steken zou je jouw portret in duizend stukjes eruit kunnen halen: al die minuten, uren en dagen die ik tot mijn grote geluk met jou mocht delen. Ik weet niet, nog altijd niet, of dat voldoende reden is om door te gaan, of voldoende reden om ermee uit te scheiden.

10 februari

Vandaag heeft Corinne me met de auto naar het kleine huis teruggebracht. Terwijl ik bij haar logeerde heeft ze iemand de verwarming laten maken (ze zegt dat ze zichzelf er de schuld van geeft dat ik ziek ben geworden), en dus voelen de drie radiatoren nu lauwwarm aan in plaats van ijskoud. Ook heeft ze me een trui van haar man gegeven die ik nu aanheb. Hij moet al dertig jaar oud zijn, maar de wol is nog steeds vettig en ruikt penetrant, alsof de schapen waar hij zo lang geleden van af is gehaald op de een of andere manier nog in leven zijn.

Als ik morgen wakker word zal ik Corinne niet in haar keuken horen aanrommelen en haar niet horen praten met Gaston, haar Belgische herder. Ze noemt hem haar vrolijke schaduw – *ombre joyeux* – en dat is precies wat hij is. Toen ik in die eerste week nog tussen slapen en waken in zweefde hoorde ik haar zachtjes tegen hem praten, en op een keer, toen ze dacht dat ik sliep, zong ze met zachte stem een liedje over een egel voor hem.

Ze heeft kort, zacht wit haar en prachtige handen. Door de rimpeltjes bij haar mondhoeken ziet ze er tegelijk onzeker en streng uit, maar volgens mij is ze geen van beide. Haar ogen zijn helder en groot, en samen met haar handen zijn ze bijzonder sprekend.

Eens in de zoveel tijd werd ik wakker en zag ik dat ze aan het voeteneind van het bed naar mij stond te kijken. Het was dan alsof ik verwacht werd, alsof ik ontwaakte op een voor mij op maat gemaakt plekje, en ik besefte dan dat ik in mijn slaap had gepraat. Ik heb haar nooit gevraagd wat ik had gezegd, en zij heeft het nooit uit zichzelf verteld, maar ik denk dat we mede zo snel zo intiem bevriend zijn geraakt doordat ik me op die manier heb geuit en haar onbewust dingen heb verteld die ikzelf al was vergeten, niet durfde te geloven of misschien nooit echt heb geweten.

Toen ik op een keer wakker werd stond ze heel dicht bij me en keek me aan met een bijzonder intense blik in haar ogen. ‘Ik heb verkering met je vader gehad,’ zei ze. ‘Ik had verkering met Louis.’

En ze vertelde me hoe er, toen ze op haar vijfentwintigste als serveerster in de auberge in Carennac werkte, op een avond twee knappe ‘americains’ waren komen dineren en haar het hof hadden gemaakt. Leland Conner sprak perfect Frans en was uiterst welgemanierd, maar op mijn vader – knap, geestig, een ‘glimlachende pessimist’ – was ze verliefd geworden. Ze kregen een verhouding. Hij verborg niet voor haar dat er een baan in Connecticut op hem wachtte en dat hij maar voor een maand in Frankrijk was, maar na een paar dagen was de passie tussen hen zo hevig dat Corinne geloofde dat hij zijn plannen zou veranderen en zou blijven. Ze had het mis. Hij ging terug naar Connecticut, nam de baan en ontmoette later mijn moeder. Corinne bleef zich nog lang gekwetst voelen, en Leland bood troost. Hij was geduldig, respectvol zelfs, en loyaal. Ze nam het besluit haar hart naar een ander te laten uitgaan, vertelde ze, en geleidelijk aan gebeurde dat ook. Het was een besluit, zei ze, en vervolgens werd het haar leven.

Ik heb de blocnote nu voor me liggen, de blocnote met mijn vaders herinneringen erin. Hij nam toen, lang geleden, ook een besluit, en dit is alles wat erover in staat:

Corinne – Française, mooi. De causse met haar afgelopen. Getrouwd. Denk nog altijd aan haar.

Soms heb ik het idee dat er om ons allemaal een groot stuk touw ligt heen geslagen, als een strik. We weten niet wie het touw in handen heeft, maar als het door een onzichtbare hand wordt aangetrokken wordt de lus kleiner, en worden wij met open armen tegen elkaar aan gesmeten – soms heeft het fatale gevolgen, soms leidt het tot extase, soms duurt het een leven lang. Maar als het touw wordt gevierd en de lus weer breder wordt, verkeren de krachten die ons zo dicht tegen elkaar hebben aangedrukt in hun tegendeel. We vallen terug, een klein stukje of een heel eind, misschien afhankelijk van hoe ver we eerder waren gegaan, en als we weer bij zinnen komen zitten we in de buitengewesten van een veel grotere wereld en zijn we alleen, zoals Ovidius toen hij verbannen werd naar de kust van de Zwarte Zee – we zijn dan deemoedig door hoe klein we zijn geworden en hoe diep we zijn gevallen, hongeren naar de oude intimiteit en staan volkomen versteld van de liefde die we hebben gekend.

Het enige goede aan het feit dat jij niet hier bent is dat je niet kunt vertrekken.

12 februari

De schapen worden naar buiten gestuurd, ongeacht de kou of de regen. Een man uit het gehucht – ik geloof de echtgenoot van de vrouw die mij eieren bracht – hoedt ze. Ik heb hem door het raam vluchtig in de verte in het donker zien lopen, vroeg in de ochtend of laat in de middag, terwijl hij de dieren leidde met een lange stok als een toverstaf. Ze weten niet genoeg om weg te lopen. Waar zouden ze trouwens heen moeten? Heeft hij geen zoon die hem kan helpen? Alle jongeren zijn naar de grote steden getrokken, of in elk geval naar de steden. Sinds mijn komst zijn er zes weken verstreken, en ik heb nog nooit zijn gezicht gezien.

16 februari
Vier dagen aanhoudende regen, de regen komt door de schoorsteen en het vuur sist als een slang. Er is te veel donkerte, die alles met hetzelfde penseel beschildert totdat er geen variaries en verschillen meer bestaan en de geest afgestompt raakt.

17 februari
De pen is niet sterker dan de hand waarin hij rust – dat is mijn kleine epigram voor deze week, knap van mij, hè. Zie je hoe mijn woorden opdrogen, verschrompelen en gewichtloos worden; als er een flinke wind opsteekt worden ze weggeblazen, en zo zullen ze mij op een dag op de causse aantreffen, als ik in verwilderde toestand tussen de stenen van de vervallen muren op zoek ben naar mijn verdwenen woorden.

9 maart
Ben een poosje de moed verloren. Vergeef me. Maar hier ben ik weer, mijn hand is weer vast, de pen beweegt weer.

Gistermorgen scheen de zon. Corinne verscheen onaangekondigd in haar bleekblauwe eend en kondigde aan dat ze me mee naar de stad ging nemen omdat het marktdag was. Ik had geen zin om te gaan, maar er was nauwelijks meer eten in huis, ik had bijna een week geen mens meer gezien, de zon scheen en zij weigerde te vertrekken voordat ik ja zei. Dus haalde ik een borstel door mijn haren, trok ik een andere trui aan – van lichte in plaats van zware schapenwol – en vertrokken we. Eén of twee uur zonneschijn had de mist uit de vallei verjaagd, zodat er blauw- en groentinten waren overgebleven, de kalksteen er stralend uitzag en de rivier glinsterde van het licht. Zwijgend reden we daar, totdat Corinne zei dat ze de hele week had geprobeerd me te bellen, was ik soms weg geweest? Ik zei van niet, de telefoon moest stuk zijn geweest. Met een doordringende blik vroeg ze of hij dan nu gemaakt was. En ik zei: ja hoor, hij is weer gemaakt. En toen – ik kon bijna niet geloven dat ik het deed – lachte ik haar toe. Ik wist niet waar dat vandaan kwam, ik kon me niet herinneren wanneer ik voor het laatst had geglimlacht. Het gebeurde zomaar, en we reden verder naar het stadje.

Je herinnert je vast de veeboeren nog wel die met hun koningsblauwe kielen, zwarte baretten en kniehoge rubberlaarzen aan één kant van het plein bij elkaar staan, dicht bij de rivier, en die daar koeien en schapen verhandelen. Achter hen onder de platanen wordt jeu de boules gespeeld, en bij het hart van het plein heb je het café met de onttakelde flipperkast en de tieners die halfgek zijn van verveling. Daar ligt ook de Produits de Quercy-winkel met de lekkere blikjes foie gras en flessen eau de vie. Ook is er – eenmalige voorstelling – een appartement op de begane grond, en daar kon ik toevallig een vrouw met een hoofddoek bespieden die haar huiskamer aanveegde terwijl ze opgewekt en in Engels met een zwaar accent de titelsong uit *Titanic* kweelde.

Overal stonden kraampjes waar mensen kleren, goedkope tassen, huishoudelijke artikelen en levensmiddelen verkochten. Corinne en ik liepen langs aubergines die lagen opgestapeld als kanonskogels uit een sprookje, langs glinsterende forellen in bakken versplinterd ijs, langs schijven *cabécou* op vetvrij papier en langs ronde, met bloem bestoven broden. Er trippelden honden voor ons langs, er stroomde water over de kinderhoofdjes, stemmen riepen: Vis, Kaas of Brood, en een man met een voorschoot schonk wijn uit een eikenhouten vat in donkergroene flessen die de klanten van thuis hadden meegebracht. Corinne liep doelgericht van het ene kraampje naar het andere en kocht wat haar aansprak, en ik kocht bijna evenveel als zij. Mijn eetlust was die dag eindelijk terug, zag ze, en geregeld draaide ze zich om en bekeek me goedkeurend.

14 maart

Vandaag ben ik naar onze ruïne gelopen. Het duurde een tijd voor ik hem had gevonden. Eerst liep ik een pad naar een huis af. Een jongetje met een smerig gezicht deed open en staarde me zonder een woord te zeggen aan. Zijn uitdrukking was zo plechtig en zijn gezicht zo smerig dat ik dacht dat hij misschien een weesje was, maar toen hij de deur dichtdeed zei hij met een klein hoog stemmetje 'Bonjour' en ik groette hem terug.

Toen ik eindelijk het goede pad had gevonden, ging ik op zoek naar het ezeltje dat we die dag hebben gezien. Hoe oud kunnen ezels worden? Ze was er natuurlijk niet meer, en op haar plek stond het gras tot mijn knieën en wemelde het van de brandnetels.

De ruïne was verlaten, net als toen. Ik kwam bij het punt met het uitzicht over de vallei waar jij mijn haar optilde en je hand in mijn nek legde. Het was vandaag ook weer helder, het uitzicht was niet veranderd, en achter me was het fort nog precies zo'n ruïne als toen. Voor een ruïne is dertien jaar niets, stel ik me zo voor, afgezien van de extra verwering. Muren storten in dertien jaar niet in, en stenen verbleken in die tijd niet door de zon. Ze luisteren naar een trager lopende, minder ongeduldige klok, en dat zullen wij uiteindelijk ook doen. Maar tot het zo ver is voel ik, ongeacht waar we zijn, de tijd liever wel dan niet. Ik wil liever weten hoe dertien jaar zonder jou echt voelen dan dat ik op de lange termijn denk, vanuit het historisch perspectief, met een klok die is ingesteld op de eeuwigheid in plaats van op de dagen zoals ik ze heb geteld. Ik ben liever zwak dan sterk, als sterk inhoudt dat je een muur bent die vier eeuwen nodig heeft om in te storten en nog eens vier eeuwen om te bleken. Ik ben ingestort en verbleekt en het heeft een stuk korter geduurd. Ik weet precies hoe lang het geduurd heeft.

19 maart
Toen we gisteravond bij Corinne na het eten bij de haard zaten en Gaston zich aan onze voeten op de grond had uitgestrekt, legde ze haar hand op zijn kop. Zomaar. Toen hij haar aanraking voelde keek hij op alsof hij iets verwachtte, alsof hij heel erg ingespannen luisterde naar iets dat ze zonder woorden zei. Ze beantwoordde zijn blik en zei zachtjes: '*Je te donne la main, Gaston*,' ik geef je mijn hand, en daarop liet hij zijn kop zakken en viel in slaap. Afgezien van zijn ademhaling, het haardvuur en de wind was het stil in huis.

Kort daarop sprak ik voor het eerst over jou. Toen ik daar eenmaal mee was begonnen bleef ik maar doorgaan, en Corinne luisterde.

24 maart
Het is nog niet warm in dit deel van de wereld, maar wel minder koud. Het leven is niet meer zo'n veldslag als het was. Soms is het zelfs een tijdlang helemaal vrij van strijd, en dan voel ik op een onverklaarbare manier in mijn hart iets dat misschien hoop is, en dan breekt de zon door op plekjes waar, sinds jouw vertrek, alleen duisternis heerste.

26 maart
Het was mijn plan deze notities niet te versturen. Het was mijn plan ze voor mezelf en niet voor jou te schrijven, begrijp je wel? Maar vergeef me, mijn lief, ik begin te twijfelen over dat plan.

Een poosje geleden werd ik wakker en zag voor me dat jij dit zou lezen. Ik zag je voor me met de helderheid van iemand die jouw verschijning, je gezicht en je lijf beter kent dan ik mezelf ken, en ik vroeg me af wat je zou denken en doen na het lezen van mijn aan jou gerichte woorden.

Misschien wel niets. Dat risico loop ik als ik ze verstuur, het voelt als een enorm risico. Maar het geeft ook veel hoop.

Ik heb nu het beeld voor ogen van Burne-Jones' schilderij van een jonge vrouw die een bal vasthoudt met als opschrift het middeleeuwse spreekwoord: 'Als er geen hoop was, zou het hart breken.'

Wat zijn onze harten sterk gebleken, Julian! Sterk, en merkwaardig hoopvol en mysterieus.

29 maart
De lente is vroeg gekomen, in de bergen is de dooi begonnen, het water in de Dordogne staat hoog. Ik maak overal wandelingen en ben voor het eerst blij dat ik geen auto heb. Ik heb ontdekt hoe ik lopend van mijn huis bij dat van Corinne kan komen – ongeveer anderhalve kilometer over het schapenpad, langs

vele hectaren veld naar de rivier, daar een vervallen Romeins bruggetje over, en dan een laatste kleine kilometer naar de muur om haar pruimenboomgaard, waar Gaston me steevast begroet en me blaffend onthaalt alsof er een notabele op bezoek komt. In de schemering ziet hij eruit als mijn schaduw. Als de maaltijd te lang duurt of het weer omslaat, overnacht ik op de kamer waar ik van mijn ziekte ben hersteld, die me begint voor te komen als mijn eigen kamer. De muren zijn bleekblauw, de sprei op het bed is geel, en achter het raam zie je de kleine pruimenboomgaard en de witheid van de bloesems.

2 april
Als ik je iets zou kunnen geven, dan zou het zijn hoe ik vanochtend mijn ogen open in mijn huis, dat ook van jou is. Vanuit het slaapkamerraam zie ik de schapen eropuit trekken. Hun tred is nu lichter; in de winter, toen ze alleen stoppels te eten hadden, sjokten ze voort als veroordeelden, maar nu niet meer. Het nieuwe gras dat overal opschiet is teer, haast doorschijnend, en ze laten hun koppen zakken, gestaag doorkauwend. Onder hen lost de met zonlicht overgoten nevel op en verandert in hemel. De rivier schijnt erdoorheen, zodat de vallei een middelpunt krijgt en ik weet waar ik ben.

Ik ben hier. De donkere, aangeharkte aarde om de walnotenbomen, met spiralen als een reusachtige duimafdruk; de met mos begroeide wortels en de zwarte humus in de rijen dwergeiken; de ondergrondse rivieren en grotten; de geiten op de rotsen; de kippen die de modder doorzoeken; de Romeinen die weg zijn; de Galliërs die dood zijn; de herder met zijn toverstok die zegt: 'Ga, ga' en 'Kom, kom.'

Ik ben veel te laat uit mijn leven gestapt, en uit mijn huwelijk, omdat ik jou te erg miste om door te kunnen gaan, omdat ik overal spijt van had en niets meer te verwachten had. Het was geen kwestie van moed, maar van noodzaak. Nu heb ik dankzij deze rijkdommen hier wortel geschoten, en ik wil ze allemaal aan jou schenken.

7

Dat was de laatste passage.

Roerloos zat ik met de blocnote opengeslagen tegen mijn borst. Ik had een gevoel alsof een groot rotsblok van me af was getild doordat ik op deze manier haar stem had gehoord, een gevoel alsof ik nu in de door die rots gevormde krater lag, waar de grond nog koel was van het gewicht dat er zo lang had gelegen.

Na een tijdje stond ik op en liep het terras op. Ik wilde zien wat zij op haar laatste dag had gezien.

Het was aan het begin van de avond, en de zon wierp een schitterende gloed over de vallei. Met lange teugen zoog ik lucht in. In de rij oude eiken vlak onder het huis zongen de vogels. Daarachter lag het kale, aangeharkte stuk grond met de walnotenbomen, daar weer achter een met gras begroeid schapenpad, en vervolgens kwamen ommuurde weilanden op een helling die afliep naar de rivier. In de verte was het oppervlak van de rivier leikleurig en blauw, met een fijn gouden waas. Dichterbij zag ik de schapen op een kluitje in een hoek van de landerijen, en ik hoorde hun kinderlijk aandoende geblaat en het blikkerige, onregelmatige ritme van hun bellen. Een man met een lange stok riep hen toe. In het veranderende licht leek de stok te dansen als een toverstaf en droegen de schapen gouden sluiers op hun pasgeschoren ruggen. Ik keek toe hoe ze op een rij door een opening tussen twee muren heen gingen, het pad op dat zich door het gehucht heen kronkelde. Het duistere geschuifel van hun hoeven en het klaaglijke geluid van hun gemekker steeg gestaag op uit de vallei, als trok er een rouwstoet voorbij.

Ik zag dat alles zoals zij het had gezien. Vervolgens liep ik door het huis en de voordeur naar de poort, waar de schapen voorbijkwamen. Op de verharde weg klikten hun hoeven als een aanhoudende hagel van stenen. Ze waren nu bijna thuis en waren harder gaan lopen. Ze hadden hun slaperige treurhouding laten varen en vervulden de atmosfeer van verwachtingsvol geblaat. De man liep achter de kudde aan. Hij zweeg nu, hij hoefde zijn stem en zijn stok niet meer te gebruiken. Vanaf tien meter afstand gaf hij me een knikje, bedaard maar niet onvriendelijk, en vervolgens was ook hij verdwenen en bevonden de schapen zich al op de weg naar zijn boerderij. Algauw was de weg leeg. Het was volkomen stil in het gehuchtje, afgezien van het gekras van een kraai en het verre luiden van een klok. Ik stond bij de poort, nog niet bij machte naar binnen te gaan, met de blocnote nog in mijn handen.

Niet veel later kwam er vanuit de kant van het dorp een auto aanrijden. Hij hield stil voor de poort, en er stapte een vrouw in een beige broek en een zwart katoenen shirt uit. Ze oogde slank en markant, met kortgeknipt wit haar en fijne handen. Ze sloeg me over de motorkap heen gade, waarbij haar grote donkere ogen langzaam van mijn gezicht naar de blocnote in mijn handen en weer naar mijn gezicht gingen. Sterke rimpels bij haar mondhoeken gaven haar op het eerste oog een strenge of harde gelaatsuitdrukking. Maar vervolgens veranderde dat, en in haar ogen lichtte een blik van herkenning op, verdiept door een intense emotie; haar mond werd zachter.

'Dus jij bent het,' zei Corinne Conner.

8

Als twee mensen die elkaar al heel lang kenden zaten we voor de koude haard, en zij vertelde me veel. Ze sprak Engels met een sterk accent, en vertelde me dat ze de eerste was geweest die na Claires dood het huis had betreden, dat ze de twee blocnotes op de vloer naast het bed had gevonden, het handschrift had herkend en ze mee naar huis had genomen. Ze beschreef hoe kort daarop Claires man was gearriveerd, en hoe hij zo arrogant en slechtgemanierd was geweest, dat men er in de streek nog jarenlang aan zou terugdenken. Hij had in een duur hotel in St.-Céré gelogeerd, en niet in het dorp in de buurt, en hij had alleen met de politie willen spreken, en niet met iemand van de plaatselijke bevolking die zijn onjuiste indrukken van de aard van haar dood had kunnen bijstellen; en daarom had behalve de politie ook niemand met hem willen spreken. Twee dagen later was hij weer vertrokken, en hij had haar lichaam, haar spullen en zijn waandenkbeelden mee naar Amerika genomen, terwijl haar hart, zoals altijd, een gesloten boek voor hem was. En toen was het huis weer leeg zoals voor haar komst, en er was niets meer van haar behalve de blocnotes, die Corinne had gelezen en herlezen.

'Ik breng ze terug naar het huis,' vertelde ze me. 'Haar brieven aan jou. Ze had geen tijd om ze te versturen. Ik leg ze in de kast, op de oude plek, om ze daar te bewaren voor jouw komst. Ik weet dat jij zult komen, want over jou heb ik een gevoel dat wij geen vreemden van elkaar zijn. En gisteren kom ik terug, en monsieur Delpon vertelt me dat jij hier bent. Dus open ik het huis en wacht af. Ik wil je niet haasten. En nu ben je hier, en je kent de tekst waarvan zij wilde dat je die zou kennen.'

Ze viel stil. De open kamer was een lappendeken van schaduwen. Terwijl ik nog niet in staat was iets te zeggen, weerklonken van de weg de geluiden van een driewielig vrachtwagentje dat langzaam door het gehuchtje heen sukkelde, en van een oude vrouw die een begroeting riep.

Ten slotte zei ik: 'Dus u gelooft net zomin als ik dat ze zelfmoord heeft gepleegd.' Corinne Conners ogen lichtten plotseling op en haar blik priemde door de schaduwen heen. Ze schudde haar hoofd. Haar blik verried medeleven, misschien zelfs genegenheid. Langzaam stond ze op.

'Kom,' zei ze, 'dan zal ik je wat laten zien.'

In haar auto reden we terug door het dorp. Delpon stond met een glas wijn voor de auberge en stak toen wij voorbijreden plechtig zijn hand op bij wijze van groet, en wij knikten terug. Corinne volgde de weg die bergafwaarts ging. Ze reed langzaam en we spraken nauwelijks. Overal om ons heen sijpelde het late middaglicht weg. We reden via een stalen brug met één rijbaan de rivier over, waarna de weg trapsgewijs steeg in de kom van de vallei. Kort daarop reed ze een met populieren omzoomde zandweg met diepe voren op, die terugdraaide naar de rivier. Aan het eind van de weg stond een natuurstenen huis van drie- of vierhonderd jaar oud. Het stond op een flauwe helling naast een kleine pruimenboomgaard, en de ruiten aan de voorkant glansden alsof ze door het laatste daglicht werden besmeerd.

Toen we uitstapten sprong een grote zwarte hond op ons af, die blafte en mijn benen besnuffelde. Corinne hief haar hand een klein stukje op, en de hond kalmeerde direct en deinsde terug. Hij richtte zijn fluwelige snuit omhoog en iets dat sterk op een glimlach leek breidde zich over zijn kop uit: vrolijke schaduw. Vervolgens bood Corinne me haar arm aan en leidde me voorbij het huis in de richting van de rivier. De ledematen die ik tegen me aan voelde maakten de indruk fragiel als lucifershoutjes te zijn, maar haar tred en stem waren krachtig. De hond volgde ons op korte afstand.

Toen we bij de rand van de pruimenboomgaard waren gekomen bleven we staan.

'Claire kwam hier vaak,' zei ze. 'Ze had geen auto, begrijp je. Ze had geen geld. Ze kwam te voet, wat voor weer het ook was. Ze was dol op lange wandelingen. *Voilà sa route.*'

Haar vrije arm zwaaide uit, en met een uitgestoken vinger tekende ze, in het magische uur waarin de schaduwen snel oprukten, een onzichtbare kaart en een traject. Links van de pruimenbomen, langs een steile stenen muur met het grimmige uiterlijk van een golfbreker, de glooiende helling af en voorbij de donkere pannendaken van andere huizen (waarvan er één al een ruïne was) glansde, als een lichtsignaal van een spiegel, een stukje rivier. Daarop volgden mijn ogen in een geleidelijk stijgende beweging haar vinger langs de overkant – voorbij lege, ommuurde landerijen, groepjes bomen en stukken grasland die op dit uur groener waren dan ooit – om uiteindelijk uit te komen bij het beschut gelegen gehuchtje waar ik, vrijstaand, grijs en vaag, het huis en de schuur zag die ik kende.

Ik vroeg hoe Claire de rivier was overgestoken.

Corinnes arm verschoof vijf centimeter naar rechts, en haar vinger beschreef de op dat punt onzichtbare rivier. 'Er is een metalen brug voor auto's, waar wij overheen zijn gereden. Maar Claire verafschuwde hem omdat hij lelijk en lawaaierig was. Dus ontdekt ze, *un jour*, voor zichzelf een andere route, deze kant uit...' De arm zwaaide opnieuw uit, nu zo'n vijftien centimeter naar links, waar de rivier ook verborgen lag, achter een rij bomen en het tot een ruïne vervallen huis. 'De rivier is daar niet zo breed. Er ligt een heel oude stenen brug, nog van de Romeinen. Hij is in slechte staat, en er staan waarschuwingsborden van het *département* met de tekst: kijk uit, niet over lopen, *en réparation*. Daar hield Claire van – de kans om hem voor zichzelf te hebben.'

Corinnes arm was in de lucht gaan trillen, en ze liet hem weer zakken.

'Ik verwachtte haar voor het eten. Ze kwam te voet. Ze doet er een halfuur over, misschien een uur. Elke keer brengt ze dingetjes voor me mee, *petits cadeaux* – flessen wijn, soms ook boeken, stenen die ze heeft gevonden, *n'importe quoi*. *Objets trouvés*, bij wijze van gesprek tussen ons. Want in die kleinigheden, die prachtige dingetjes, zie ik haar het best. Begrijp je? *Son âme, tout ce qu'elle était.*'

Corinne zweeg even en draaide haar hoofd, en in een oogwenk was de hond naast haar verschenen – zo snel dat ik geen idee had waar hij vandaan was gekomen. Hij stond stil en leunde nauwelijks waarneembaar tegen haar benen, alsof hij haar wilde ondersteunen. Ze begon hem over zijn rug te aaien.

'Ik wacht, maar ze komt niet. Ik telefoneer, maar er is niemand. *Éventuellement* ga ik zoeken. *Je la cherche*. Ik ga met Gaston naar de rivier. Ik vind de bewuste plek, *la route qu'elle préfère*, de stenen brug over de rivier en het snelstromende water eronder. Het licht is net als nu, het valt niet mee om goed te zien. Ik ken de brug goed. Ik heb hier mijn hele leven gewoond. De waarschuwingsborden staan er nog – *attention, en réparation* – en de stroming is in die tijd van het jaar snel, *plein, dangereux*. Het heeft in de winter te veel geregend en het water staat onder de brug erg hoog. Natte stenen, *mouillé*, niet geschikt om overheen te lopen. Aan één kant zie ik dat er een steen ontbreekt. Naast het bord met attention is een gat waar vroeger een steen lag. Ik zeg Gaston dat hij op zijn plaats moet blijven en loop voorzichtig de brug op. En het is waar. Aan één kant is de steen weg, in het water gevallen. En ik begin het te begrijpen. Ik bedenk dat haar zakken vol zitten met de spulletjes die ze altijd voor mij meebengt, het water staat hoog, de stroming is snel, en het is donker. En niemand kon haar helpen.'

Corinne hield op de hond te aaien en liet haar schouders hangen. Ze zag er nu oud uit.

'*C'est tout*,' zei ze op verdrietige toon.

'En hoe zat het met de politie?' vroeg ik.

'De politie?' Opeens verhardde haar stem zich, en ze wendde haar blik weer naar mij toe. 'Hij komt de volgende dag met me praten, *l'agent de police*. Om te vertellen dat een boer het lichaam heeft gevonden, dat bijna helemaal naar Carennac is afgedreven. Om me stomme vragen te stellen over wat hijzelf bij elkaar heeft gefantaseerd. Was Claire gelukkig? Was ze verdrietig?

Dronk ze te veel wijn? Was er een vriendje dat niet van haar hield? En ik zeg tegen hem: "*Pourquoi? Pourquoi vous me demandez ces questions*?" En hij zegt: "*Parce que'elle s'est suicidée.*" Hij vertelt me dat bij mij thuis. Over het ongeluk, de brug die in het water stort – geen woord. Haar misère, dat bevalt hem. Hij vertelt me dat ze allemaal spullen in haar zakken hebben gevonden – zware spullen: twee boeken, bouteille de vin, stuk steen, *etcétera*, en dat dat bewijst dat ze zich wilde verdrinken. En ik zeg hem dat hij gek is. Wat voor wijn, vraag ik hem. Misschien is het een wijn waar ik het met haar over heb gehad. En wat voor steen? Staat er soms een afbeelding op, heeft hij een bijzondere vorm, iets waarom ze hem aan mij wilde laten zien? Ze hield van schoonheid, ze wilde het leven proeven. Ze kon er geen genoeg van krijgen. Ze wilde meer van het leven, niet minder. Maar hij weet natuurlijk niet waar ik het over heb. Hij luistert niet. Het staat niet *sur son papier*. Hij weet niet waarom ik huil. Voor hem is ze alleen maar een lichaam – *un objet trouvé*, zonder verlangens.'

Het was schemerig, de dag liep op zijn einde. Uit de meeste huizen kwam nu licht. Maar de ruïne aan de rivier bleef in duisternis gehuld, en in de hele vallei leken de strakke, ommuurde landerijen even onbegaanbaar als verdronken land rond middernacht. Het gehuchtje, het huis en de schuur – alles was verdwenen.

'Luister,' zei Corinne nadrukkelijk, en ze pakte mijn hand vast. 'Luister nu naar me Julian, en vergeet het nooit: *c'était un accident. Un accident.* Claire wilde nog zo veel. En toen ze viel, kwam ze al naar jou toe.'

9

Het hout ligt in de schuur. De schapen staan op stal voor de nacht. Aan het einde van de dag sta ik op het terras van het huis dat we eens samen hebben bewoond en zie hoe de vallei wordt herboren door het licht van andere levens, terwijl de grijsblauwe rivier die Claires geest is zilverachtig en nog lichtgevender wordt. Totdat, met het vallen van de avond, haar gloed eindelijk verbleekt en ik haar loslaat.

DANKBETUIGING

Mijn bijzondere dank gaat uit naar de volgende personen:
Mijn agente, Binky Urban, door haar steun en wijsheid laat ik mij al sinds mijn eenentwintigste leiden en zal ik me altijd laten leiden.

Nan Talese, omdat zij zo'n briljante redacteur van de oude stempel is over wie je als schrijver droomt, maar die je in werkelijkheid haast nooit tegenkomt.

Ileene Smith, wier vlijmscherpe intelligentie als lezeres alleen wordt geëvenaard door haar generositeit als vriendin.

Beatrice Rezzori en de Santa Maddalena Stichting in Donnini (Italië), omdat ze me in de gelegenheid stelden ongestoord te werken op een schitterende, vredige en inspirerende plek.

Ed Maddox en Zach Goodyear van Choate Rosemary Hall, die me lang geleden lieten zien wat het betekent om een goede leraar te zijn.

En ten slotte mijn vrouw Alexandra, die mij de kennis en het verlangen schonk om een liefdesverhaal te schrijven.